John Green & David Levithan

Will & Will

Traduit de l'anglais (américain)
par Nathalie Peronny

Gallimard

À David Leventhal
(pour sa proximité de tous les instants)
– DL

À Tobias
– JG

. 1

Quand j'étais petit, mon père me disait toujours : « Dans la vie, Will, on peut choisir ses amis, on peut se moucher devant ses amis, mais on ne peut jamais moucher ses amis. » Observation qui me semblait fort pertinente du haut de mes huit ans, mais qui s'est révélée fausse par bien des aspects. Pour commencer, personne ne choisit vraiment ses amis, sans quoi je n'aurais jamais atterri avec Tiny Cooper.

Tiny Cooper n'est certes pas le mec le plus homo de la terre, pas plus qu'il n'est le mec le plus corpulent de la terre, mais il est sans conteste le mec le plus corpulent de la terre à être vraiment très, très homo et le mec le plus homo de la terre à être vraiment très, très corpulent. C'est mon meilleur ami depuis le CM2, à l'exception du dernier semestre – au cours duquel il s'est entièrement dédié à l'exploration de son homoïtude et moi, pour la toute première fois, à la découverte de la vie au sein d'un Groupe d'Amis genre plus-potes-tu-meurs qui a fini par ne plus m'adresser la parole à la suite des deux crimes mineurs que voici :

1. Quand un délégué scolaire a protesté contre la présence de gays dans les vestiaires et que j'ai pris la défense de Tiny Cooper pour faire valoir son droit à être à la fois gigantesque (ce qui fait de lui le meilleur défenseur de notre misérable équipe de foot américain) et gay dans une lettre adressée au journal du lycée, et que j'ai eu la bêtise de signer.

2. Quand un certain Clint, membre du Groupe d'Amis, a évoqué cette lettre au déjeuner et m'a traité de chochotteux, terme dont j'ignorais le sens et que je lui ai demandé de m'expliquer, si bien qu'il m'a traité de chochotteux une seconde fois, après quoi je lui ai rétorqué d'aller se faire foutre avant de prendre mon plateau et de m'en aller.

Techniquement, j'imagine que je me suis donc exclu *moi-même* du Groupe d'Amis, même si j'ai plutôt le sentiment de m'en être fait virer. Pour être honnête, aucun de ces types ne semblait vraiment m'apprécier. Mais je faisais partie de leur bande et *ça*, pour moi, c'était quelque chose. Désormais, je fais à nouveau cavalier seul.

Sauf si on compte Tiny Cooper. Ce que je suis bien obligé de faire, grosso modo.

Mais donc bref. Quelques semaines après les vacances de Noël, je suis assis à ma place habituelle en cours de maths quand je vois débarquer Tiny avec son maillot de foot enfoncé dans la ceinture de son futal, bien que le championnat soit fini depuis longtemps. Chaque jour, par un miracle divin, Tiny réussit à s'insérer sur la chaise du pupitre situé à côté du mien en cours de maths et, chaque jour, cette prouesse physique est pour moi une source d'émerveillement renouvelée.

Tiny se glisse donc sur sa chaise, sous mes yeux de nouveau émerveillés, et se tourne vers moi pour me chuchoter très fort, histoire que tout le monde l'entende : « Je suis *amoureux*. » Je roule des yeux. Il faut dire que toutes les heures, comme un métronome, Tiny Cooper tombe amoureux d'un pauvre malheureux différent. Ils ont tous le même profil : maigres, en sueur et bronzés, ce dernier point constituant une abomination totale car à Chicago, tout bronzage en plein mois de février est forcément artificiel, et que les mecs qui se font faire des UV – gays et hétéros confondus – sont juste grotesques.

– Tu es trop cynique, me murmure Tiny avec un geste dédaigneux.

– Pas cynique, rétorqué-je. Pragmatique.

– Non, tu n'es qu'un robot, insiste-t-il.

Tiny est persuadé que je suis incapable de ce que les êtres humains appellent « émotions » sous prétexte que je n'ai pas versé une seule larme depuis l'âge de sept ans devant le film *Charlie, tous les chiens vont au paradis*. Rien qu'au titre, j'aurais dû me douter que la fin ne serait pas hyper joyeuse – pour ma défense, je répondrais que j'avais sept ans – mais bref, depuis ce jour-là, je n'ai plus jamais pleuré. J'avoue que je ne vois pas l'intérêt de pleurer. En plus, on peut quasiment presque toujours l'éviter (sauf en cas de décès dans la famille ou autre pépin de ce genre) à condition de respecter ces deux règles d'or: 1) Ne jamais trop s'investir; 2) Toujours la fermer. Tous les événements les plus regrettables de mon existence sont liés à la violation d'une de ces deux règles.

– Je sais que l'amour est un sentiment réel, poursuit Tiny, car je le *ressens*.

Le cours a déjà dû démarrer sans qu'on s'en rende compte parce que Mr. Applebaum, le prof officiellement chargé de nous apprendre les maths, mais dont le véritable métier consiste à m'enseigner qu'il faut savoir souffrir avec stoïcisme, déclare tout à coup:

– Et puis-je savoir ce que vous ressentez, Mr. Cooper?

– L'amour! s'exclame Tiny. Je déborde *d'amour*!

Tout le monde se retourne vers lui en pouffant de rire ou en grognant d'exaspération et vu que Tiny est mon voisin de table et unique ami, ces rires et ces grognements s'adressent à moi, aussi, ce qui est précisément la raison pour laquelle je n'aurais jamais choisi Tiny Cooper comme ami. Il attire trop l'attention sur lui. Ça, et son incapacité chronique à respecter l'une ou l'autre de mes deux règles d'or. Résultat, il traverse l'existence en flottant sur son petit nuage à toujours trop s'investir et à jacasser comme une pie, sauf qu'il se ramasse la tête la première chaque fois que le monde lui fait un croche-patte – et par la force des choses, je me ramasse aussi.

Après le cours, je me retrouve devant mon casier à me demander comment j'ai pu laisser mon exemplaire de *La Lettre écarlate* à la maison quand Tiny me rejoint, escorté par les membres de son «Amicale Gay & Hétéro»: Gary (qui est gay) et Jane (orientation sexuelle inconnue – je n'ai jamais demandé).

– Bon, m'annonce Tiny. Visiblement, tout le monde croit que je t'ai fait une déclaration publique pendant le cours de maths. Moi, amoureux de Will Grayson ? Si c'est pas le truc le plus débile que j'ai entendu de toute ma vie !

– Génial, dis-je en soupirant.

– Les gens sont idiots, réplique Tiny. Comme si tomber amoureux était une tare !

Gary marmonne tout bas. Si on pouvait choisir ses amis, dans la vie, j'aurais peut-être opté pour lui : Tiny est devenu pote avec Jane, Gary et son copain, Nick, lorsqu'il a fondé son Amicale G&H pendant ma courte expérience avec le Groupe d'Amis. Je connais encore mal Gary, ayant seulement renoué les liens avec Tiny depuis deux semaines, mais il m'apparaît comme la personne la plus normale que Tiny ait jamais fréquentée.

– Il y a une différence entre tomber amoureux et l'annoncer publiquement en classe, souligne-t-il. (Tiny s'apprête à répondre, mais il le coupe.) Ne le prends pas mal. Tu as tout à fait le droit d'être amoureux de Zach…

– Billy, corrige Tiny.

– Une seconde, dis-je. Qu'est-il arrivé à Zach ?

Zach était, croyais-je, l'objet des propos enflammés de Tiny pendant le cours de maths. Mais quarante-sept minutes se sont écoulées, depuis, et il n'est pas impossible qu'il ait déjà changé d'avis. Tiny Cooper doit avoir à peu près 3 900 fiancés officiels, dont la moitié rien que sur Internet.

Visiblement aussi dérouté que moi par l'apparition de Billy, Gary s'adosse aux casiers et se cogne délicatement la tête en arrière contre le métal.

– Tu sais que tu décrédibilises la cause, en roulant des pelles à tout le monde ?

Je lève les yeux vers Tiny.

– Est-ce qu'on pourrait démentir formellement cette rumeur sur nous deux ? dis-je. C'est un coup à casser tous mes plans meufs.

– Dire « plan meuf » pour parler des filles ne risque pas de t'aider non plus, me lance Jane.

Tiny pouffe de rire.

– Je ne plaisante pas, dis-je. Ça me porte la poisse.

Pour une fois, Tiny prend un air sérieux et il acquiesce.

– Même si tu pourrais faire pire que Will Grayson, rétorque Gary.

– C'est déjà fait, dis-je.

Tiny éclate de rire avant de pirouetter sur lui-même comme un danseur étoile, et de clamer en plein milieu du couloir :

– Cher Monde, j'ai un truc à t'annoncer : je ne suis pas amoureux de Will Grayson ! Mais il y a quand même une chose que tu dois savoir à propos de Will Grayson ! (Il se met à chanter d'une voix de stentor, façon comédie musicale.) « Je ne peux pas vivre sans lu-iiiiii ! »

Les gens rient et applaudissent tandis que Tiny continue à me chanter la sérénade, et je m'éloigne à grands pas vers la salle d'anglais. Le trajet est déjà assez long comme ça, mais il l'est encore plus lorsqu'on vous tape sur l'épaule toutes les trente secondes pour vous demander si Tiny Cooper est un bon coup, ou comment vous faites pour retrouver son « petit zizi gay en forme de crayon » sous ses bourrelets de graisse. Ma réaction est toujours la même: je baisse les yeux et je marche le plus droit, le plus vite possible. Je sais que c'est juste pour rigoler. Je sais que la méchanceté fait partie des rapports humains, quoi qu'on en dise. Tiny a toujours un stock de vannes imparables dans ce type de situation, genre: «Pour quelqu'un qui n'a pas envie de coucher avec moi, je trouve que tu passes un temps fou à parler de mon sexe.» Ça marche peut-être pour lui, mais pas pour moi. Ce qui marche, pour moi, c'est de m'en tenir à mes deux règles d'or. Bref: je m'en fous, je me tais, je poursuis mon chemin et les choses finissent par se tasser.

La dernière fois que j'ai oublié de me taire, c'est le jour où j'ai écrit cette connerie de lettre au journal du lycée pour défendre Tiny Cooper et sa connerie de droit à être la connerie de star de notre équipe de foot pourrie. Je ne regrette pas le moins du monde d'avoir écrit cette lettre; je regrette juste de l'avoir signée. Signer cette lettre était une violation claire et nette de ma règle d'or n° 2. Et voilà le résultat: moi, seul, un mardi après-midi, le nez rivé sur le tissu noir de mes Converse Chucks.

Le soir même. Je viens de commander des pizzas pour mes parents (qui ne sont pas encore rentrés de l'hôpital, comme d'hab) et moi quand je reçois un appel de Tiny Cooper, lequel me sort d'un ton hyper grave à toute vitesse:

– Il paraît que Neutral Milk Hotel s'est reformé pour donner un concert à La Planque mais ça n'a été annoncé nulle part et personne n'est au courant et nom de Dieu, Grayson, nom de Dieu!

– Nom de Dieu! dis-je à mon tour.

Il faut lui reconnaître cette qualité : quand il se passe un truc, Tiny est toujours au courant le premier. Même moi qui ne suis pas trop du genre à m'enthousiasmer, je dois dire que Neutral Milk Hotel a plus ou moins changé ma vie. En 1998, ils ont sorti un album totalement hallucinant, *In the Aeroplane Over the Sea*, et ils n'ont plus jamais rien fait depuis vu que leur chanteur vivrait soi-disant dans une cave au fin fond de la Nouvelle-Zélande. N'empêche, c'est un génie.

– Quelle heure ? dis-je.

– Aucune idée. Je vais appeler Jane, elle est presque aussi fan que toi, mais bref, on fonce ! Maintenant ! Tous à La Planque !

– Je suis déjà parti, dis-je en me précipitant vers le garage.

J'appelle ma mère de la voiture. Je lui explique que Neutral Milk Hotel passe à La Planque, elle s'exclame : « Hein ? Quoi ? Qui est-ce qui se planque ? », je fredonne alors un de leurs tubes et elle répond : « Ah oui, je reconnais cette chanson ! Elle est sur la compile que tu m'as faite » et je lui dis : « Ouais » et elle me répond : « Tâche d'être rentré pour 23 heures » et je proteste : « Mais, m'man, c'est un événement historique, l'histoire n'a pas de couvre-feu ! » et elle me répond : « Permission de 23 heures » et je lui fais : « Ok... *Pfff.* » Et là-dessus, elle raccroche pour aller charcuter un cancéreux.

Tiny Cooper vit dans une villa immense avec les parents les plus riches du monde. Aucun d'eux ne travaille, à ma connaissance, mais ils sont tellement pleins de fric que Tiny Cooper ne vit même pas *dans* la villla avec eux ; il habite la *dépendance*. L'enfoiré a trois pièces pour lui tout seul ainsi qu'un frigo toujours rempli de bières sans que ses parents lui fassent jamais la morale, si bien qu'on peut passer des journées entières à jouer au foot sur sa console et à boire des Miller Lite sauf qu'en réalité, Tiny déteste les jeux vidéo et je déteste la bière, donc généralement on joue plutôt aux fléchettes (il a un *vrai* jeu de fléchettes), on écoute de la musique, on papote ou on bosse ensemble. Je prononce à peine le T de Tiny qu'il surgit hors de chez lui, une basket noire à un pied et l'autre à la main, en me hurlant : « Fonce, Grayson, fonce ! »

Le trajet se déroule impec. La circulation n'est pas trop mauvaise sur Sheridan et je slalome entre les bagnoles genre Vingt-Quatre Heures du Mans au son de mon morceau préféré de NMH, *Holland, 1945*, jusqu'à ce qu'on atteigne Lake Shore Drive avec les vagues du lac Michigan qui viennent s'écraser contre les gros blocs de pierre qui bordent la route, et les vitres ouvertes pour évacuer la buée du pare-brise laissent entrer un méchant courant d'air glacial et pollué mais qu'est-ce que j'aime l'odeur de Chicago, saumâtre comme l'eau stagnante d'un lac, puante comme la suie, la sueur et la graisse et oui, j'adore ça, j'adore cette chanson, et pile à cet instant Tiny déclare : « J'adore cette chanson » tout en achevant de se décoiffer d'une main experte dans le petit miroir du pare-soleil. En le voyant faire, tout à coup, je prends conscience que je vais voir Neutral Milk Hotel mais qu'ils vont *me* voir, eux aussi, et je me jette un coup d'œil dans le rétro. J'ai le visage trop carré et les yeux trop grands, un peu comme si j'avais l'air étonné en permanence, mais il n'y a rien chez moi que je puisse arranger devant une glace.

La Planque est un bar pouilleux intégralement construit en bois, coincé entre une usine et le bâtiment du département des Transports. L'endroit n'a rien de branché, mais il y a déjà foule devant la porte alors qu'il est à peine 19 heures. Tiny et moi allons rejoindre la queue, bientôt rejoints par Gary et Jane la Potentielle Lesbienne.

Jane porte un tee-shirt Neutral Milk Hotel fait main, visible sous son blouson ouvert. Elle est entrée dans la vie de Tiny à l'époque où j'en suis brièvement sorti de sorte qu'on ne se connaît pas très bien, elle et moi. N'empêche qu'à l'heure actuelle, je dirais qu'elle est ma quatrième meilleure amie et qu'elle semble avoir bon goût en matière de musique.

Debout devant l'entrée de La Planque, dans ce froid glacial à vous arracher des grimaces transies, elle me lance: «Salut» sans même me regarder et je la salue à mon tour. Là-dessus, elle sort: «Ce groupe est vraiment incroyable» et je lui réponds: «C'est clair.»

Et voilà. Fin de ma plus longue conversation de tous les temps avec Jane. Je shoote délicatement dans le sol parsemé de petits cailloux et regarde un mini nuage de poussière se former autour de mon pied avant d'expliquer à Jane que j'aime surtout *Holland, 1945*.

– Je préfère leurs morceaux moins accessibles, répond-elle. Les trucs polyphoniques au son bien crade.

Je me contente d'acquiescer en faisant semblant de savoir ce que signifie «polyphonique».

Le truc, avec Tiny Cooper, c'est qu'on ne peut rien lui chuchoter à l'oreille (même quand on est plutôt grand, comme moi) vu que cet enfoiré mesure près d'un mètre quatre-vingt-dix et qu'on est donc obligé de tapoter son énorme épaule et de lui adresser un signe de la tête pour lui faire comprendre qu'on a un truc à lui dire à l'oreille, après quoi il se penche vers vous pour que vous puissiez enfin lui demander :

– Au fait, dans l'Amicale Gay & Hétéro, Jane est de quel bord ?

Il se tourne vers moi et me souffle :

– Aucune idée. Je crois qu'elle avait un mec, en seconde.

Je lui fais remarquer qu'il avait lui-même à peu près 11 542 nanas en seconde, et il me frappe le bras – juste pour rire, croit-il, alors qu'il vient sans doute de provoquer des lésions permanentes à mon système nerveux.

Gary frotte les épaules de Jane pour la réchauffer quand, *enfin*, la queue se met à avancer. Mais au bout de cinq secondes, un petit mec tout frêle passe devant nous, au bord des larmes, typiquement le genre de blondinet bronzé qui fait battre le cœur de Tiny Cooper, et ce dernier s'avance aussitôt pour lui demander ce qui ne va pas et le blondinet lui répond que l'entrée est interdite aux moins de vingt et un ans.

– Toi ! dis-je en me tournant vers Tiny. Espèce de… de *chochotteux* !

J'ignore toujours ce que ça veut dire mais ça me semble approprié, vu le contexte. Tiny Cooper se mordille les lèvres et fronce les sourcils avant de se tourner vers

Jane: «T'as une fausse carte d'identité?» Elle confirme d'un hochement de tête. «Moi aussi», ajoute Gary. De rage, je serre à la fois les poings et les dents. J'ai envie de hurler, mais me contente d'un simple: «Eh bien! tant mieux pour vous, je me casse» étant donné que *moi, je* n'ai pas de fausse carte d'identité.

Mais Tiny échafaude un plan à toute vitesse:

– Gary, tu vas me frapper hyper fort au visage quand je montrerai mes faux papiers au videur et toi, Grayson, tu te faufileras tranquillement derrière moi comme si tu faisais partie du personnel.

Pendant un moment, personne ne dit rien. Jusqu'à ce que Gary déclare – un peu trop fort:

– Mais… je ne sais pas *frapper* les gens.

Nous ne sommes plus qu'à un mètre du videur et de son crâne rasé orné d'un énorme tatouage. Tiny marmonne:

– Bien sûr que si. Frappe-moi, c'est tout.

Je m'écarte légèrement, histoire d'observer la scène. Jane tend ses papiers aux videurs. Le type braque sa torche dessus, lève les yeux vers elle et lui rend ses papiers. Vient ensuite le tour de Tiny et je me mets à respirer à fond et très vite, car j'ai lu quelque part que les gens ayant beaucoup d'oxygène dans le sang ont l'air plus calme. Puis je vois Gary se dresser sur la pointe des pieds, armer son bras droit et coller une beigne à Tiny en plein sur son œil droit. Tiny recule violemment la tête, Gary s'écrie: «Aïe, ma main!», le videur se jette sur lui, Tiny s'intercale pour lui masquer la vue et je franchis la porte d'entrée, ni vu ni connu.

Une fois à l'intérieur, je me retourne. Le videur a

empoigné Gary par les épaules tandis que le malheureux grimace en regardant fixement son poignet, mais Tiny prend le videur par le bras pour lui dire : « C'était juste pour rigoler, mec. Bien joué, Dwight ! » et je mets un certain temps avant de comprendre que Gary est Dwight. Ou que Dwight est Gary.

– Il t'a frappé dans l'œil, quand même ! lance le videur à Gary.

– C'est ma faute, rétorque Tiny avant d'expliquer que Gary/Dwight et lui jouent dans l'équipe de foot américain de l'université DePaul et qu'un peu plus tôt dans la journée, pendant qu'ils s'entraînaient en salle de muscu, il (Tiny) lui avait fait une salle blague sur une machine ou un truc dans ce goût-là.

Le videur s'exclame alors qu'il était défenseur pour l'équipe de son lycée, autrefois, et ils se mettent à taper la discute pendant que le type vérifie vaguement la fausse carte d'identité hyper fausse de Gary, et c'est comme ça qu'on se retrouve bientôt tous les quatre à l'intérieur de La Planque, seuls avec Neutral Milk Hotel et une centaine de parfaits inconnus.

La marée humaine autour du bar s'écarte et Tiny va chercher deux bières. Il m'en offre une, mais je refuse.

– Pourquoi Dwight ? lui demandé-je.

– Sur les faux papiers de Gary, son nom est Dwight David Eisenhower.

– Et comment se fait-il que vous ayez tous de fausses cartes d'identité ?

– Il y a des endroits pour ça, me rétorque Tiny.

Je prends la ferme résolution de me procurer de faux papiers.

– Et tout compte fait, je prendrais bien une bière aussi, ajouté-je histoire d'avoir un truc à la main.

Tiny me tend celle qu'il a entamée et je me dirige seul vers la scène, sans lui ni Gary ni Jane la Potentielle Lesbienne. Il n'y a que moi au pied de la scène, laquelle n'est surélevée que de cinquante ou soixante centimètres dans ce bar minable, ce qui fait que si le chanteur de Neutral Milk Hotel est d'assez petite taille – genre s'il fait un mètre cinq, par là –, je serai bientôt en mesure de le fixer droit dans les yeux. D'autres gens rappliquent du bar si bien qu'en un clin d'œil, je me retrouve entouré d'une petite foule compacte. Je suis déjà venu ici assister à des concerts autorisés aux mineurs, mais je n'avais encore jamais vécu un truc pareil. La bouteille de bière dont je n'ai pas avalé une seule gorgée et que je n'ai pas l'intention de boire, mais qui me transpire entre les doigts, et toute cette faune superbement percée et tatouée autour de moi. Même le plus ringard des types présents à La Planque ce soir est mille fois plus cool que n'importe lequel des membres de mon ex-Groupe d'Amis. Ces gens n'ont absolument pas l'air de me trouver bizarre – à vrai dire, ils ne me *remarquent* même pas. Ils considèrent juste que je fais partie de leur monde, ce qui doit constituer l'apogée de ma vie sociale lycéenne. Me voilà, moi, à une soirée interdite aux mineurs dans un bar de la deuxième ville d'Amérique, sur le point d'assister avec une centaine d'autres personnes au concert de reformation du plus grand groupe d'anonymes de la décennie.

Quatre types font leur entrée sur scène. Ils ne sont pas vraiment d'une ressemblance *frappante* avec les membres de Neutral Milk Hotel mais je me dis qu'après tout, je ne les ai vus qu'en photo sur le Net. Puis ils se mettent à jouer, et je ne saurais trop comment décrire leur musique hormis peut-être la comparer au lâcher de plusieurs centaines de milliers de belettes dans un océan en ébullition, jusqu'à ce que le chanteur entame le premier couplet :

Elle m'aimait, ouais,
Mais c'est la haine
On baisait, ouais,
Mais c'est qu'une chienne
Tout le monde lui est passé dessus
Tout le monde lui est passé dessus

À moins d'une possible lobotomie frontale, il est rigoureusement impossible que le chanteur de Neutral Milk Hotel puisse *imaginer*, encore moins *écrire*, et encore moins *chanter*, des paroles de cet acabit. Et là, soudain, je comprends : j'ai poireauté dehors dans le froid, la grisaille et les pots d'échappement – voire peut-être causé indirectement à Gary une fracture de la main – pour aller voir un groupe qui, de toute évidence, n'est *pas* Neutral Milk Hotel. Et bien qu'il ne se trouve nulle part autour de moi dans la foule des autres fans de NMH abasourdis, je lâche en un cri : « Sois maudit, Tiny Cooper ! »

À la fin du morceau, mes soupçons sont hélas confirmés lorsque le chanteur nous lance dans un silence de mort :

– Merci ! Merci à tous. NMH n'a pas pu être là ce soir, mais on s'appelle Ashland Avenue et on est là pour mettre le feu !

Non, me dis-je intérieurement. *Vous vous appelez Ashland Avenue et vous êtes là pour nous casser les burnes.* Quelqu'un me tapote l'épaule et je fais volte-face pour me retrouver nez à nez avec une rouquine canon genre la vingtaine, piercing au menton et bottes jusqu'en haut des mollets. D'un ton interrogateur, elle me sort : « On croyait que Neutral Milk Hotel passait ce soir ? » et je baisse les yeux avant de balbutier : « Moi... moi aussi. J'étais venu les voir, moi aussi. »

La fille se penche tout contre mon oreille pour se faire entendre par-dessus l'agression sonore invertébrée du nom d'Ashland Avenue : « Ashland Avenue n'est pas Neutral Milk Hotel. »

Est-ce l'effet de la masse de la foule agglutinée dans la salle ? Ou le fait que je ne connaisse personne autour de moi ? Quoi qu'il en soit, je me sens soudain hyper communicatif. Je lui réponds :

– Non, c'est le nom de la nouvelle torture qu'on a inventée pour faire parler les prisonniers.

Elle me sourit, et je réalise alors qu'elle est consciente de notre différence d'âge. Lorsqu'elle me demande où j'étudie, je lui réponds : « Evantson » et elle s'exclame :

– Hein, le lycée ?

– Ouais, mais ne le répète surtout pas au barman.

– La vache, dit-elle, j'ai l'impression d'être une cougar !

Quand je lui demande pourquoi, elle lâche un petit rire. Je sais qu'elle n'est pas vraiment en train de me draguer, mais je me sens quand même un peu titillé.

Soudain, une grosse main se pose sur mon épaule. J'aperçois du coin de l'œil un petit doigt orné d'une chevalière dont la vue m'est familière, chevalière portée par son propriétaire depuis l'année de quatrième, et je sais aussitôt qu'il s'agit de Tiny. Dire qu'il y a des idiots pour affirmer que les gays sont des dieux de la mode.

Je me retourne. Tiny Cooper pleure comme une fontaine et une seule de ses larmes suffirait à noyer un chaton. J'articule : « QUOI ? » étant donné qu'Ashland Avenue nous casse les burnes trop fort pour qu'il m'entende, et Tiny Cooper me tend son téléphone avant de s'éloigner. Son écran affiche la page « Accueil » de Facebook avec un statut d'ami en gros plan :

Zach se demande à koi bon ruiner 1 si belle amitié... même si jadorerai toujours tiny bien sûr !

Je bouscule deux ou trois personnes pour m'élancer après Tiny et je l'attrape par l'épaule pour lui crier dans l'oreille :

– PUTAIN, ÇA CRAINT.

– JE VIENS DE ME FAIRE LOURDER PAR STATUT FACEBOOK.

– OUAIS. J'AVAIS REMARQUÉ. Il AURAIT AU MOINS PU T'ENVOYER UN SMS OU UN E-MAIL. OU UN PIGEON VOYAGEUR.

– QU'EST-CE QUE JE VAIS FAIRE ?

Je suis tenté de lui répondre : « Tâche de tomber amoureux d'un type qui sait que *j'adore* prend une apostrophe », mais je me contente de hausser les épaules, de lui tapoter le dos et de l'escorter hors de portée des assauts sonores d'Ashland Avenue, en direction du bar.

Ce qui s'avère une tragique erreur. Juste avant d'arriver

au comptoir, j'aperçois Jane la Potentielle Lesbienne, seule à une table. Elle m'explique que Gary était tellement dégoûté qu'il est déjà parti.

– Apparemment, c'est un *hoax* monté de toutes pièces par Ashland Avenue, ajoute-t-elle.

– Mais *aucun* fan de NMH n'écouterait jamais cette daube !

Jane me dévisage d'un air vexé, les yeux écarquillés, avant de rétorquer :

– Le guitariste est mon frère, je te signale.

Je me sens mortifié comme pas permis.

– Ah, désolé…

– *Pfff,* je déconne ! Si mon frère jouait dans ce groupe, je le désavouerais publiquement.

Hélas, pendant cet échange d'environ quatre secondes, j'ai réussi à perdre la trace de Tiny, ce qui constitue en soi un petit exploit. J'en profite pour expliquer à Jane qu'il vient de se faire larguer en direct sur Facebook, et elle en rit encore quand Tiny fait irruption à notre table avec un plateau contenant six shots d'un liquide verdâtre.

– Je te rappelle que je ne bois pas d'alcool, dis-je.

Il acquiesce et offre un verre à Jane, qui lui fait non de la tête. Il avale alors un premier shot, grimace et exhale bruyamment.

– Ça brûle la langue comme de rouler une pelle à Satan, déclare-t-il avant de m'offrir un autre verre.

– Merci, dis-je, mais je préfère passer mon tour.

– Comment a-t-il osé (il descend un deuxième shot) me larguer (troisième shot) dans son STATUT alors que je venais de proclamer mon AMOUR pour lui ? (Quatrième shot.) Mais dans quel monde vit-on? (Cinquième shot.) J'étais sincère, Grayson. Tu penses que j'exagère, mais j'ai su que je l'aimais à la seconde où on s'est embrassés. Et merde... Qu'est-ce que je vais *devenir*? (Dernier shot pour noyer ses sanglots.)

Jane me tire par la manche et je sens son souffle tiède au creux de ma nuque lorsqu'elle murmure:

– On va avoir un gros problème quand les shots commenceront à faire effet.

Je réalise qu'elle a raison et Ashland Avenue étant à chier, de toute manière, autant mettre les voiles.

Je me tourne vers Tiny pour lui expliquer qu'il est temps de partir, mais il a disparu. Jane se met à scruter les alentours du bar d'un air franchement inquiet. Au bout d'un moment, Tiny fait son retour parmi nous – avec seulement deux shots, cette fois. Dieu merci!

– Buvez avec moi, dit-il.

Je fais d'abord non de la tête, mais Jane me tapote discrètement dans le dos et je comprends que je vais devoir me sacrifier pour Tiny. Je sors mes clés de voiture et les donne à Jane. Le seul moyen d'empêcher Tiny d'ingurgiter toute cette piquette vert plutonium est d'en boire un shot moi-même. Je prends donc mon verre, et Tiny déclare:

– Bah, qu'il aille se faire foutre, Grayson. Qu'ils aillent tous se faire foutre!

– Bien parlé, dis-je avant d'avaler cul sec.

L'alcool explose sur ma langue comme un cocktail Molotov – bris de verre compris – et, sans le vouloir, je recrache le contenu intégral de mon verre sur le tee-shirt de Tiny.

– Oh! un Jackson Pollock monochrome! s'exclame Jane. Écoute, Tiny, il faut qu'on s'arrache. Ce groupe est pire qu'un passage chez le dentiste sans anesthésie.

Nous sortons les premiers, partant du principe (aussitôt vérifié) que Tiny nous suivra, mon shot de retombées radioactives étalées sur son tee-shirt. Puisque je n'ai réussi à avaler aucun des deux verres que m'a payés Tiny, Jane me jette mes clés en un arc de cercle parfait. Je les rattrape à la volée et m'installe au volant après l'avoir laissée monter à l'arrière. Tiny s'affale sur le siège passager. Je mets le contact et mon rendez-vous avec la déception sonore du siècle s'achève enfin. Mais j'ai à peine le temps d'y penser pendant la durée le trajet, vu que Tiny parle de Zach en boucle. C'est un autre de ses avantages, je dois dire: ses problèmes sont toujours si énormes que les vôtres disparaissent facilement derrière.

– Comment peut-on se *tromper* à ce point? demande Tiny par-dessus les crissements bruitistes du morceau de NMH préféré de Jane (et le plus insupportable à mon goût).

Nous roulons sur Lake Shore Avenue et Jane chante les paroles à l'arrière. Elle chante un peu faux, peut-être, mais bien plus juste que moi si je me retrouvais à chanter devant des gens, un truc qui ne m'arrive jamais grâce à ma règle d'or n° 2. Tiny poursuit:

– Si on ne peut pas se fier à son instinct, alors à qui?

– Tu peux te fier, dis-je, à ce dicton imparable: ne jamais se laisser dominer par ses sentiments, ça porte la poisse.

Et c'est vrai. Les sentiments ne vous portent pas la poisse *de temps en temps*. Ils vous la portent *tout le temps*.

– J'ai le cœur en miettes, soupire Tiny comme si ça ne lui était jamais arrivé auparavant, ni à lui ni à personne d'autre. (Et c'est peut-être son problème, d'ailleurs : chaque nouvelle rupture lui fait l'effet d'une bombe parce que, précisément, il la vit pour la première fois.) Et t-t-t-tu m'aides p-p-p-pas beaucoup j'te s-s-signale, ajoute-t-il d'une voix de plus en plus pâteuse.

Plus que dix minutes avant d'arriver chez lui, si on ne tombe pas dans les bouchons, et hop : direct au lit.

Mais l'état de Tiny se détériore plus vite que je ne conduis. Le temps que je quitte Lake Shore – plus que six minutes – il marmonne *et* vocifère à propos de Facebook, de la mort de la civilité dans notre société et Dieu sait quoi d'autre. Sur la banquette arrière, Jane a posé ses mains aux ongles vernis noirs sur les épaules éléphantesques de Tiny pour le consoler, mais il sanglote comme un bébé et je ne chope que des feux rouges sur Sheridan si bien que la route s'étire interminablement devant nous tandis que la morve et les larmes de Tiny se mélangent sur son tee-shirt en un spectacle pas joli-joli.

– C'est encore loin ? me demande Jane.

– Il vit juste à côté de Central, dis-je.

– Oh ! là, là… Arrête de pleurer, Tiny. Tu as juste besoin d'une bonne nuit de sommeil. Demain, ça ira déjà mieux.

Enfin, je m'engage dans l'allée de sa propriété et slalome entre les ornières pour me garer derrière la maisonnette. Je m'empresse de sortir et de faire basculer mon siège pour laisser sortir Jane et ensemble, nous contournons la voiture. Jane ouvre la portière de Tiny, parvient avec une admirable dextérité à lui détacher sa ceinture de sécurité, et déclare :

– Ok, Tiny. C'est l'heure du dodo.

– Je ne suis qu'un idiot, répond-il avant d'éclater en sanglots si forts que les secousses ont dû être ressenties sur l'échelle de Richter au fin fond du Kansas.

Mais il se lève et titube vers la porte d'entrée. Je lui emboîte le pas, histoire de m'assurer qu'il va bien dans son lit, ce qui dénote une excellente intuition de ma part puisqu'il n'y va pas du tout.

En effet, après avoir effectué environ trois pas dans le salon, Tiny se fige net, se retourne et me fixe du regard, les yeux plissés comme s'il ne m'avait jamais vu de sa vie et n'avait pas la moindre idée de la raison pour laquelle je me trouve chez lui. Puis il ôte son tee-shirt et, sans cesser de me dévisager, me déclare d'une voix nette comme du cristal :

– Il faut qu'on réagisse, Grayson.

– Hein ?

– Oui. Parce que sinon, on va finir comme les gens de La Planque.

Je m'apprête à réitérer mon « Hein ? », vu que ces gens surpassaient de loin à mes yeux tous ceux que nous connaissions au lycée, nous y compris, mais je vois exactement ce qu'il veut dire. Ce qu'il veut dire, c'est qu'on risque de devenir des adultes attendant le retour d'un groupe qui ne reviendra jamais. Je note soudain que Tiny m'observe d'un air complètement ahuri, vacillant d'avant en arrière comme un gratte-ciel sous l'effet du vent. Tout à coup, il s'étale face contre terre.

– Oh, non ! retentit la voix de Jane derrière moi, me faisant soudain prendre conscience de sa présence.

Le nez dans la moquette, Tiny s'est remis à pleurer. J'examine Jane un long moment, et un sourire se dessine peu à peu sur ses lèvres. C'est une métamorphose totale qui s'opère sur son visage tandis que ses sourcils se soulèvent, que ses petites quenottes apparaissent et que ses yeux pétillent comme jamais... ou bien était-ce moi qui n'avais pas remarqué son expression quand elle souriait ? Elle est jolie, tout à coup, comme d'un coup de baguette magique – ce qui ne veut pas dire que je la trouve attirante ou quoi, hein. Au risque de passer pour un gros snob, Jane n'est pas du tout mon type. Elle a des espèces de cheveux atrocement bouclés et elle ne traîne qu'avec des mecs. Je préfère les nanas un peu plus féminines. Et pour être honnête, même ces filles-là ne m'intéressent pas plus que ça. Non pas que je sois asexué ni rien. Mais les histoires de cœur, ça m'horripile.

– Mettons-le dans son lit, soupire-t-elle. Mieux vaut que ses parents ne le retrouvent pas dans cet état demain matin.

Je m'agenouille pour dire à Tiny de se lever, mais il continue à pleurer. Jane et moi finissons par le rouler sur le dos pour l'attraper chacun par un bras.

– Un, dit-elle.

– Deux, dis-je.

– Trois ! s'exclame-t-elle en grognant sous l'effort.

Mais rien ne se passe. Jane est menue – je vois ses petits bras se comprimer lorsqu'elle tend ses muscles – et je ne parviens pas mieux qu'elle à soulever ma moitié de Tiny. Au final, nous décidons de le laisser là. Le temps que Jane aille lui chercher une couverture et un oreiller, il ronfle déjà comme une locomotive.

Nous nous apprêtons à partir quand Tiny, rattrapé par son nez qui coule, se met à produire des bruits monstrueux – un peu comme des reniflements, mais en plus crades et plus humides. Me penchant vers lui, je m'aperçois qu'il est à la fois en train d'inhaler et d'exhaler de répugnantes bulles de morve produites par les derniers assauts de ses sanglotements. Il y en a tellement que j'ai peur qu'il s'étouffe.

– Tiny... Il faut que tu te mouches, vieux. (Pas de réaction. Je lui crie dans l'oreille.) Tiny !

Toujours rien. Jane lui assène une gifle pour le réveiller, assez fort je dois dire. Nada. Rien que ces horribles ronflements mouillés et pleins de morve...

Et c'est là que je réalise que Tiny Cooper est incapable de se moucher tout seul, contrairement au vieux dicton de mon père. Sous l'œil attentif de Jane, me voici donc contraint de désavouer l'adage paternel en approchant ma main de son visage pour le débarrasser de ses flots de mucus. En résumé : je n'ai pas choisi cet ami ; il est incapable de se moucher devant ses amis ; et je peux – non, je *dois* – le moucher moi-même.

. 2

j'hésite entre me suicider ou buter tout le monde.

j'ai l'impression que ce sont mes deux seuls choix. le reste n'est que torture.

là, je traverse la cuisine pour sortir par la porte de derrière.

ma mère : tu n'as pas pris ton petit déjeuner.

je ne prends pas de petit déjeuner. je ne prends jamais de petit déjeuner. je n'ai pas pris de petit déjeuner depuis que je suis assez grand pour sortir tout seul par la porte de derrière sans avoir pris mon petit déjeuner.

ma mère : où est-ce que tu vas ?

au bahut, m'man. tu devrais essayer un jour, toi aussi.

ma mère : ne laisse pas tes cheveux tomber devant ton visage comme ça – je ne vois pas tes yeux.

ben ouais, m'man, *c'est fait exprès.*

j'ai un peu mal pour elle. sérieux. c'est quand même pas de bol que je sois obligé d'avoir une mère. ça doit pas être facile pour elle de m'avoir comme fils. rien ne prépare un être humain à une déception pareille.

moi : ciao.

je dis toujours ciao. jamais « au revoir » ou « à plus ». je ne supporte pas l'idée que quand on s'en va, on doive déjà penser au retour. que quand on quitte quelqu'un, on doive déjà lui promettre qu'on va revenir. je ne me projette jamais aussi loin dans l'avenir.

ma mère : passe une bonne…

je claque la porte au milieu de sa phrase, mais je sais d'avance ce qu'elle s'apprêtait à me dire. avant, elle me disait toujours : « à ce soir ! » jusqu'au jour où j'en ai eu tellement marre que je lui ai répondu : « si je veux. »

elle se donne vraiment du mal, c'est ça le pire. des fois, j'ai envie de lui dire : « je suis désolé, tu sais » mais ça risquerait trop de déclencher une conversation, ce qui risquerait trop de déclencher une engueulade, et je me sentirais tellement coupable qu'il faudrait que je déménage à portland ou dieu sait où.

j'ai besoin d'un café, là.

tous les matins, je prie pour que le bus scolaire se renverse et qu'on meure tous dans un carnage épouvantable. alors ma mère pourra faire un procès à la société des bus scolaires pour n'avoir jamais fait installer de ceintures de sécurité sur les sièges, et elle se fera plus d'argent grâce à ma mort tragique que je n'aurais jamais pu en gagner de toute ma tragique existence. à moins que les avocats de la société des bus scolaires puissent prouver au jury que j'étais un sale cancre qui n'aurait jamais rien accompli dans la vie de toute manière. ils s'en sortiraient en payant une vieille ford fiesta d'occasion à ma mère pour avoir la conscience tranquille et basta.

maura ne m'attend pas devant l'entrée du lycée, mais je sais pertinemment où elle se trouve et elle sait pertinemment que j'irai la voir. c'est notre petit truc secret, histoire de se vanner un peu avant d'aller se traîner en cours.

moi : file-moi un peu de ton café.
maura : va t'en chercher un toi-même.

elle me tend son grand crottaccino de chez dunkin donuts et je l'avale d'une traite. si j'avais du fric pour me payer moi-même un café, je le ferais, je le jure. mais voilà aussi ce que je me dis : si elle boit tout, elle passera sûrement sa matinée aux toilettes, alors je suis sûr que sa vessie m'est très reconnaissante même si le reste de son corps ne me dit pas merci. elle et moi, on fonctionne comme ça depuis aussi longtemps que je me souvienne, c'est-à-dire grosso modo un an. on se connaît depuis plus longtemps que ça, je crois, mais peut-être pas, au fond. l'année dernière, nos deux déprimes se sont télescopées et maura a vu en moi le partenaire de cafard idéal. je ne sais pas trop quoi en penser, mais au moins j'ai du café gratos.

derek et simon nous rejoignent, ce qui est une bonne nouvelle vu que ça va me faire gagner du temps sur ma pause déjeuner.

moi : passe-moi ton devoir de maths.

simon : bien sûr. tiens.

ça, c'est ce que j'appelle un pote.

la première sonnerie retentit. comme toutes les sonneries de notre bel établissement scolaire fauché, c'est moins une sonnerie qu'un long bip sonore, comme s'il fallait laisser un message pour dire qu'une nouvelle journée de merde commence mais que personne ne prendra jamais la peine d'écouter.

sérieusement, qui peut avoir envie de devenir prof, dans la vie ? qui voudrait passer ses journées face à des adolescents qui vous détestent ou vous font juste de la lèche pour avoir de bonnes notes ? ça doit taper sur le système, à la longue, d'être entouré de gens qui ne vous apprécient jamais pour les bonnes raisons. j'en aurais presque mal pour eux si les profs n'étaient pas tous un tel ramassis de sadiques et de losers. avec les sadiques, tout n'est qu'une question de pouvoir et de contrôle : ils ont choisi d'enseigner pour avoir une raison officielle de dominer les autres. quant aux losers, ça englobe grosso modo tout le reste, entre ceux qui sont trop incompétents pour faire autre chose et ceux qui veulent devenir les meilleurs copains de leurs élèves parce qu'ils n'avaient pas d'amis quand ils étaient au lycée. et puis il y a ceux qui pensent sincèrement qu'on retiendra quelque chose de tout ce qu'ils nous ont raconté une fois les exams passés.

mais de temps en temps, il arrive qu'on tombe sur une prof comme mrs. graver, qui appartient à la catégorie des losers sadiques. bien sûr, ça ne doit pas être facile d'être prof de français, vu que plus personne n'a vraiment besoin d'apprendre à parler français de nos jours. elle chouchoute les meilleurs élèves comme pas permis, mais elle ne supporte pas les élèves normaux qui lui font perdre son temps, si bien qu'elle passe ses cours à nous filer des qcm ou des dissertes débiles genre « décris l'attraction de tes rêves à euro disney » et à jouer les étonnées quand je réponds des trucs style : « ok, l'attraction de mes rêves à euro disney, c'est mickey qui broute le croissant de minnie pendant qu'elle taille une pipe à une baguette de pain » et mrs. grover fait semblant de ne pas comprendre ce que je dis et me répond que mickey et minnie en train de manger des croissants n'a rien d'une attraction de manège. avant de me coller un zéro pour la journée, j'en suis sûr. je sais que je suis censé faire des efforts, me soucier de mes résultats, mais s'il y a bien un truc dont je me contrefous, c'est ma moyenne de français.

ma seule activité utile de toute l'heure (et de toute la matinée, à vrai dire) consiste à écrire *isaac, isaac, isaac* en boucle dans mon cahier puis à dessiner spider-man en train d'écrire *isaac* en forme de toile d'araignée. je sais, c'est débile, mais j'assume. c'est pas comme si je faisais ça pour être cool, de toute manière.

à midi, je retrouve simon et derek à la cafète. déjeuner avec nous, c'est un peu comme poireauter dans une salle d'attente. de temps en temps, l'un de nous dit quelque chose, mais la plupart du temps, chacun reste enfermé dans sa bulle, sur sa chaise, à son coin de table. il arrive qu'on lise des magazines, aussi. et si quelqu'un vient nous parler, on daigne lever les yeux, mais ça n'arrive pas souvent.

derek : vous croyez que le nouveau logiciel X18 sortira avant l'été ?

simon : c'est ce que j'ai lu sur le blog de trustmaster. ça serait trop bien.

moi : tiens, je te rends ton devoir de maths.

quand j'observe les gens assis aux autres tables, je me demande ce qu'ils peuvent bien se raconter. ils sont tous d'un ennui à mourir, mais ils compensent en parlant plus fort pour se donner l'air intéressant. moi, je préfère encore bouffer peinard dans mon coin.

j'ai un petit rituel bien à moi : quand il est 2 heures de l'après-midi, je m'autorise un petit moment d'autocélébration personnelle à l'idée que la journée de cours est bientôt finie. genre : si j'ai survécu jusque-là, j'ai mérité de me reposer pour le reste de la journée.

là, ça m'arrive pendant le cours de maths. maura est assise à côté de moi. elle a compris mon manège depuis le mois d'octobre et tous les jours, à la même heure, elle me glisse un petit mot du style « félicitations ! » ou

« ça y est, on se casse ? » ou encore « si ce cours ne s'arrête pas tout de suite je m'explose la cervelle ! ». je sais que je devrais lui répondre, mais le plus souvent je me contente de hocher la tête. je crois qu'elle voudrait qu'on sorte ensemble – pour de vrai, genre – et je ne sais pas trop comment gérer ce problème.

au bahut, tout le monde a des activités extrascolaires.

la mienne, c'est de rentrer chez moi.

parfois, je vais faire un tour au skate park mais sûrement pas en février, par ce temps pourri-glacial de bled de la banlieue de chicago (naperville de son petit nom). si j'y vais maintenant, c'est clair, je vais me geler les burnes. non pas qu'elles me servent à grand-chose, mais autant les conserver en bon état, au cas où.

et puis j'ai bien mieux à faire que de supporter les commentaires d'étudiants ratés qui m'expliquent quand j'ai le droit d'utiliser la rampe (traduction : jamais) ou de me faire mater d'un œil méprisant par les faux punks à deux balles du lycée sous prétexte que je ne suis ni assez cool pour fumer et picoler avec eux, ni assez cool pour être un vrai pur qui ne prend rien. je n'appartiens à aucun clan, et c'est tant mieux. j'ai arrêté d'essayer d'appartenir à leur clique-de-sales-cons-lookés-qui-refusent-d'admettre-qu'ils-suivent-la-mode depuis la fin de la troisième. c'est pas non plus comme si ma vie entière dépendait du skate.

j'aime bien avoir la maison pour moi tout seul quand je rentre du bahut. quand ma mère n'est pas là, je n'ai pas à culpabiliser parce que je l'évite exprès.

j'allume mon ordi pour voir si isaac est connecté. réponse : non. j'en profite pour aller me faire un sandwich au fromage (pas grillé, j'ai la flemme) et me taper une bonne petite branlette. ça me prend à peu près dix minutes, mais bon, je ne me chronomètre pas non plus.

isaac n'est toujours pas connecté quand je retourne vérifier sur l'ordi. il est le seul membre de ma « liste d'amis » – franchement l'expression la plus débile qui soit. on est encore à la maternelle ou quoi ?

moi : coucou, isaac, tu veux bien être mon ami ?!!!

isaac : oh oui, chic alors ! si on allait faire un piquenique ?

isaac sait à quel point je trouve tous ces trucs débiles, et il les trouve débiles aussi. genre mdr, par exemple. s'il y a un truc encore plus stupide que les listes d'amis, c'est bien mdr. si quelqu'un ose employer mdr devant moi, je suis capable d'arracher mon ordinateur et de le fracasser sur le premier crâne venu. ce n'est même pas comme si les gens étaient vraiment morts de rire chaque fois qu'ils disent mdr. ils devraient plutôt écrire *krr*, histoire d'imiter le bruit des rouages de leur cerveau qui tournent à vide. genre : je sais pas quoi dire. *krr ! krr !*

il y a kikoo, aussi. c'est quoi ce mot, kikoo, on vit au pays des bisounours ou quoi ? et < 3. vous trouvez que ça ressemble à un cœur, vous ? si oui, c'est parce que vous n'avez jamais vu un scrotum de près.

(et rofl ! les gens savent ce que ça veut dire en anglais, au moins ? « je me roule par terre de rire ! » eh bien, restes-y, par terre, pendant que j'en profite pour te donner un BON COUP DE PIED LÀ OÙ JE PENSE.)

j'ai été obligé de raconter à maura que ma mère m'avait supprimé MSN pour qu'elle arrête de me sauter dessus chaque fois que je faisais autre chose.

gothblood4567 : salut, kestufé ?

finalwill : je bosse.

gothblood4567 : sur quoi ?

finalwill : ma lettre de suicide. je sais pas quoi mettre à la fin.

gothblood4567 : mdr

j'ai donc supprimé mon ancien pseudo et organisé ma propre résurrection sous un autre. isaac est le seul à être au courant, et j'ai bien l'intention que ça reste comme ça.

je checke mes e-mails, mais il n'y a que des spams. j'aimerais bien avoir la réponse à cette question, un jour : y a-t-il vraiment quelqu'un d'assez stupide, quelque part dans le monde, pour recevoir un message de hlyywrkks@hothotmail.com, l'ouvrir, le lire et se dire *mais oui, mon rêve dans la vie, c'est d'agrandir mon sexe de 33 % et pour cela je vais immédiatement envoyer 69,99 $ à cette charmante personne prénommée ilena, employée de VIRILITY MAXIMUM CORPORATION, en cliquant sur le lien ci-dessous !* si les gens gobent vraiment ces trucs, ce n'est pas de la taille de leur sexe qu'ils devraient s'inquiéter.

je reçois une demande d'ami facebook mais je

l'ignore sans même vérifier qui c'est. je trouve ça trop artificiel. pour moi, l'amitié, ça se mérite et ça n'a rien à voir avec ces conneries. à croire que les gens s'imaginent qu'il suffit d'aimer les mêmes groupes pour devenir les meilleurs amis du monde. ou les mêmes bouquins, aussi. *wouah, délire, t'es fan de « l'attrape-cœurs » comme moi ! on doit être des âmes sœurs !* euh non, pas vraiment. on a juste le même prof d'anglais. rien à voir.

il est bientôt 4 heures de l'après-midi et isaac devrait être connecté, maintenant. je joue à mon petit jeu d'autorécompense débile en faisant mes devoirs – genre *quand j'aurai vérifié en quelle année les mayas ont inventé le cure-dent, j'aurai le droit de vérifier si isaac est en ligne.* puis *quand j'aurai lu trois paragraphes supplémentaires sur l'importance de la poterie dans les cultures indigènes, j'aurai le droit de checker MSN.* et enfin, *quand j'aurai fini de répondre à trois de ces questions, si isaac n'est toujours pas connecté, j'aurai le droit de m'astiquer le manche une seconde fois.*

je suis encore en train de répondre à la première question, un truc crétin genre pourquoi les pyramides mayas sont-elles *mille fois plus stylées* que les pyramides égyptiennes, mais je triche pour jeter un coup d'œil à ma liste d'amis et je vois que le nom d'isaac est affiché. mon premier réflexe est de me dire *pourquoi il ne m'a pas encore écrit ?* quand, au même moment, une fenêtre de dialogue s'ouvre à l'écran, à croire qu'il lit dans mes pensées.

nonpapametuepas : t'es là ?
grayscale : yes !
nonpapametuepas : ☺

grayscale : ☺ x 100
nonpapametuepas : j'ai pensé à toi toute la journée
grayscale : ? ? ?
nonpapametuepas : pensé qu'à des trucs bien
grayscale : dommage… ☺
nonpapametuepas : ça dépend de ta définition du bien ☺ ☺

entre nous, c'est comme ça depuis le début. on est juste hyper à l'aise ensemble. j'étais un peu flippé par son pseudo, au début, mais il m'a tout de suite expliqué que son prénom était isaac, comme le personnage de la bible, et que monpereachoisidegorgerunbelieramaplace était trop long pour un pseudo. il m'a demandé ce que signifiait mon ancien pseudo, finalwill, alors je lui ai expliqué que je m'appelais will*, et c'est comme ça qu'on a fait connaissance. on était dans un *chatroom* un peu neuneu où personne ne dit plus rien pendant dix secondes jusqu'à ce que quelqu'un dise : « hé ho, vous êtes tous morts ? » et que les autres répondent : « you-hou ! » ou : « mais nan t'inquiète ! » sans jamais rien se dire d'autre. c'était censé être un forum pour un chanteur dont j'étais fan avant, mais personne n'avait rien à dire sur lui hormis pourquoi telle chanson était meilleure que telle autre. c'était nul, mais ça nous a permis de nous rencontrer, isaac et moi, donc j'imagine qu'il faudra qu'on invite ce chanteur pour qu'il fasse un concert à notre mariage. (ok, c'est nul.)

bientôt, on s'est mis à s'échanger des photos et des

* *Final will* signifie « testament » en anglais. (N. d. T.)

mp3, à se confier à quel point nos vies étaient merdiques, le plus ironique dans tout ça étant bien sûr que plus on se racontait à quel point nos vies étaient merdiques, moins elles le devenaient. sauf à la fin, quand il fallait qu'on se quitte pour replonger dans le monde réel.

c'est vraiment pas de bol qu'il habite dans l'ohio, parce qu'au fond ce n'est pas si loin que ça mais vu qu'aucun de nous deux ne sait conduire et n'oserait jamais pour tout l'or du monde demander à sa mère « hey, m'man, j'ai rencard avec un mec, tu veux bien m'emmener en bagnole à travers l'indiana ? », on est un peu coincés, quoi.

grayscale : je suis en train de lire un truc sur l'époque maya.

nonpapametuepas : maya angelou ?

grayscale : ? ? ?

nonpapametuepas : rien, laisse tomber. on a zappé les mayas, on étudie que l'histoire « américaine » maintenant.

grayscale : ben, techniquement, les mayas vivaient en amérique, non ?

nonpapametuepas : pas d'après le dirlo de mon bahut… j'te jure, nimportnawak.

grayscale : alors, qui t'as failli buter aujourd'hui ?

grayscale : et par « buter », j'entends juste « vouloir la mort de », au cas où cette conversation serait espionnée par un administrateur quelconque.

nonpapametuepas : le nombre de victimes potentielles s'élève à onze. douze en comptant le chat.

grayscale : … ou le ministère de l'intérieur.

nonpapametuepas : saleté de chat !

grayscale : saleté de chat !

je n'ai parlé d'isaac à personne parce que ça ne regarde que moi. j'adore le fait qu'il connaisse de nom tous les gens de mon lycée sans qu'eux soient au courant de son existence. si j'avais de vrais amis à qui parler, ça pourrait poser problème. mais pour l'instant, au point où j'en suis, les seules personnes susceptibles d'assister à mon enterrement tiendraient tous dans la même bagnole, donc tout va bien.

isaac finit par m'expliquer qu'il doit y aller, vu qu'il n'est pas censé utiliser l'ordi du magasin de musique où il travaille. heureusement pour moi, il n'y a jamais beaucoup de clients dans ce magasin et son patron est une espèce de trafiquant de drogue ou je ne sais quoi, si bien qu'il laisse souvent isaac seul pour tenir la boutique pendant qu'il va à ses « rendez-vous importants ».

je m'éloigne du clavier et me remets rapidement à mes devoirs. après quoi je vais dans le petit bureau pour mater *new york, police judiciaire* car s'il y a bien une chose et une seule dont je peux être sûr à 100 % dans ce monde, c'est que quand j'allume la télé, il y a toujours un épisode de *new york, police judiciaire*. cette fois, c'est celui avec le type qui passe son temps à étrangler des blondes et j'ai beau être quasi certain de l'avoir déjà vu une bonne dizaine de fois, je reste devant quand même, comme si je ne savais pas que la jolie journaliste à qui le mec est en train de parler aura bientôt le cordon du rideau enroulé autour du cou. je ne regarde jamais ce passage, c'est vraiment trop débile, mais quand la police finit par arrêter le type et que vient le moment du procès, c'est toujours genre :

le procureur : hé, mec, pendant que tu étranglais ta victime, la cordelette a arraché un minuscule fragment de la peau de ta main que nous avons analysé au microscope et nous avons donc la preuve que tu es grave dans la merde.

à ce stade, l'assassin doit bien regretter de ne pas avoir mis des gants, même si les gants eux-mêmes auraient forcément laissé des morceaux de fibres quelque part et qu'il aurait donc été dans la merde de toute façon. à la fin de l'épisode, il y en a un autre qui commence mais je ne crois pas l'avoir déjà vu celui-là, jusqu'au moment où on voit une célébrité renverser un bébé avec son 4 x 4 et je me dis ah oui, c'est l'épisode ou une star renverse un bébé avec son 4 x 4. je le regarde quand même, vu que j'ai pas grand-chose de plus intéressant à faire. là-dessus, ma mère rentre du boulot, me trouve devant la télé et c'est un peu comme si on passait tous les deux en mode redif, aussi :

ma mère : alors, bonne journée ?
moi : m'man, je mate la télé là.
ma mère : le dîner sera prêt dans dix minutes, ça te va ?
moi : m'man, je mate la *télé*, là.
ma mère : eh bien ! tu mettras la table pendant la publicité.
moi : OK, C'EST BON.

je ne comprendrai jamais – à quoi bon mettre la table lorsqu'on est seulement deux à dîner ? il n'y a rien de plus ennuyeux et pathétique : les sets de table, les couverts à salade et tutti quanti… pourquoi jouer la comédie comme ça ? je donnerais n'importe quoi pour ne pas avoir à passer les vingt prochaines minutes assis en face d'elle, car elle est tout simplement incapable de gérer le silence. il faut toujours qu'elle cause pour remplir le vide. parfois, je suis tenté de lui dire que c'est à ça que servent ces petites voix intérieures qu'on a dans la tête, à combler le silence. mais il faut croire qu'elle ne tient pas à écouter ses propres pensées sauf si elle peut les prononcer à voix haute.

ma mère : si j'ai de la chance ce soir, nous aurons peut-être un peu d'argent supplémentaire à ajouter à la cagnotte pour ta voiture.

moi : t'es pas obligée, tu sais.

ma mère : ne sois pas idiot. ça me donne un prétexte pour aller jouer au poker avec les copines.

si seulement elle voulait bien arrêter avec ça. c'est elle qui se désole parce que je n'ai pas de voiture, pas moi. je ne fais pas partie de ces imbéciles qui considèrent que dès l'âge de dix-sept ans, avoir une chevrolet flambant neuve dans son garage est un droit inaliénable garanti par la constitution américaine. je suis parfaitement conscient de notre situation financière, et je sais qu'elle n'aime pas me voir travailler les week-ends comme caissier dans un drugstore cvs* pour qu'on ait les moyens de

* CVS : grande chaîne de pharmacies américaines ouvertes 24h/24.

s'acheter les trucs qui se vendent dans un drugstore cvs. le fait qu'elle soit toujours déprimée à cause de ça ne me facilite pas les choses, au contraire. et bien sûr, elle a une autre raison de vouloir aller jouer au poker, hormis le fric. elle n'a pas assez d'amis.

elle me demande si j'ai pris mes médocs ce matin avant d'aller en cours et je lui dis que oui, évidemment, est-ce que je ne me serais pas déjà noyé dans la baignoire sinon ? elle n'aime pas quand je dis ce genre de chose, alors j'ajoute : « t'inquiète, je plaisante » tout en songeant qu'à l'avenir, mieux vaut éviter ce genre de blague, vu que les mères n'ont aucun humour dès qu'il s'agit de médicaments. je décide aussi de ne pas lui acheter le sweat-shirt « meilleure maman de cancre dépressif au monde » que j'avais prévu de lui offrir pour la fête des mères. (ok, ce modèle de sweat-shirt n'existe pas vraiment, mais si c'était le cas, il aurait sûrement un dessin de chatons en train d'enfoncer leurs pattes dans des prises électriques.)

en vérité, penser à la dépression me fait déprimer encore plus, d'où ma décision de regagner le petit bureau pour mater d'autres épisodes de *new york, police judiciare.* isaac n'étant jamais sur son ordi avant 8 heures du soir, je dois patienter jusque-là. maura téléphone, mais je n'ai pas l'énergie de lui dire quoi que ce soit hormis lui raconter mon épisode de *new york, police judiciare*, et elle a horreur de ça, donc autant la laisser basculer directement sur messagerie.

moi : ici will. merde, à quoi ça sert de me téléphoner ? laissez-moi un message et je rappellerai peut-être, si je suis d'humeur. [BIP] maura : hé, sale loser, je m'ennuyais alors j'avais envie de t'appeler. je me disais juste que si t'as rien à faire, je veux bien être la mère de tes enfants. bah, laisse tomber, je crois que je vais plutôt passer un coup de fil à joseph pour qu'il me saute dans l'étable, ça fera un nouveau divin enfant.

le temps que je me motive, il est déjà 8 heures, et même là, je ne me sens pas encore assez motivé pour la rappeler. on a une espèce de règle tacite entre nous sur le fait de se rappeler l'un l'autre et cette règle c'est qu'en général, on ne se rappelle jamais. à la place, je retourne devant l'ordi et tout à coup, je me fais l'effet d'une gamine qui vient de voir son tout premier arc-en-ciel. je me sens nerveux et ridicule, à la fois rempli d'espoir et déprimé d'avance, et je m'interdis moi-même de regarder ma liste d'amis toutes les trois minutes mais elle pourrait tout aussi bien être imprimée à l'intérieur de mes paupières. à 8 h 05, son nom apparaît enfin et je me mets à compter les secondes. douze viennent à peine de s'écouler quand une petite fenêtre s'ouvre sur mon écran.

nonpapametuepas : bienvenue et bonsoir !

grayscale : sous vos applaudissements !

nonpapametuepas : trop content que tu sois là

grayscale : trop content d'être là

nonpapametuepas : aujourd'hui = pire journée de boulot de TOUS LES TEMPS ! une nana a essayé de piquer des trucs au magasin, mais tellement pas discrète que c'était à pleurer. dire que j'avais de la sympathie pour les voleurs au magasin, avant.

nonpapametuepas : maintenant, j'ai juste envie de les voir croupir en prison. je lui ai dit de tout remettre à sa place et elle m'a fait, genre : « remettre quoi ? » jusqu'au moment où j'ai carrément sorti le cd de sa poche. et là, tu sais pas ce qu'elle a sorti ? juste : « oh ! »

grayscale : même pas « je suis désolée » ?

nonpapametuepas : non, même pas.

grayscale : les meufs sont insupportables.

nonpapametuepas : et les mecs sont des anges, peut-être ? ☺

ça dure comme ça pendant une heure. j'aimerais qu'on puisse bavarder au téléphone, plutôt, mais ses parents lui interdisent d'avoir un portable et je sais que ma mère vérifie parfois mon journal d'appels quand je suis sous la douche. mais c'est sympa aussi, même comme ça. c'est le seul moment de la journée dont je profite vraiment.

généralement, on met dix bonnes minutes à se dire au revoir.

nonpapametuepas : il faut que j'y aille, là.

grayscale : moi aussi.

nonpapametuepas : mais j'ai pas envie.

grayscale : moi non plus.

nonpapametuepas : demain ?

grayscale : demain !

nonpapametuepas : j'espère.

grayscale : j'espère aussi.

c'est dangereux de faire ça pour quelqu'un comme moi qui, par principe, ne s'autorise jamais à espérer quoi que ce soit. trop de fois, quand j'étais gamin, j'ai serré mes deux mains très fort l'une contre l'autre ou fermé les yeux pour espérer quelque chose de toutes mes forces. je croyais même que certains coins de ma chambre étaient plus propices aux vœux que d'autres – sous le lit, c'était pas mal, mais dessus, non ; le fond du placard était un bon spot aussi, mais seulement avec mon carton à chaussures rempli de cartes de base-ball posé sur mes genoux. jamais au grand jamais assis à mon bureau, mais toujours avec le tiroir à chaussettes ouvert. personne ne m'avait imposé ces règles ; je me les étais inventées tout seul. je pouvais passer des heures à préparer un vœu particulier – et chaque fois, je me heurtais à un mur d'indifférence. systématiquement, à chaque nouvel essai – qu'il s'agisse de vouloir un hamster, ou que ma mère cesse de pleurer – mon tiroir à chaussettes était ouvert et je m'asseyais derrière mon coffre à jouets avec trois figurines dans une main et une boîte d'allumettes dans l'autre. je n'espérais jamais que tout s'arrange – juste une chose, un détail précis. et ça ne marchait jamais. si bien que j'ai fini par laisser tomber. et je laisse tomber un peu plus chaque jour.

mais pas avec isaac. ça me fait flipper, parfois. d'espérer que ça marche.

un peu plus tard, dans la soirée, je reçois un e-mail de lui.

je sens que ma vie part dans tous les sens en ce moment. comme si elle était faite de plein de petits bouts de papier et que quelqu'un venait de brancher un ventilateur. mais quand je te parle, c'est comme si le ventilateur s'éteignait momentanément. comme si les choses commençaient enfin à avoir du sens. tu me rassembles, tu fais de moi un tout, et c'est très important pour moi.

LA VACHE. JE SUIS TROP AMOUREUX.

. 3

Pendant une semaine, il ne se passe rien. Je ne dis pas ça au sens figuré pour traduire une absence d'événements intéressants. Non : il ne se passe strictement rien. L'immobilité totale. On se croirait au paradis, à vrai dire.

D'abord il y a le réveil, la douche, puis le lycée, le miracle de Tiny Cooper se glissant derrière son pupitre, mes coups d'œil douloureux à ma montre Burger King Kids Meal Magic Schoolbus pendant chaque cours, le soulagement de la dernière sonnerie de la journée, puis le retour en bus, les devoirs, le dîner, les parents, puis ma chambre, porte fermée à clé, Facebook allumé, lecture des statuts des autres sans modifier le mien vu que ma règle d'or n° 2 s'applique aussi à la communication textuelle, puis mon lit, le réveil, la douche, le lycée et rebelote. Ça ne me dérange pas. Question choix de vie, je préfère encore le désespoir tranquille à la névrose radicale.

Mais le jeudi soir, je suis chez moi quand je reçois un coup de fil de Tiny et soudain, il commence à se passer un truc. Je lui dis salut. En guise de préambule, il me répond direct :

– Je crois que tu devrais venir à la réunion de l'Amicale Gay & Hétéro demain.

– Ne le prends pas mal, Tiny, mais je ne suis pas très branché amicales et associations. De plus, tu connais ma politique à propos des activités extrascolaires.

– Justement, non.

– Eh bien ! voilà : je suis contre. Les activités scolaires me suffisent. Écoute, il faut que j'y aille. Ma mère poireaute en double appel.

Je raccroche. Ma mère ne poireaute pas en double appel, mais j'avais quand même besoin de raccrocher. J'ai horreur qu'on essaie de me convaincre.

Mais Tiny rappelle. Et il insiste :

– En fait, j'ai besoin que tu viennes. Nous cherchons activement de nouveaux membres. La subvention que nous accorde le lycée dépend du nombre de participants aux réunions.

– Pourquoi as-tu besoin d'une subvention du lycée ? Tu as déjà une *maison* pour toi tout seul !

– Il nous faut cet argent pour financer la production de *Tiny Dancer*.

– Oh. Dieu. Du. Ciel. Tout. Puissant...

Tiny Dancer est le nom de la comédie musicale écrite par Tiny. En gros, c'est l'histoire de sa vie, légèrement romancée pour les besoins du script, sauf que c'est chanté du début à la fin et qu'il doit s'agir (et je pèse mes mots, car je n'utilise jamais ce mot à la légère) de la comédie musicale la plus gay de tous les temps. Pour un musical, je dois dire que c'est plutôt réussi. Les chansons sont entraînantes et j'aime surtout *Défenseur (Je kiffe l'attaque)*, qui contient notamment ce couplet mémorable : « Les vestiaires n'ont rien d'excitant pour moi/Avec vos chtares et vos faces de pizzas. »

– Quoi ? gémit Tiny.

– J'ai juste un peu peur que ce soit, hum... pour reprendre l'expression de Gary l'autre jour... pas très positif pour la cause.

– Voilà exactement le genre d'argument que tu pourras sortir à la réunion demain ! me répond Tiny, à peine un zeste de déception dans la voix.

– Ok, j'y serai, dis-je avant de raccrocher.

Il me rappelle, mais je ne décroche pas. Je suis déjà sur sa page Facebook en train d'examiner la liste de ses 1 532 amis, tous plus beaux mecs et branchés les uns que les autres, histoire de deviner lesquels font partie de l'Amicale Gay & Hétéro et dans quelle mesure ils pourraient constituer un nouveau Groupe d'Amis acceptable. Mais apparemment, l'AGH n'est constituée que de Gary, Nick... et Jane. Je plisse les yeux pour mieux observer sa photo de profil riquiqui : elle semble y enlacer une mascotte grandeur nature chaussée de patins à glace.

Pile au même moment, je reçois une invitation pour devenir son ami. Je l'accepte aussitôt. Trois secondes plus tard, elle m'écrit.

Jane : Hello !
Moi : Hello.
Jane : Désolée, le point d'exclamation était de trop.
Moi : Ha ha. Pas de problème.

Je lis les infos sur son profil. Sa liste de groupes et de livres préférés est d'une longueur obscène et je n'ai même pas le courage d'aller au-delà de la lettre A. Elle est jolie sur les photos, mais elle ne se ressemble pas vraiment – son sourire photographique n'a rien à voir avec le vrai.

Jane : Il paraît que Tiny cherche à te recruter pour assister aux réunions de l'AGH.

Moi : Exact.

Jane : Tu devrais venir. On a besoin de nouveaux membres. C'est un peu la lose, pour être honnête.

Moi : Ouais, je crois que je vais venir.

Jane : Cool. Je savais pas que tu étais sur Facebook. Ton profil est marrant. J'aime bien « ACTIVITÉS : implique forcément des lunettes de soleil. »

Moi : Ta liste de groupes préférés est encore plus longue que celle des ex de Tiny.

Jane : Ouais… Certains ont une vie, d'autres ont la musique.

Moi : Et certains n'ont ni l'un ni l'autre.

Jane : Arrête ! Tu vas bientôt devenir l'hétéro le plus sexy de l'AGH, tu sais.

J'ai comme l'impression qu'il y a un plan drague dans l'air. Non pas que ça me pose un problème, bien au contraire : j'apprécie les plans drague, comme n'importe quel mec digne de ce nom qui n'aurait jamais vu son meilleur ami brisé par des drames amoureux à répétition. Mais il n'y a pas pire violation de mes deux règles d'or sur le détachement et le silence que les plans dragues... sauf, peut-être, cet instant affreusement magique ou le plan drague passe de l'hypothétique au concret et où tout s'achève par un baiser. Il devrait exister une troisième règle d'or, en fait : 1) Ne pas trop s'investir ; 2) Toujours la fermer ; 3) Ne jamais embrasser une fille qui vous plaît.

Moi (au bout d'un moment) : Combien y a-t-il de mecs hétéro dans l'AGH ?

Jane : Toi. C'est tout.

Je lol sa réponse et me sens complètement idiot d'avoir osé croire à un plan drague entre nous deux. Jane est juste une fille brillante à l'humour mordant et aux cheveux trop frisés.

Mais donc, bref. Le lendemain, à 15 h 30, quand retentit la dernière sonnerie de l'après-midi, je me sens parcouru le temps d'une nanoseconde par une bouffée d'endorphine traditionnellement associée à la satisfaction d'avoir survécu à une nouvelle journée de cours dépourvue d'événement particulier quand, tout à coup, la mémoire me revient : ma journée n'est pas encore terminée.

Le cœur lourd, je remonte l'escalier à contre-courant de la marée humaine dévalant les marches et déjà en week-end.

Je me rends jusqu'à la salle 204A et je pousse la porte. Jane est assise sur une table, dos à l'entrée, les pieds posés sur une chaise. Elle porte un tee-shirt jaune pâle et telle qu'elle se tient, penchée en avant, on voit un peu le bas de son dos qui dépasse.

Tiny Cooper est étendu de tout son long sur la moquette élimée, son sac à dos sous la tête en guise d'oreiller. Son pantalon skinny est si moulant que ses jambes ressemblent à deux saucisses emballées dans du jean. À cet instant précis, nous formons tous les trois l'Amicale Gay & Hétéro.

– Grayson ! s'exclame Tiny.

– C'est bien ici, le club « Gaysexualité = Abomination de la nature » ?

Il éclate de rire. Jane continue à lire sans se retourner. Mes yeux se posent à nouveau sur son dos, puisqu'il faut bien qu'ils se posent quelque part, et Tiny reprend :

– Grayson, serais-tu en train de renoncer à ton asexualité ?

Cette fois-ci, Jane se retourne. Je fusille Tiny du regard tout en marmonnant :

– Je ne suis pas asexuel. Je suis arelationnel.

– Tragique, non ? lance Tiny à Jane. La seule qualité de ce garçon, c'est qu'il est adorable, mais il se refuse à toute vie amoureuse.

Tiny adore me monter des plans. Pour le simple plaisir de m'énerver. Et ça marche.

– La ferme, Tiny.

– Je ne parle pas pour moi, hein. Ne le prends pas mal, Grayson, mais tu n'es pas du tout mon type. A : tu ne te soucies pas assez de ton hygiène personnelle. Et B : les points forts de ton physique ne m'intéressent pas. Hein, Jane ? Nous sommes d'accord pour dire que Grayson a de jolis bras, non ?

Jane prend un air vaguement paniqué, mais j'interviens à temps pour lui éviter d'avoir à dire quoi que ce soit.

– Tu as vraiment une façon bizarre de me brancher, Tiny.

– Il ne me viendrait jamais à l'idée de te brancher pour la simple raison que tu n'es pas gay. En outre, il n'y a rien de moins sexy que les mecs qui aiment les filles. À quoi bon flasher sur quelqu'un qui ne flashera jamais sur vous ?

Sa question est purement rhétorique. Mais si je ne m'efforçais pas de respecter ma propre loi du silence, je lui répondrais ceci : on flashe sur quelqu'un qui ne vous aimera jamais en retour parce qu'il est plus facile de survivre à une déception platonique qu'à une vraie rupture.

Au bout d'un moment, Tiny conclut :

– En tout cas, les filles hétéro le trouvent mignon. Moi, c'est tout ce que j'en dis.

Et c'est *là* que je prends conscience de son machiavélisme : Tiny Cooper m'a fait venir à la réunion de son Amicale Gay & Hétéro pour me brancher avec une meuf.

Ce qui est bien sûr d'une débilité profonde et multiforme telle que seul un prof d'anglais pourrait pleinement l'apprécier. Quand Tiny arrête enfin de jacasser, je regarde ma montre en me demandant si les réunions de l'AGH se déroulent toujours ainsi : nous trois assis pendant une heure sans rien dire tandis que Tiny Cooper pollue la pièce à intervalles réguliers avec ses allusions super lourdes, après quoi, à la fin, on se réunirait en cercle en se tenant par les épaules pour crier GAY, HIP HIP

HOURRA ! ou Dieu sait quoi. Mais là-dessus, Gary et Nick font leur entrée, accompagnés d'un petit groupe de garçons que je reconnais vaguement, d'une fille coiffée à la garçonne et vêtue d'un tee-shirt Rancid trop grand qui lui descend jusqu'aux genoux, et de Mr. Fortson, un prof d'anglais que je n'ai jamais eu en cours, ce qui explique pourquoi il me sourit.

– Mr. Grayson ! Ravi de vous voir parmi nous. J'avais beaucoup apprécié votre lettre au rédacteur en chef.

– La plus grossière erreur de ma vie, dis-je.

– Et pourquoi donc ?

Tiny Cooper vient ajouter son grain de sel.

– Disons que c'est une longue histoire à base de loi du silence et de détachement. (Je me contente d'un hochement de tête.) Oh mon Dieu ! Grayson, ajoute-t-il en aparté, tu ne sais pas ce que Nick m'a sorti ?

Nick... Nick... Nick... C'est qui, déjà, Nick? me dis-je intérieurement avant de comprendre et de jeter un regard furtif en direction de Nick, qui n'est *pas* assis à côté de Gary – indice n° 1. Je note également qu'il se tient la tête entre les mains – indice n° 2.

– Il m'a dit qu'il se verrait bien avec moi, poursuit Tiny. « Je me verrais bien avec toi. » C'est pas le truc le plus fabuleux que tu aies jamais entendu ?

À en juger par le ton sa voix, j'ai du mal à déterminer s'il veut dire « fabuleusement drôle » ou « fabuleusement merveilleux ». J'opte donc pour un haussement d'épaules neutre.

Nick soupire, le front aplati contre la surface du bureau, et grogne : « Tiny, c'est pas le moment. » Gary se passe la main dans les cheveux et soupire à son tour :

« Votre libertinage n'est pas très positif pour la cause, vous savez. »

Mr. Fortson déclare l'ouverture officielle de la réunion à l'aide d'un petit marteau – un *vrai* marteau. Pauvre vieux. Quand il était étudiant, il était sûrement loin de se douter que cet accessoire jouerait un rôle dans sa carrière d'enseignant.

– Bien, dit-il. Nous sommes huit participants aujourd'hui. C'est formidable ! Notre premier débat à l'ordre du jour, me semble-t-il, est le financement de la comédie musicale de Tiny, *Tiny Dancer.* Nous devons décider s'il faut faire une demande de subvention auprès du lycée, ou si nous ne préférons pas nous fixer d'autres priorités : information, tolérance, etc.

À ces mots, Tiny émerge de la moquette.

– Les deux grands thèmes de *Tiny Dancer* sont justement l'information et la tolérance !

– Ouais, ironise Gary. L'information et la tolérance envers Tiny Cooper.

Les deux mecs assis à côté de lui pouffent de rire, et je rétorque aussitôt : « Arrête tes conneries, Gary. » Parce que c'est plus fort que moi. Je ne peux pas m'empêcher de prendre la défense de Tiny Cooper.

– Écoutez, intervient Jane. Oui, les gens vont ricaner. C'est sûr et certain. Mais c'est un spectacle qui vient du cœur. C'est drôle, ça parle de problèmes actuels et ça dit les choses avec franchise. *Tiny Dancer* montre que les gays sont des personnes entières et complexes – et pas seulement le côté *oh-mon-Dieu-il-faut-que-je-fasse-mon-coming-out-devant-mon-père-et-ouh-là-là-j'ai-trop-peur.*

Gary lève les yeux au ciel et soupire par le nez, comme s'il soufflait la fumée d'une cigarette imaginaire.

– Ben voyons. Et c'est un problème que tu connais bien, n'est-ce pas, puisque tu... oups, mais j'oubliais : tu n'es *pas gay* !

– C'est un argument stupide, rétorque Jane.

Je l'observe à la dérobée. Elle fusille Gary du regard tandis que Mr. Fortson se lance dans une petite tirade pour expliquer qu'il ne peut pas y avoir de sous-Amicale au sein de l'Amicale, sans quoi cela sonnerait le glas de l'Amicale. Je suis en train de me demander combien de fois il peut placer le mot Amicale dans la même phrase quand Tiny Cooper lui coupe brusquement la parole :

– Minute... Jane, tu es hétéro ? »

Elle acquiesce sans trop lever les yeux avant de marmonner :

– Enfin, je crois, oui.

– Alors tu devrais sortir avec Grayson, rétorque Tiny. Il te kiffe.

Si je devais monter tout habillé et trempé sur une balance, avec un haltère de cinq kilos dans chaque main et une pile de livres grand format à couverture cartonnée en équilibre sur la tête, je pèserai environ quatre-vingt-dix kilos, c'est-à-dire le poids du triceps gauche de Tiny Cooper. Mais en cet instant précis, j'ai juste envie de lui défoncer le crâne. Et je jure que je le ferais si je n'étais pas plutôt occupé à ramper sous terre.

Je reste donc assis là sans bouger à me dire : *Seigneur, je jure de faire vœu de silence et de me retirer dans un monastère où je chanterai tes louanges jusqu'à la fin de mes jours si tu m'offres une cape d'invisibilité, ô Seigneur s'il te plaît, s'il te plaît, s'il te plaît, une cape d'invisibilité, là maintenant tout de suite.* Il n'est pas impossible que Jane soit pile en train de se dire la même chose, mais je n'ai aucun moyen de le vérifier, vu qu'elle ne dit rien non plus et que je ne peux absolument pas voir la tête qu'elle fait, étant moi-même aveuglé par la honte.

La réunion dure encore une bonne demi-heure, au cours de laquelle je demeure parfaitement silencieux, immobile et insensible aux stimuli extérieurs. Je crois comprendre que Nick et Gary ont plus ou moins fait la paix et que l'Amicale a décidé de demander des subventions à la fois pour *Tiny Dancer* et pour la réalisation d'une série de flyers en faveur de la tolérance. D'autres discussions s'ensuivent, mais Jane ne prend la parole à aucun moment.

Lorsque enfin la réunion se termine, je vois du coin de l'œil que tout le monde se lève pour partir. Mais je ne fais pas mine de bouger. J'ai occupé cette dernière demi-heure à dresser mentalement la liste des 412 manières dont je pourrais buter Tiny Cooper et je ne quitterai pas cette pièce avant d'avoir choisi la meilleure. Au final, j'opte pour une technique consistant à le poignarder cent fois avec un stylo-bille, genre meurtre artisanal de prison. Puis je me lève, droit comme un piquet, et je sors précipitamment de la salle. Tiny Cooper m'attend à la sortie, adossé contre une rangée de casiers.

– Écoute, Grayson…

Je m'avance vers lui, l'empoigne par le tissu de sa chemisette polo et, dressé sur la pointe des pieds, le regard au niveau de sa pomme d'Adam, je laisse exploser ma colère.

– De toutes les pires crasses que tu m'as faites, espèce d'…

Tiny lâche un petit rire, ce qui ne fait qu'accroître ma rage.

– Tu t'apprêtais à me traiter d'enculé, hein, Grayson ? Petit a : sache que ce n'est même pas une insulte. Et petit b : techniquement, ce n'est pas mon cas. Du moins pas encore.

Je le relâche. S'il y a un truc qui ne marche jamais, avec lui, c'est l'intimidation physique.

– Ouais. Petit con, va. Sale brouteur de minous.

– Ah ! Ça, c'est de l'insulte, répond Tiny. Écoute, vieux. Elle a vraiment un faible pour toi. En sortant de la réunion, elle est venue me demander, genre : « T'étais sérieux ou tu disais ça juste pour rigoler ? » et je lui ai fait : « Pourquoi, ça t'intéresse ? » et elle m'a fait : « Ben, je le trouve sympa » alors je lui ai répondu que j'étais sérieux et elle a eu un grand sourire idiot.

– C'est vrai ?

– C'est vrai.

Je respire à fond.

– C'est une catastrophe, Tiny. Elle ne m'attire pas du tout.

Il roule des yeux.

– Et c'est *moi* qui suis cinglé ? Cette fille est craquante ! Je viens de t'arranger le plan du siècle !

Ok : je sais que ce n'est pas très viril de ma part. Je sais que les vrais mecs ne devraient penser qu'au sexe et à conclure avec les meufs, qu'ils devraient se jeter braguette au vent sur tout ce qui bouge dès qu'ils ont un ticket, etc. Mais moi, ce qui m'intéresse, ce n'est pas tant le passage à l'acte que la phase de découverte. Découvrir pour la première fois qu'elle sent le café trop sucré, découvrir la différence entre son vrai sourire et celui sur les photos, sa manie de se mordiller la lèvre inférieure ou la peau pâle de son dos. Je voudrais juste pouvoir savourer ces petites découvertes de loin, bien planqué dans mon coin, sans me l'avouer officiellement. Je n'ai ni envie d'en *parler* ni de *faire des trucs*.

J'avais déjà un peu réfléchi à tout ça, l'autre soir, pendant qu'on veillait tous les deux sur Tiny, comateux et la morve au nez. L'espace d'une seconde, j'avais songé à enjamber l'ogre assoupi entre nous pour aller l'embrasser, ma main posée sur sa joue, la chaleur improbable de son souffle, elle dans le rôle de la petite amie qui me reprocherait d'être trop silencieux, et moi d'autant plus retranché dans mon silence que ce que j'aime par-dessus tout, c'est son sourire, et tout ça avec un Léviathan endormi à mes pieds, et bien sûr je l'aurais mal vécu jusqu'à ce qu'on décide de rompre et que je jure de nouveau fidélité à mes deux règles d'or.

C'est vrai, je pourrais faire ça.

Ou bien décider de m'en tenir scrupuleusement à mes principes.

– Non, dis-je à Tiny. Tu n'arranges rien du tout. Cesse de te mêler de mes affaires, Ok?

Il me répond par un simple haussement d'épaules que j'interprète comme un oui.

– Bref, enchaîne-t-il. À propos de Nick: le truc, c'est que Gary et lui ont cassé seulement hier et qu'ils sortaient ensemble depuis des siècles, mais il y a un vrai truc entre nous.

– Ce serait juste la pire mauvaise idée de tous les temps, dis-je.

– Mais ils ont cassé, insiste Tiny.

– Dis-moi, quelle serait ta réaction si un mec te quittait pour flirter avec un de tes amis dès le lendemain ?

– Je vais y réfléchir, répond Tiny. (Mais je vois bien qu'il est incapable de résister à la perspective d'une nouvelle passion éclair et perdue d'avance.) Au fait, tu devrais venir avec Nick et moi au Hangar, vendredi soir ! On va voir un concert des, heu... Maybe Dead Cats, ça s'appelle. Du punk pop intello, genre Dead Milkmen mais en moins drôle, ha ha !

– Merci de me prévenir si longtemps à l'avance, dis-je en lui assenant un coup de coude dans les côtes.

Il me repousse en arrière, juste pour rire, et je manque tomber à la renverse dans l'escalier. C'est un peu comme d'être ami avec un géant de conte de fées : il vous brutalise toujours sans faire exprès.

– Je pensais que tu ne voudrais peut-être pas venir, après le fiasco de la dernière fois.

– C'est vrai... D'ailleurs, laisse tomber. C'est mort : il faut vingt et un ans minimum pour entrer au Hangar.

Comme Tiny marche devant moi, il atteint la sortie le premier et donne un coup de hanche contre la barre métallique de la porte, qui s'ouvre aussitôt. Le monde extérieur. Le week-end. La lueur crue et revigorante de Chicago. L'air froid m'envahit, la lumière du soleil déclinant jaillit à l'intérieur du couloir et la silhouette de Tiny Cooper se détache à contre-jour, si bien que je le vois à peine se tourner vers moi et sortir son téléphone.

– T'appelles qui ? je lui demande.

Mais il ne me répond pas. Il se contente de serrer son portable dans sa grosse main. Puis, tout à coup, je l'entends dire : « Salut, Jane » et j'ouvre des yeux ronds comme des billes. Je passe mon index en travers de ma gorge pour lui signifier son arrêt de mort mais il me sourit et continue à parler comme si de rien n'était :

– Écoute, Grayson veut nous accompagner au concert des Maybe Dead Cats vendredi soir alors je me disais qu'on pourrait aller dîner ensemble avant, non ?

– ...

– Oui, mais le seul problème c'est qu'il n'a pas de fausse carte d'identité... Tu ne connaîtrais pas quelqu'un, par hasard ?

– ...

– T'es pas encore arrivée chez toi, là ? Alors fais demi-tour et passe prendre le petit. (Il raccroche et se tourne vers moi.) Voilà, elle arrive !

Je me retrouve donc planté sur le pas de la porte tandis qu'il dévale les marches de l'escalier et se met à gambader – oui, à gambader – en direction du parking. Je l'appelle en hurlant, mais il ne se retourne pas ; il continue à gambader. Je ne m'élance pas à sa poursuite en sautillant, mais je ne peux m'empêcher de sourire. Tiny Cooper est peut-être un sorcier maléfique, mais c'est aussi un homme libre et s'il a envie de gambader comme un kangourou géant, c'est son droit absolu en tant que citoyen américain gigantesque.

Je ne peux décemment pas planter Jane, si bien que je suis assis devant le lycée à l'attendre lorsqu'elle déboule, deux minutes plus tard, au volant d'une vieille Volvo orange visiblement repeinte à la main. Je l'avais déjà repérée sur le parking (impossible de la louper) sans savoir que c'était la sienne. Jane fait presque trop sage pour conduire une voiture aussi criarde. Je descends les marches, ouvre la portière et m'assois à côté d'elle, posant mes pieds au milieu d'un véritable océan d'emballages de fast-food.

– Désolée, dit-elle. C'est répugnant, je sais.

– T'inquiète. (Ce serait le moment idéal pour sortir une vanne mais *la ferme la ferme la ferme*, me dis-je intérieurement. Au bout de quelques secondes, le silence est trop pesant alors je me décide à dire quelque chose.) Tu connais bien ce groupe, euh… les Maybe Dead Cats?

– Ouais. Ils sont pas mal. Un peu le Mr. T Experience du pauvre à leurs débuts, mais ils ont une chanson que j'adore. Elle dure genre cinquante-cinq secondes, s'appelle *Annus miribalis* et explique grosso modo la théorie de la relativité selon Einstein.

– Cool.

Elle sourit, redémarre sa voiture et nous partons en trombe, direction le centre-ville.

Une minute plus tard, ou à peu près, nous arrivons à hauteur d'un stop quand Jane se gare le long du trottoir et se tourne vers moi.

– Je suis très timide, comme fille, déclare-t-elle.

– Hein?

– Je suis très timide, alors je comprends. Mais cesse de te cacher derrière Tiny.

– Pas du tout.

Là-dessus, bizarrement, elle fait glisser sa ceinture de

sécurité au-dessus de sa tête avant de se pencher vers la boîte à gants, et c'est là seulement que je réalise ce qui se passe. Elle ferme les yeux, incline la tête et je me détourne, les yeux rivés sur les emballages en carton qui jonchent le sol de sa voiture. En rouvrant les yeux, elle sursaute et je prends aussitôt la parole pour combler le silence.

– Je ne suis pas, hum... Je veux dire, je trouve que t'es une fille géniale et très mignonne mais je ne suis pas, genre... pas, genre... Enfin je crois que je ne suis pas, comment dire... prêt à m'engager dans une relation en ce moment.

Au bout d'une seconde, très calmement, elle déclare :

– Il semblerait qu'on m'ait fourni des informations inexactes.

– En effet, dis-je.

– Je suis terriblement confuse.

– Moi aussi. Je veux dire, tu es vraiment...

– Non non arrête ça tout de suite, c'est encore pire. Ok. Ok. Regarde-moi. (Je la regarde.) Je peux totalement oublier ce qui vient de se passer si – et seulement si – tu peux totalement l'oublier aussi.

– Il ne s'est rien passé, dis-je. Ou plutôt : rien ne s'est pas passé.

– Voilà, exactement.

Nos trente secondes d'arrêt au stop sont terminées, et je me retrouve scotché contre l'appuie-tête au redémarrage. Jane conduit comme Tiny emballe.

Nous quittons Lake Shore Drive non loin du centre-ville tout en devisant à propos de Neutral Milk Hotel et de l'existence hypothétique d'enregistrements secrets que personne n'aurait jamais entendus, juste de simples démos, et à quel point ce serait intéressant d'écouter à quoi ressemblaient leurs maquettes avant d'être de vraies chansons, et comment nous devrions peut-être entrer chez eux par effraction et copier tous les enregistrements de la vie du groupe en studio. La soufflerie du chauffage antédiluvien de la Volvo m'assèche les lèvres et l'incident de tout à l'heure semble déjà oublié – si vite oublié, d'ailleurs, que je me sens limite rejeté, un peu déçu que Jane s'en soit remise aussi vite, ce qui m'amène rapidement à la conclusion que le musée des Cinglés devrait inaugurer une aile spéciale en mon honneur.

Nous trouvons une place pour nous garer à deux ou trois rues de l'endroit en question, et Jane m'emmène jusque devant une banale porte en verre située juste à côté d'un restaurant de hot dogs et sur laquelle un panneau indique : RIVAGE D'OR PHOTOCOPIES. Nous montons l'escalier, imprégné d'une charmante odeur de saucisses de porc, et entrons dans un local minuscule ressemblant davantage à un bureau qu'à une boutique. L'ameublement, assez spartiate, est constitué de deux chaises pliantes, d'un poster de chatons, d'une plante morte, d'un ordinateur et d'une imprimante super luxe.

– Salut, Paulie, lance Jane à l'attention d'un type sévèrement tatoué qui semble être l'unique employé de la boutique.

L'odeur de hot dogs s'est dissipée, pour la bonne raison que le QG de la société Rivage d'or photocopies empeste le shit. Le type contourne le guichet pour aller saluer Jane, qui fait les présentations – « Voici mon ami Will » – et au moment où le type me serre la main, je m'aperçois qu'il a le mot ESPOIR tatoué sur son index droit.

– Paulie est un très bon copain de mon frère. Ils étaient ensemble au lycée Evantson.

– Ouais, on y était ensemble, s'esclaffe Paulie. Sauf qu'on n'a pas obtenu nos diplômes en même temps, vu que j'ai jamais eu le mien. (Il se marre.)

– Écoute, lui explique Jane, on vient te voir parce que mon ami Will ici présent a perdu ses papiers.

Paulie me sourit.

– Ah, quelle poisse, hein ? (Il me tend une liasse de documents.) J'ai besoin de tes noms complets, adresse, date de naissance, numéro de sécurité sociale, taille, poids et couleur des yeux. Et cent dollars, aussi.

– Je, hum...

Il se trouve que je me promène rarement avec cent dollars en cash dans mes poches, mais avant même que j'aie eu le temps de répondre quoi que ce soit, Jane dépose cinq billets de vingt sur le guichet.

On va s'asseoir sur les chaises pliantes et là, on invente ensemble ma nouvelle identité : je m'appelle Ishmael J. Biafra et j'habite aux 1060 W. Addison Street, l'adresse du Wrigley Stadium. J'ai les cheveux bruns et les yeux bleus. Je mesure un mètre soixante-cinq pour quatre-vingts kilos, mon numéro de sécurité sociale contient neuf chiffres choisis au hasard et j'ai eu vingt-deux ans le mois dernier. Je tends les documents à Paulie, qui me désigne un morceau de gros scotch collé sur le mur et me demande de me placer devant. Puis il prend un appareil photo numérique et s'exclame: «*Cheese!*» Je ne souriais déjà pas sur la photo de mon vrai permis de conduire, il est donc hors de question que je sourie sur celle-ci.

– J'en ai pour une petite minute, déclare Paulie.

Je reste appuyé contre le mur, tellement nerveux à l'idée de me faire fabriquer de faux papiers d'identité que j'en oublie d'être nerveux à cause de la présence de Jane. J'ai beau savoir que je dois être le trois millionième adolescent au monde à me faire fabriquer une fausse carte d'identité ou un faux permis de conduire, je n'en reste pas moins convaincu qu'il s'agit d'une grave entorse à la loi et enfreindre la loi va à l'encontre de tous mes principes.

– Je ne bois même pas d'alcool, dis-je tout haut.

– Tu sais, me dit Jane, je me sers uniquement du mien pour les concerts.

– Je peux le voir?

Elle ramasse son sac à dos, recouvert de citations et de noms de groupes, et fouille dedans pour en sortir son portefeuille.

– Je le garde toujours bien planqué à l'intérieur, m'explique-t-elle en extirpant le document d'une poche de son portefeuille, car si je meurs, je ne veux pas que l'hôpital essaie d'appeler les parents de Zora Thurston Moore.

En effet, c'est le nom qui est inscrit. Son faux permis de conduire fait hyper crédible, je trouve, et sa photo est géniale: la bouche plissée, elle semble sur le point d'éclater de rire et c'est exactement l'image que j'avais d'elle l'autre soir, chez Tiny, à des années-lumière de ses photos Facebook.

– Ta photo est très réussie, dis-je. C'est tout à fait toi.

Et c'est vrai. C'est bien le problème, d'ailleurs : il y a trop de choses vraies. J'ai envie de la couvrir de compliments, c'est vrai, mais il est également vrai que je tiens à garder mes distances. Il est vrai que j'ai envie qu'elle m'aime bien, et vrai aussi que je n'en ai pas envie. La vérité imbécile, la vérité infinie qui dit à la fois une chose et son contraire. Et qui, bêtement, me pousse à l'ouvrir toujours plus.

– Je veux dire : toi-même, tu ne peux jamais savoir à quoi tu ressembles, n'est-ce pas ? Quand tu te vois dans la glace, tu sais que tu es en train de te regarder, donc tu ne peux pas t'empêcher de poser. Même juste un peu. Résultat, tu ne sais jamais réellement à quoi tu ressembles. Mais cette photo, là, c'est vraiment toi.

Jane presse deux doigts sur la photo de son permis de conduire, lequel est posé sur ma cuisse si bien que, techniquement, elle me touche la jambe, si l'on omet la présence intermédiaire du document plastifié. J'observe ses doigts un moment avant de lever les yeux vers elle, et elle finit par déclarer :

– Malgré son passé criminel, Paulie est un sacré bon photographe.

Au même instant, Paulie revient nous voir.

– Mr. Biafra, voici vos nouveaux papiers, dit-il.

Il me tend mon faux permis de conduire. Tatoué sur son autre index, on peut lire le mot : SANS.

Le résultat est superbe. Tous les hologrammes d'un vrai permis de conduire de l'Illinois avec les mêmes couleurs, le même plastique épais, les mêmes infos sur le don d'organes. J'ai même l'air presque pas mal sur la photo.

– La vache, dis-je, c'est magnifique ! On dirait la *Joconde* des faux papiers.

– À ton service, répond Paulie. Ok, les enfants, il va falloir que je vous laisse, j'ai du boulot.

Il sourit et nous montre le joint qu'il tient à la main. Je n'en reviens pas qu'un pro de la fumette comme lui puisse être un faussaire si accompli.

– À bientôt, Jane, lance-t-il. Dis à Phil de m'appeler un de ces quatre.

– À vos ordres, capitaine !

Nous redescendons l'escalier et je sens mon faux permis de conduire dans la poche avant de mon jean, pressé contre ma cuisse, mon p***** de ticket d'entrée dans le monde des adultes.

Dehors, sur le trottoir, le froid nous prend par surprise, comme toujours. Jane part en courant sur le trottoir et je me demande si je suis censé la suivre quand, soudain, elle fait volte-face et, le vent dans la figure, si bien que je l'entends à peine, me crie : « Allez, Will, viens gambader avec moi ! Après tout, tu es un homme maintenant ! »

Et à ces mots, je n'ai pas honte de dire que je m'élance en gambadant derrière elle.

. 4

je suis en train de ranger des boîtes de metamucil* dans l'allée n° 7 quand maura débarque au drugstore. comme elle sait que mon boss est un trouduc qui ne supporte pas que je reste les bras ballants à papoter, elle fait semblant de s'intéresser au rayon vitamines. elle m'explique qu'il y a quelque chose de très perturbant dans l'expression « à croquer » quand tout à coup, il est 5 h 12 et elle décrète que c'est le moment idéal pour poser des questions perso.

maura : est-ce que t'es gay ?

moi : hein, quoi ?

maura : ça ne me poserait aucun problème, tu sais.

moi : oh, ben ouf alors, parce que ça m'empêchait vraiment de dormir, tu vois.

maura : je dis juste ça comme ça.

---

* Produit facilitant le transit intestinal très utilisé aux États-Unis. (N.d.T.)

moi : ok. tu veux bien me laisser bosser, maintenant ? ou tu veux profiter de ma réduction spéciale pour t'acheter un médoc de meufs spécial règles ?

il devrait vraiment y avoir une loi interdisant qu'on interroge un mec sur sa sexualité pendant ses heures de travail. de toute manière, quel que soit le lieu ou le moment, je n'ai aucune envie d'en discuter avec maura. parce que le truc, c'est qu'on n'est même pas tellement proches, elle et moi. maura est le genre de copine avec laquelle j'aime bien râler et imaginer la fin du monde. en revanche, ce n'est pas quelqu'un qui me donne envie de ne *pas* souhaiter la fin du monde. depuis un an ou à peu près qu'on se connaît, ça a toujours été un problème. si je lui avouais que j'aime les garçons, je suis sûr qu'elle cesserait de me tourner autour, ce qui serait un gros avantage. mais je sais aussi qu'elle me verrait comme le cliché du « meilleur ami gay », et c'est bien le dernier truc dont j'ai envie. d'ailleurs, je ne suis pas si gay que ça. je déteste madonna.

moi : on devrait inventer des céréales spéciales pour les gens constipés appelées metamuesclix.

maura : je suis sérieuse.

moi : et je suis sérieux quand je te dis d'aller te faire cuire un œuf. tu n'as pas à me traiter d'homo sous prétexte que je refuse de coucher avec toi. beaucoup d'hétéros refusent de coucher avec toi aussi, je te signale.

maura : va te faire mettre.

moi : peut-être, mais pas par toi.

elle s'éloigne, non sans avoir mélangé exprès les flacons que je venais de bien aligner par rangées. je me retiens d'en prendre un pour le lui balancer à l'arrière du crâne, mais la vérité, c'est que si je lui fracassais la tête ici, mon boss m'obligerait à tout nettoyer et ce serait franchement ignoble. le dernier truc dont j'ai envie, c'est d'avoir des bouts de cervelle sur mes nouvelles pompes. vous avez une idée du mal de chien pour laver ça ? de toute façon, j'ai vraiment besoin de ce job, ce qui signifie que je ne peux ni hurler ni mettre mon badge débile à l'envers ni porter un jean troué ni sacrifier des petits chiots au milieu du rayon jouets. ça ne me dérange pas plus que ça, sauf quand mon boss est dans les parages ou que des gens que je connais passent me voir et se comportent tout bizarre avec moi parce que je suis obligé de travailler et pas eux.

je me dis que maura finira par refaire irruption dans l'allée n° 7, mais elle ne revient pas et je sais que je vais devoir faire le dos rond avec elle (du moins ne pas trop sortir mes griffes) les trois prochains jours. il faudra que je pense à lui payer un café ou je ne sais quoi, mais je sais que c'est peine perdue. dès que je me dis qu'il faudra que je pense à un truc, je l'oublie aussi sec et la vérité, c'est que la prochaine fois qu'on se verra, maura jouera les offensées et ça ne fera que m'agacer encore plus. après tout, c'est elle qui m'a agressé en premier. c'est quand même pas ma faute si elle n'a pas supporté la réponse à sa question.

le drugstore ferme ses portes à 20 heures le samedi, ce qui veut dire que je termine le boulot à 21 heures. eric, mary et greta sont déjà en train de parler des soirées auxquelles ils ont l'intention d'aller et même roger, notre manager ultra coincé, nous explique que sa femme et lui ont prévu de passer la soirée « en amoureux » – *hé, si tu vois ce que je veux dire*, et oui roger je vois tout à fait ce que tu veux dire et maintenant si tu veux bien me laisser j'ai juste envie de vomir. je préfère encore visualiser une grosse plaie en putréfaction grouillante de vers. roger est obèse et chauve et je parie que sa femme doit l'être aussi, donc inutile de dire que je n'ai pas besoin d'avoir les détails de leur vie sexuelle de chauves obèses, surtout qu'il en fait des tonnes genre gros clin d'œil et ouh ! là, là, alors qu'en réalité, je parie qu'il va rentrer chez lui, mater un film de tom hanks avec sa femme, aller se coucher en attendant que sa femme ait fini de faire pipi, après quoi il ira pisser lui aussi et ils éteindront la lumière pour roupiller.

greta me demande si je veux l'accompagner, mais elle a vingt-trois ans et son mec, vince, semble du style à vous éviscérer sur place si vous avez le malheur de vous exprimer comme un lycéen. je me fais donc juste ramener chez moi en voiture et ma mère est là, et isaac n'est pas connecté, et je suis trop saoulé que ma mère n'ait jamais de plan pour sortir le samedi alors qu'isaac, lui, n'est jamais chez lui ce soir-là. pour autant, je ne voudrais pas qu'il reste chez lui à attendre mes messages, parce qu'un des trucs que j'aime chez lui c'est qu'il a une vraie vie. il m'a envoyé un e-mail pour me prévenir qu'il se rendait à l'anniversaire de sa copine kara, et je lui ai dit de lui souhaiter un bon anniversaire de ma part, sauf que bien sûr lorsqu'il lira mon message il sera déjà revenu de la soirée et je ne sais même pas s'il a parlé de moi à kara, de toute manière.

ma mère est affalée sur le canapé vert citron, en train de mater le coffret dvd d'*orgueil et préjugés* pour la dix milliardième fois et je sais que je risque de devenir totalement fleur bleue et rose bonbon si je reste assis là à mater ce truc avec elle. bizarrement, elle aime les deux *kill bill*, aussi, mais je n'ai jamais noté la moindre différence dans son humeur qu'elle regarde *orgueil et préjugés* ou *kill bill*. à croire qu'elle reste exactement la même personne, quelles que soient les circonstances, ce qui me paraît franchement impossible.

je me retrouve quand même à regarder *orgueil et préjugés* jusqu'au bout car ça dure genre quinze heures et je sais qu'à la fin, il y a de fortes chances pour qu'isaac soit rentré chez lui. mon portable n'arrête pas de sonner, mais je ne décroche pas. c'est l'avantage de savoir qu'il ne peut pas m'appeler – je ne sursaute jamais en me disant « c'est lui ».

quelqu'un sonne à la porte pile au moment où le mec s'apprête à vider son sac et à avouer ses sentiments à l'héroïne, et au début je fais comme si de rien n'était, comme avec mon téléphone. le seul problème, c'est que les gens à la porte ne basculent pas sur messagerie si bien que la sonnette retentit une deuxième fois, et ma mère s'apprête à se lever mais je lui dis que j'y vais, pensant qu'il doit s'agir de l'équivalent d'une erreur téléphonique version porte d'entrée, sauf que quand je regarde de l'autre côté de la porte je réalise que c'est maura et qu'elle a dû entendre mes bruits de pas.

maura : il faut que je te parle.

moi : genre, à minuit ?

maura : ouvre-moi.

moi : tu es venue bouder et pousser des soupirs, c'est ça ?

maura : allez, will. laisse-moi entrer.

c'est toujours un peu flippant quand elle est aussi directe avec moi. au moment de lui ouvrir, je me prépare psychologiquement à esquiver une baffe ou un coup de poing, comme un réflexe de survie instinctif.

ma mère : qui est-ce ?

moi : c'est rien, c'est maura.

et merde, maintenant, maura est vexée parce que je l'ai traitée de « rien ». je voudrais qu'elle sèche la larme stupide au coin de son œil et qu'elle arrête de prendre la mouche. elle a tellement d'eyeliner qu'elle ressemble à un panda, et elle est si pâle qu'on croirait un vampire ayant oublié de rentrer se coucher au lever du soleil et à qui il manquerait juste deux trous sanguinolents au creux du cou.

on reste sur le palier parce que j'avoue que je ne sais pas trop où aller. je ne crois pas que maura ait déjà mis les pieds chez moi, sauf peut-être cinq minutes par l'entrée de la cuisine. en tout cas, elle n'est jamais allée dans ma chambre vu que c'est là que se trouve mon ordinateur et que maura est typiquement le genre de nana capable de fouiner dans votre disque dur dès que vous avez le dos tourné. sans compter qu'inviter quelqu'un dans votre chambre peut l'inciter à se faire des films, et je ne voudrais surtout pas que maura s'imagine que je complote un plan à la « et tiens, si on s'asseyait sur mon lit, et tiens, puisqu'on est là, si on jouait au docteur ? ». mais la cuisine et le salon sont exclus pour le moment à cause de la présence de ma mère, et la chambre de ma mère est exclue pour toujours puisque c'est sa chambre. bref, je lui propose le garage.

maura : le garage ?
moi : t'inquiète, je vais pas te demander de respirer le pot d'échappement, ok ? si je voulais qu'on fasse un pacte suicidaire, j'opterais pour l'électrocution dans la baignoire avec sèche-cheveux. comme les poètes, quoi.
maura : ok.

le coffret dvd de ma mère étant loin d'être terminé, je sais que maura et moi aurons la possibilité de discuter sans être dérangés ou, du moins, que nous serons les deux seuls êtres dérangés dans ce garage. c'est vraiment trop tartignol de s'asseoir dans la voiture, donc je libère un petit coin près des vieilles affaires de mon père que ma mère n'a jamais pu se résoudre à jeter.

moi : alors, quoi ?
maura : t'es qu'un sale con.
moi : depuis quand est-ce un scoop ?
maura : ferme-la une minute, ok ?
moi : seulement si tu la fermes aussi.
maura : arrête.

moi : c'est toi qui as commencé.
maura : arrête, je te dis.

ok, ok. je me tais. et à quoi j'ai droit en échange ? à quinze secondes de silence total, suivi d'un bla-bla genre :

maura : je me dis toujours que tu ne fais pas exprès de me blesser, et du coup, ça fait moins mal, tu vois. mais aujourd'hui… j'en ai juste ras le bol de toi. et pour info, sache que je n'ai aucune envie de coucher avec toi. je ne pourrais jamais coucher avec quelqu'un qui ne serait pas mon ami.
moi : minute… on n'est plus amis, maintenant ?
maura : je ne sais pas qui tu es. tu ne m'as même pas dit que tu étais gay.

typique. du maura tout craché. si elle n'obtient pas la réponse qu'elle veut, elle fait tout pour vous obliger à avouer la vérité. comme la fois où elle a fouillé dans mon sac pendant que j'étais aux toilettes et où elle a trouvé mes cachetons – j'avais oublié de les prendre le matin et je les avais emmenés au bahut. elle a attendu dix bonnes minutes avant de me demander si je prenais des médocs quelconques. sa question m'a paru bizarre, et je n'avais pas vraiment envie de lui en parler, alors j'ai répondu par la négative. et là, qu'est-ce qu'elle a fait ? elle a plongé sa main dans mon sac et sorti mon flacon de cachets pour me demander ce que c'était. bref, elle a obtenu sa réponse, mais ça n'a pas vraiment amélioré ma confiance en elle. elle n'arrêtait pas de me dire que je ne devrais pas avoir honte de mon « problème psychiatrique », et je n'arrêtais pas de lui répondre que je n'avais honte de rien du tout – juste, je n'avais pas envie d'en discuter avec elle. mais pour elle, impossible de capter la nuance.

et donc bref, nous revoilà à nouveau dans la même situation, sauf que cette fois, c'est pour cette histoire d'homosexualité.

moi : eh là ! une petite seconde. même si j'étais gay, est-ce que ce ne serait pas à moi de décider si j'ai envie de te le dire ?

maura : qui est isaac ?

moi : et merde…

maura : tu crois que je ne te vois pas griffonner sur ton cahier pendant les cours ?

moi : tu te fous de moi ? toute cette scène à cause d'*isaac* ?

maura : je veux juste savoir qui c'est.

fondamentalement, je n'ai aucune envie de lui dire. isaac m'appartient à moi seul, pas à elle. si je lui raconte ne serait-ce qu'un fragment de notre histoire, elle voudra connaître le reste. je sais qu'elle fait ça parce qu'elle croit étrangement que j'ai envie d'être son confident – envie de tout lui dire, envie qu'elle sache tout de moi. mais elle se trompe. elle ne jouera jamais ce rôle à mes yeux.

moi : maura, maura… isaac n'est qu'un personnage. il n'existe pas. merde, quoi ! c'est juste un projet perso, une… *idée* sur laquelle je bosse. je réfléchis à des trucs que je pourrais écrire, avec isaac comme personnage principal.

j'ignore d'où me viennent tous ces âneries. c'est comme si une force divine de l'affabulation venait de me les fourrer dans le crâne.

maura tire une tronche comme si elle avait envie de me croire mais qu'elle n'y arrivait pas.

moi : c'est un peu comme le chien sauteur. sauf que ce n'est pas un chien et qu'il ne se déplace pas sur un bâton sauteur.

maura : la vache ! j'avais complètement oublié cette histoire de chien sauteur.

moi : tu plaisantes ? il allait faire de nous des milliardaires !

et elle gobe. elle se presse tout contre moi et je jure que si elle était un mec, il y aurait probablement une bosse au niveau de sa braguette.

maura : je sais que ça craint de dire ça, mais je suis soulagée que tu ne me caches pas un secret aussi important pour toi.

le moment serait sans doute mal venu pour lui faire remarquer que je n'ai précisé à aucun moment si j'étais gay ou non. je l'ai juste envoyée promener.

je ne sais pas s'il existe un truc pire au monde qu'une gothique qui vire sentimentale comme de la guimauve.

maura n'est pas seulement lovée contre moi, non : elle est en train d'examiner ma main comme si le sens de la vie était imprimé dessus. en braille.

moi : je ne devrais peut-être pas laisser ma mère toute seule.
maura : t'as qu'à lui dire qu'on papote.
moi : je lui ai promis de regarder sa série avec elle.

toute l'astuce, ici, consiste à la renvoyer chez elle sans lui donner l'impression que je la vire. parce que je n'ai aucune envie de lui faire de la peine alors que je viens juste de réparer les dégâts après lui avoir soi-disant fait de la peine une première fois. je sais qu'à la seconde où elle sera de retour dans sa chambre, elle se précipitera pour écrire dans son carnet de poésie romantico-gore, et je ne tiens pas à m'y faire défoncer la tronche par écrit. un jour, maura m'a fait lire un de ses poèmes :

fais-moi pendre, tête en bas
comme une rose morte
préserve-moi
et mes pétales ne tomberont pas
jusqu'à ce qu'un geste de toi
me dissolve

je lui avais écrit un poème en guise de réponse :

je suis comme
un bégonia mort
suspendu tête en bas

parce que
comme un bégonia mort
je m'en tape

ce à quoi elle avait répondu :

les fleurs
n'ont pas toutes besoin de lumière
pour vivre

et donc, ce soir, il se peut que je lui inspire quelque chose comme :

je le croyais homo
mais l'espoir reste permis
de l'attirer dans mon lit
pour faire la bête à deux dos

j'espère ne jamais avoir l'occasion de lire ce poème. ni être au courant de son existence. ni même avoir à y penser.

je me relève et je vais ouvrir la porte du garage pour permettre à maura de sortir. je lui dis qu'on se reverra lundi en cours et elle me répond « hélas oui ! » et je lui fais ha, ha ! jusqu'à ce qu'elle soit suffisamment éloignée pour que je puisse refermer la porte.

le plus détestable, c'est que je sais qu'un jour, tout ça va me retomber dessus. qu'un jour, elle dira que c'est moi qui l'ai allumée, alors que je n'ai fait que la repousser. il faut absolument que je la case avec quelqu'un. et vite. ce n'est pas moi qu'elle veut – elle veut juste quelqu'un qui lui sera entièrement dévoué. et ça ne peut pas être moi.

à mon retour dans le salon, *orgueil et préjugés* est presque terminé, ce qui signifie que chacun des personnages sait grosso modo à quoi s'en tenir sur sa situation sentimentale. généralement, à ce stade, ma mère a déjà vidé la boîte de kleenex mais cette fois, elle ne semble pas avoir versé une larme. ce qu'elle finit par confirmer en coupant le dvd.

ma mère : il faut vraiment que j'arrête ça. il faut vraiment que j'aie une vie.

je ne crois pas qu'elle me dise ça à moi, plutôt qu'elle pense à voix haute, mais je ne peux pas m'empêcher de penser que cette expression, « avoir une vie », est un truc de crétins. comme si la vie était un objet qu'on pouvait « avoir » ou acheter dans un magasin. emballé dans une jolie boîte scintillante avec une fenêtre en plastique à travers laquelle il suffirait de regarder pour avoir un aperçu de la nouvelle vie qu'on pourrait avoir et se dire : « waouh, j'ai l'air tellement plus heureux – c'est la nouvelle vie qu'il me faut ! », l'emmener à la caisse et l'acheter avec sa carte de crédit. si « avoir une vie » était si simple, l'humanité tout entière serait béate de bonheur. mais ce n'est pas le cas. bref, chère maman, ta vie n'est pas là dehors à t'attendre. si tu veux que les choses changent, prends-toi en mains et lève tes fesses du canap.

naturellement, je ne lui dis rien de tout ça. les mères ne sont pas censées entendre ce genre de sermon de la bouche de leurs enfants, sauf si elles font vraiment un truc pas cool comme fumer au lit, prendre de l'héroïne, ou encore fumer au lit tout en prenant de l'héroïne. si ma mère faisait du foot américain dans l'équipe de mon lycée, ses coéquipiers macho lui diraient : « hé mec, t'as juste besoin de tirer un coup » mais désolé, les petits génies, le sexe n'est pas la solution à tous les problèmes. croire aux pouvoirs de guérison magique du sexe, c'est un peu la version adulte de croire au père noël.

c'est quand même glauque de penser à sa mère puis au sexe. je suis donc soulagé de l'entendre se remettre à râler.

ma mère : ça commence à bien faire, non ? maman sur son canapé le samedi soir, à attendre l'arrivée de son darcy ?

moi : il n'y a pas vraiment de réponse, n'est-ce pas ?

ma mère : sans doute.

moi : as-tu au moins proposé à ton darcy d'aller boire un verre ?

ma mère : à vrai dire, je ne l'ai pas encore rencontré.

moi donnant des conseils sentimentaux à ma mère, c'est comme si un poisson rouge expliquait à un escargot comment voler. je pourrais lui rappeler que tous les hommes ne sont pas forcément des ordures comme mon père, mais bizarrement elle ne supporte pas que je dise du mal de lui. elle doit redouter le jour où je me réveillerai en réalisant que la moitié de mes gènes sont tellement programmés pour faire de moi un sale type que je regretterai de ne pas en être un. eh bien ! ma petite maman, tu sais quoi ? ce jour est déjà arrivé il y a belle lurette. et j'aimerais pouvoir affirmer que les médocs sont intervenus juste à temps, mais ils ne gèrent hélas que les effets secondaires.

dieu bénisse les stabilisateurs chimiques d'humeur. *les humeurs naissent et demeurent libres et égales en droit.* je suis la déclaration des droits de l'humeur et du citoyen à moi tout seul.

à cette heure-ci, isaac devrait enfin être rentré. je dis donc à ma mère que je vais me coucher et puis, histoire d'être gentil, j'ajoute que si jamais j'aperçois, disons, un beau mec sexy à cheval sur le chemin du centre commercial, je ne manquerai pas de lui refiler son numéro. elle me remercie et ajoute qu'aucune de ses copines de poker n'avait jamais eu une aussi bonne idée. je me demande si elle demandera un jour conseil au facteur, aussi.

une série de messages instantanés m'attendent à l'écran quand je sors mon ordinateur du mode veille.

nonpapametuepas : t'es là ?
nonpapametuepas : j'attends
nonpapametuepas : j'espère
nonpapametuepas : et je me languis

mon petit cœur fait des triples saltos. l'amour est une drogue.

grayscale : oh, enfin, la voix de la raison dans ce monde de fous !

nonpapametuepas : t'es là !

grayscale : j'arrive juste.

nonpapametuepas : si tu comptes sur moi pour être la voix de la raison, la situation doit être désespérée.

grayscale : ouais, maura est passée me voir chez cvs histoire d'auditionner pour le rôle de pire garce de tous les temps et quand je lui ai dit que le casting était annulé, elle a essayé la promotion canapé. et après ça, ma mère a commencé à se plaindre qu'elle avait pas de vie. oh, et j'ai des devoirs à faire demain aussi mais ça, c'est moins sûr.

nonpapametuepas : c'est dur d'être toi, hein ?

grayscale : tu m'étonnes.

nonpapametuepas : tu crois que maura sait la vérité ?

grayscale : elle croit savoir, en tout cas

nonpapametuepas : quelle sale fouine !

grayscale : pas vraiment. c'est pas sa faute si j'ai pas envie de me confier à elle. je préfère me confier à toi.

nonpapametuepas : et t'as bien raison. donc, t'avais pas de grand projet pour ce soir ? juste passer la soirée avec ta mère ?

grayscale : mon grand projet du samedi soir, c'est toi.

nonpapametuepas : waouh ! je suis flatté.

grayscale : j'espère bien. et cet anniv, c'était comment ?

nonpapametuepas : intime. kara avait juste envie d'aller au ciné avec janine et moi. soirée sympa, mais film pourri. celui avec le type qui apprend que sa femme est un sucube.

nonpapametuepas : sucubbe ?

nonpapametuepas : succube ?

grayscale : succube.

nonpapametuepas : ouais, voilà. un succube. au début, c'était naze. puis super chiant. puis vulgaire et débile.

puis, pendant deux minutes, c'était débile mais drôle, mais c'est redevenu juste débile et ça s'est fini hyper naze.

nonpapametuepas : une vraie bonne soirée, quoi.

grayscale : comment va kara ?

nonpapametuepas : mieux.

grayscale : c'est-à-dire ?

nonpapametuepas : elle parle beaucoup de ses problèmes au passé pour nous convaincre qu'ils sont derrière elle. et c'est peut-être vrai.

grayscale : tu lui as transmis le bonjour de ma part ?

nonpapametuepas : ouais. je crois que j'ai dit un truc style « will me charge de te dire qu'il a envie de ton corps », mais l'effet était le même. elle m'a dit de te passer le bonjour aussi.

grayscale : *gros gros soupir* j'aurais tellement aimé être là.

nonpapametuepas : et moi, j'aimerais être avec toi maintenant tout de suite.

grayscale : c'est vrai ? ☺

nonpapametuepas : oh oui !

grayscale : et si t'étais avec moi…

nonpapametuepas : qu'est-ce que je te ferais ?

grayscale : ☺

nonpapametuepas : laisse-moi t'expliquer ce que je te ferais…

c'est notre petit jeu à nous. le plus souvent, c'est juste pour délirer. il y a plusieurs options possibles. option n° 1 : on se moque des gens qui font l'amour par Internet en inventant des dialogues X absurdes.

grayscale : lèche-moi la clavicule.

nonpapametuepas : ok, tu sens comme je te lèche la clavicule ?

grayscale : oh oui ma clavicule c'est trop bon là.

nonpapametuepas : ta clavicule est une vraie cochonne

grayscale : mmmmmm

nonpapametuepas : wwwwwwwww

grayscale : rrrrrrrrrrrrrr

nonpapametuepas : tttttttttttt

d'autres fois, on opte pour la version roman à l'eau de rose. ou l'art du porno déguisé.

nonpapametuepas : dégaine ton gros sabre viril et tremblant si tu l'oses, samouraï.

grayscale : ton lance-flammes diabolique allume en moi le brasier de l'enfer.

nonpapametuepas : ma troupe d'intervention spéciale vient pénétrer ton no man's land.

grayscale : farcis-moi comme une dinde de thanksgiving !

et puis, il y a les soirs comme celui-ci où la vérité s'impose d'elle-même parce que c'est ce qu'on a besoin d'entendre. ou peut-être est-ce seulement l'un de nous deux qui en a besoin et que l'autre comprend à quel point c'est important.

par exemple, en cet instant précis, ce que je voudrais le plus au monde, c'est faire l'amour avec lui. et il le sait. et il me dit :

nonpapametuepas : si j'étais là, je resterais debout derrière toi pour mettre mes mains sur tes épaules et les masser délicatement jusqu'à ce que tu termines ta phrase.

nonpapametuepas : puis je me pencherais en avant et je ferai glisser mes doigts le long de tes bras et je presserais mon cou contre le tien pour que tu t'appuies contre moi.

nonpapametuepas : ne bouge plus.

nonpapametuepas : ensuite, quand tu serais prêt, je t'embrasserai juste une fois, et je me reculerai pour aller m'asseoir sur ton lit et t'attendre histoire qu'on s'allonge tous les deux, juste toi contre moi et moi contre toi.

nonpapametuepas : ce serait si calme, si doux. juste un moment calme et doux. comme de s'endormir ensemble, mais d'être quand même conscients tous les deux.

grayscale : ce serait génial.

nonpapametuepas : je sais. j'adorerais, moi aussi.

je ne nous imagine pas du tout disant ces choses-là à voix haute. mais même si je ne peux pas entendre ces mots, je peux les ressentir. je ne visualise même pas la scène. je la vis, plutôt. j'imagine ce que j'éprouverais avec lui, dans cette situation. ce calme. cette douceur. un pur moment de bonheur. mais ça me rend triste parce que ça n'existe qu'en paroles.

au début de notre histoire, isaac m'avait expliqué que les silences le mettaient mal à l'aise – que si je tardais trop à lui répondre, par exemple, il avait l'impression que j'étais en train de parler avec quelqu'un d'autre, dans une autre fenêtre, ou que j'avais quitté mon ordi, ou encore que je tchatais avec douze autres mecs sans qu'il le sache. (genre c'est moi le dieu vivant que tout le monde s'arrache.) et je dois reconnaître que j'ai exactement les mêmes angoisses que lui. du coup, on a une petite tradition bien à nous chaque fois qu'on met un peu de temps avant de répondre. on s'écrit juste :

grayscale : toujours là
nonpapametuepas : toujours là
grayscale : toujours là
nonpapametuepas : toujours là

en attendant la prochaine phrase.

grayscale : toujours là
nonpapametuepas : toujours là
grayscale : toujours là
nonpapametuepas : à quoi on joue ?
grayscale : ? ? ?
nonpapametuepas : je crois qu'il est temps
nonpapametuepas : qu'on se rencontre
grayscale : ! ! !
grayscale : sérieusement ?
nonpapametuepas : carrément.
grayscale : tu veux dire que je pourrais te voir
nonpapametuepas : te serrer contre moi pour de vrai
grayscale : pour de vrai
nonpapametuepas : oui
grayscale : oui ?
nonpapametuepas : oui
grayscale : oui !
nonpapametuepas : est-ce que je suis dingue ? ☺

grayscale : oui !

nonpapametuepas : je vais devenir cinglé si on ne le fait pas

grayscale : alors faisons-le

nonpapametuepas : oui, faisons-le

grayscale : ohlàlàlàlàlàlà

nonpapametuepas : on va le faire, sérieux, hein ?

grayscale : on ne peut plus revenir en arrière

nonpapametuepas : je tremble d'impatience...

grayscale : et de trouille...

nonpapametuepas : ... mais surtout d'impatience, non ?

grayscale : surtout d'impatience, oui

on va le faire. je sais qu'on va le faire.

morts de trac, excités comme des puces, on se fixe une date.

vendredi. dans six jours.

plus que six petits jours.

dans six jours, ma vie commencera peut-être pour de bon, enfin.

c'est complètement dingue.

et le plus fou, dans tout ça, c'est que je ressens une telle excitation que j'ai envie d'en parler à isaac alors qu'il est le seul à être déjà au courant. ni à maura, ni à simon, ni à derek, ni à ma mère – seulement à isaac et à personne d'autre au monde. il est à la fois mon unique source de bonheur et le seul avec lequel j'ai envie de le partager.

ça doit être un signe.

. 5

Encore un de ces week-ends où je ne mets pas le nez dehors – littéralement – excepté avec ma mère pour faire un saut à la supérette. D'habitude, ça ne me dérange pas, ce genre de week-end. Mais je ne peux pas m'empêcher d'espérer que Tiny Cooper et/ou Jane me passeront un coup de fil histoire d'avoir un bon prétexte pour tester l'efficacité de ma fausse pièce d'identité, laquelle repose actuellement entre les pages de *Persuasion* sur mon étagère. Mais personne ne m'appelle; ni Tiny ni Jane ne sont connectés à Internet, et il fait un tel froid dehors que je reste enfermé à m'avancer dans mon boulot. Je fais mon devoir de maths, puis je passe trois heures à lire le manuel pour tâcher de comprendre ce que je viens de faire. C'est dire le week-end passionnant que je suis en train de vivre – quand vous avez tellement de temps à tuer que vous allez au-delà des réponses pour essayer de comprendre les idées.

Puis, le dimanche soir, alors que je suis devant mon ordi pour voir si quelqu'un est en ligne, mon père passe la tête dans l'entrebâillement de la porte.

– Will, me dit-il, aurais-tu une minute pour venir discuter d'une petite chose dans le salon ?

Je pivote sur ma chaise et je me lève. Mon estomac se noue un peu car le salon est sans conteste la pièce la plus éprouvante de cette maison, celle où l'on découvre que le père Noël n'existe pas, où les grands-mères meurent, où les mauvais bulletins scolaires sont épluchés d'un œil mécontent et où l'on apprend que le camion du monsieur entre dans le garage de la dame, puis en ressort, puis entre à nouveau, jusqu'à ce qu'il ait déposé une graine de bébé dans le ventre de la dame, etc., etc.

Mon père est très grand, très mince, très chauve et possède de longs doigts fins avec lesquels il pianote sur l'accoudoir du canapé à motif floral. Je suis assis en face de lui sur un fauteuil trop rembourré et trop vert. Il continue à pianoter pendant à peu près trente-quatre ans sans ouvrir la bouche, jusqu'à ce que je finisse par lui lancer : « Je suis là, p'pa. »

Mon père a une façon très formelle et intense de s'adresser aux gens. Il vous parle toujours comme s'il vous annonçait que vous avez un cancer incurable – ce qui n'est pas si surprenant puisque ça fait partie de son métier. Il pose donc sur moi son regard triste et profond à la vous-avez-un-cancer-incurable, et me déclare :

– Ta mère et moi nous demandons ce que tu as l'intention de faire.

– Ha, heu... eh bien, je pensais aller me coucher dans pas longtemps. Sinon, cette semaine, j'ai cours normalement. Je vais à un concert vendredi soir, mais j'ai déjà prévenu maman.

Il acquiesce.

– Oui, mais après.

– Hein, après ? Genre, aller à la fac, trouver un boulot, me marier, vous donner des petits-enfants, éviter la drogue et être heureux ?

Il sourit presque. C'est un sacré défi, de réussir à faire sourire mon père.

– Disons qu'un point précis de cette liste nous intéresse particulièrement, à ce stade de ton existence.

– La fac ?

– La fac.

– J'ai encore toute l'année prochaine pour y réfléchir.

– Il n'est jamais trop tôt pour être prévoyant, me rétorque-t-il.

Là-dessus, il se lance dans une longue tirade pour me vanter les mérites d'un cursus proposé par l'université de Northwestern où l'on peut suivre à la fois des études classiques et faire médecine en quelque chose comme six ans, si bien qu'on peut ensuite commencer à travailler dès l'âge de vingt-cinq ans, ce qui me permettrait de rester près de la maison tout en vivant sur le campus si je le souhaite et bla-bla-bla, mais je ne l'écoute même plus car dès la onzième seconde de son speech j'ai compris que maman et lui avaient déjà décidé qu'il fallait que je m'inscrive à ce cursus et qu'ils s'y prenaient juste un peu à l'avance histoire que je me fasse à l'idée, qu'ils remettront périodiquement le sujet sur le tapis au cours de l'année prochaine pour faire pression sur moi, encore et encore. Et je réalise aussi que si mon dossier est pris là-bas, il y a de fortes chances pour que j'accepte d'y aller. Il y a de pires moyens de gagner sa vie.

Vous connaissez ce dicton affirmant que les parents ont toujours raison ? « Écoute tes parents, ils savent ce qui est bon pour toi » ? Ce conseil que personne n'écoute jamais car même si c'est vrai, c'est tellement condescendant et horripilant à entendre que ça vous donne juste envie de devenir genre accro au crystal meth ou d'avoir des rapports sexuels non protégés avec quatre-vingt-sept mille parfaits inconnus ? Eh bien moi, j'écoute mes parents. Ils savent ce qui est bon pour moi. J'écouterais les conseils de n'importe qui, je crois bien. L'avis de n'importe qui a plus de poids que le mien.

Et donc, bref. Mon père est loin de soupçonner que ses explications ne servent à rien puisque je suis d'avance d'accord avec lui. Non, je ne me dis surtout pas que je me sens tout petit, sur ce fauteuil ridiculement énorme, et je repense à ma fausse carte d'identité en train de réchauffer les pages du Jane Austen sur ma bibliothèque, je repense à Tiny Cooper en me demandant si je le maudis ou si je l'adore, je repense au concert de vendredi où je m'imagine déjà en train d'éviter Tiny dans la fosse pendant qu'il essaiera de danser comme tout le monde, je pense à la chaleur infernale qui régnera dans le club, aux gens en nage, à la musique si intense et si rapide que je ne ferai même pas attention aux paroles.

Alors je dis : « Ouais, ça a l'air super, papa » et il enchaîne en m'expliquant qu'il connaît déjà certaines personnes là-bas et je reste là assis là sans rien dire à hocher bêtement la tête.

Le lundi matin, j'arrive au bahut avec vingt minutes d'avance car ma mère est attendue à l'hôpital à 7 heures précises – quelqu'un doit avoir une tumeur extralarge ou je ne sais quoi. Je m'appuie contre le mât du drapeau américain planté sur la pelouse pour attendre Tiny Cooper, frissonnant malgré mes gants, mon bonnet, mon manteau et ma capuche. Le vent souffle avec force au ras du sol et fouette le drapeau hissé à quelques mètres au-dessus de moi, mais plutôt mourir que d'entrer là-dedans ne serait-ce qu'un quart de seconde avant la sonnerie.

Les bus scolaires arrivent et des lycéens de première année commencent à envahir la pelouse. Aucun d'eux ne semble particulièrement impressionné par ma présence. Je vois alors Clint, membre titulaire de mon ancien Groupe d'Amis, sortir du parking pour venir dans ma direction, et je réussis à me convaincre qu'il ne vient pas du tout dans *ma* direction jusqu'à ce que le souffle blanc de son haleine atteigne mes narines en un petit nuage nauséabond. Et je ne vais pas mentir : j'espère un peu qu'il vient s'excuser pour l'étroitesse d'esprit de certains de ses potes.

– Salut, connard, me lance-t-il. (Il appelle tout le monde « connard ». Faut-il y voir un compliment, une insulte ? Voire les deux à la fois, d'où le côté fort pratique de cette interjection ?)

Je tressaille légèrement en sentant son haleine fétide, et me contente de lui répondre : « Salut ! » Idéal de neutralité. Chacune des conversations que j'ai pu avoir avec Clint ou avec un quelconque autre membre du Groupe d'Amis se déroule toujours sur le même mode : nous réduisons les mots à leur plus simple essence, si bien que personne ne sait ce que dit vraiment l'autre et que la gentillesse devient de la cruauté, l'égoïsme de la générosité, et la bienveillance de l'insensibilité.

Il poursuit :

– Tiny m'a appelé ce week-end pour me parler de sa comédie musicale. Il veut que le Bureau Des Élèves finance le projet. (Clint est vice-président du BDE.) Il m'a tout raconté, de A à Z. Une comédie musicale à propos d'un gros connard gay et de son meilleur ami qui se branle avec une pince à épiler tellement sa bite est toute petite.

Il me dit tout cela avec un grand sourire. Il n'est pas méchant. Pas vraiment.

Et j'ai envie de lui répondre : *Comme c'est original. Où trouves-tu toutes tes vannes, Clint ? Tu t'es acheté une usine de vannes en Indonésie avec des enfants de huit ans qui travaillent quatre-vingt-dix heures par jour pour te pondre ce genre de réplique spirituelle trop drôle ? Je connais des boys bands avec des textes mieux écrits que les tiens.* Mais je me tais.

– Bref, poursuit Clint, je crois que je vais plaider sa cause en réunion demain. Sa pièce a l'air géniale. J'ai juste une question : tu comptes chanter toi-même ? Parce que je paierais cher pour voir ça.

Je ris un peu, mais pas trop.

– Je ne suis pas très branché théâtre, dis-je enfin.

Au même moment, je sens une présence gigantesque derrière moi. Clint lève le menton vers Tiny et le salue d'un hochement de tête.

– Cooper. Ça va ? dit-il avant de s'éloigner.

– Il essaie de te récupérer, c'est ça ? me demande Tiny.

Je fais volte-face. Et cette fois, je peux *enfin* m'exprimer.

– Tu passes tout le week-end sans te connecter sur le Net ou sans me passer le moindre coup de fil, et tu trouves le temps de l'appeler, lui, pour t'obstiner à ruiner ma vie sociale grâce à la magie de tes chansons ?

– Primo, *Tiny Dancer* ne risque pas de ruiner ta vie sociale, vu que tu n'en as aucune. Secundo, tu ne m'as pas appelé, toi non plus. Et tertio, j'étais overbooké : Nick et moi avons quasiment passé le week-end ensemble !

– Je croyais t'avoir déjà expliqué que tu ne pouvais pas sortir avec Nick.

Tiny s'apprête à répliquer quand j'aperçois Jane, avançant pliée en deux face au vent. Elle porte un sweat à capuche qui n'est visiblement pas assez chaud et vient péniblement jusqu'à nous.

Je lui dis salut, elle me répond pareil et vient se placer juste à côté de moi comme si j'étais un radiateur vivant ou quoi. À la voir comme ça, paupières mi-plissées sous l'effet du blizzard, je finis par lui dire : « Tiens, prends mon manteau » et je l'enlève pour le lui donner. Elle se recroqueville à l'intérieur. J'en suis encore à essayer de trouver une question à lui poser quand la première sonnerie retentit, et nous nous hâtons vers l'entrée du lycée.

Je ne la revois plus de la journée, ce qui est plutôt gênant étant donné qu'il fait un froid polaire, même dans les couloirs, et que je crains fort de mourir gelé le temps de marcher jusqu'à la voiture de Tiny. À la fin de ma dernière heure de cours, je me précipite au rez-de-chaussée pour ouvrir mon casier. Mon manteau se trouve roulé en boule à l'intérieur.

Certes, il est possible de glisser un message dans le casier de quelqu'un à travers les fentes d'aération de la porte – voire un stylo, avec un peu d'effort. Une fois, Tiny Cooper a même réussi à me faire passer un bouquin de Oui-Oui. Mais j'ai beaucoup de mal à imaginer comment Jane, qui, après tout n'est pas non plus Madame Muscles, est parvenue à insérer mon manteau tout entier à travers les fentes de mon casier.

Mais je ne suis pas là pour me poser des questions. J'enfile mon manteau et je rejoins le parking, où Tiny Cooper est présentement en train d'échanger l'une de ses fameuses poignées-de-main-confraternelles-suivies-d'une-longue-tape-amicale-dans-le-dos avec – roulement de tambour – Clint en personne. J'ouvre la portière côté passager de son Acura et m'installe à l'intérieur. Il me rejoint quelques instants plus tard et j'ai beau être furax contre lui, je suis quand même capable d'apprécier la fascinante et complexe expérience de géométrie dans l'espace visant pour Tiny Cooper à s'insérer derrière le volant d'une voiture aussi minuscule.

– J'aimerais te faire une proposition, lui dis-je tandis qu'il procède à cet autre miracle d'ingénierie consistant à boucler sa ceinture.

– Je suis flatté, me répond-il, mais je ne coucherai pas avec toi.

– Très drôle. Écoute-moi. Voilà le marché : si tu laisses tomber cette histoire de comédie musicale, j'accepte de... de quoi, déjà ? Dis-moi, je suis prêt à tout.

– Eh bien ! dit-il, j'aimerais que tu fasses le premier pas avec Jane. Ou que tu l'appelles, au moins. Malgré mes subtiles manœuvres pour vous créer des occasions, seuls tous les deux, elle semble avoir l'impression que tu ne veux pas sortir avec elle.

– En effet.

Ce qui est à la fois parfaitement vrai et parfaitement faux. Saleté de vérité entière et contradictoire.

– Tu te crois où, en l'an 1832 peut-être ? Quand tu flashes sur quelqu'un et que ce quelqu'un flashe sur toi, le concept est de poser ta bouche contre la sienne, d'entrouvrir les lèvres et de sortir le bout de la langue pour pimenter un peu les choses. Enfin quoi, Grayson ! Tout le monde n'arrête pas de répéter que la jeunesse américaine n'est qu'une génération d'obsédés sexuels décadents qui taillent des pipes à droite à gauche comme on s'achète des sucettes, et tu n'es même pas capable d'embrasser une fille qui est *attirée par toi* ?

– Je ne suis pas attiré par elle, Tiny. Pas comme ça.

– Mais enfin, elle est *craquante* !

– Qui es-tu pour en juger ?

– Je suis gay, pas aveugle. Elle a les cheveux qui frisottent et un nez fantastique. *Fantastique*, tu m'entends ! Bon, et quoi d'autre ? Qu'est-ce qu'il vous faut, à vous, les hétéros ? Des nichons ? Elle m'a l'air d'avoir des nichons comme tout le monde. Et de taille normale. Qu'est-ce que tu veux de plus ?

– Je n'ai pas envie d'en discuter.

Il met la clé dans le contact et, à l'aide de l'énorme enclume qui lui sert de tête, martèle en rythme le bouton du Klaxon sur le volant. *Tûûût. Tûûût. Tûûût.*

– Tu veux nous coller la honte, ou quoi ? je m'exclame par-dessus les déflagrations de l'avertisseur.

– Je m'arrêterai uniquement quand j'aurai un traumatisme crânien ou quand tu m'auras promis d'appeler Jane.

Je me bouche les oreilles, mais Tiny continue à klaxonner avec son front. Les gens nous regardent. Je finis par céder – « C'est bon. C'est bon ! C'EST BON ! » – et les coups de Klaxon s'arrêtent enfin.

– Je vais appeler Jane, dis-je. Je serai sympa avec elle. Mais je n'ai toujours pas l'intention de sortir avec.

– C'est ton choix. Ton choix stupide.

– Et donc, dis-je d'un ton plein d'espoir, en échange, tu renonces à *Tiny Dancer* ?

Il démarre le moteur.

– Désolé, Grayson, mais je ne peux pas faire ça. *Tiny Dancer* est un projet planétaire dont l'enjeu dépasse nos petites personnes, la tienne comme la mienne.

– Tu as vraiment une drôle de notion du compromis, tu sais ?

Il s'esclaffe.

– Le compromis, c'est quand tu fais ce que je te dis de faire. Oh, à propos : j'ai besoin de toi dans mon spectacle.

Je me retiens de ne pas pouffer de rire, car cette scène n'aura plus rien de drôle une fois rejouée en public dans un auditorium.

– C'est hors de question. Non. NON ! Et j'exige que tu enlèves mon nom du script.

Il soupire.

– Tu ne piges vraiment rien, hein ? Gil Wrayson n'a

rien à voir avec *toi*. C'est un personnage fictif. Je refuse de m'autocensurer sous prétexte que ma création artistique te met mal à l'aise.

Je tente une autre tactique.

– Tu vas te ridiculiser en direct, Tiny.

– Mon spectacle aura bien lieu, Grayson. J'ai le soutien du BDE pour financer la prod. Alors tais-toi, et assume.

Je me tais et j'assume. Mais ce soir-là je n'appelle pas Jane. Je ne suis pas le caniche de Tiny Cooper.

Le lendemain après-midi, je prends le bus pour rentrer chez moi étant donné que Tiny doit assister à la réunion du BDE. Il m'appelle en sortant.

– Excellente nouvelle, Grayson ! s'exclame-t-il dans le combiné.

– L'excellente nouvelle de quelqu'un est toujours la mauvaise nouvelle de quelqu'un d'autre, dis-je.

Et en effet, le BDE vient d'accorder une subvention de mille dollars pour financer la production et la mise en scène de *Tiny Dancer.*

Ce soir-là, en attendant que mes parents rentrent du boulot pour qu'on puisse dîner ensemble, j'essaie de bosser ma disserte sur Emily Dickinson mais je passe surtout mon temps à télécharger toute la discographie des Maybe Dead Cats. Je suis devenu trop fan de leur musique. J'ai envie de partager mon enthousiasme avec quelqu'un, et je finis par faire exactement ce que Tiny attend de moi – comme toujours. J'appelle Jane.

– Salut, Will.

– Je suis devenu complètement accro aux Maybe Dead Cats, dis-je.

– Je les trouve pas mal, oui. Un brin pseudo-intellos, peut-être, mais ne le sommes-nous pas tous un peu ?

– Je crois que le nom du groupe s'inspire d'une expérience pratiquée par un scientifique célèbre, dis-je. (Pour être honnête, je sais déjà tout. Je viens de consulter la page Wikipédia du groupe.)

– Oui, dit Jane. Schrödinger. Sauf qu'ils n'ont rien compris en choisissant de s'appeler Maybe Dead Cats, vu que Schrödinger est justement célèbre pour avoir révélé un paradoxe de physique quantique affirmant qu'un chat enfermé dans une boîte pouvait être *à la fois* vivant *et* mort. Pas *peut-être* mort.

– Ah ! (Cette fois, je ne peux même pas faire semblant d'avoir été au courant. Je me sens comme un bel abruti et je préfère changer de sujet.) Alors, il paraît que Tiny Cooper a reçu le feu vert pour son spectacle à la noix ?

– Ouais. C'est quoi, au juste, ton problème avec sa comédie musicale ?

– Attends, tu l'as *lue* ?

– Oui. C'est une tuerie, s'il réussit à la monter.

– Eh bien, je suis sa costar. Gil Wrayson. C'est moi, ça ne fait aucun doute. Et je trouve ça… super embarrassant.

– Tu ne trouves pas ça formidable d'être la costar de la vie de Tiny ?

– Je n'ai pas envie d'être la costar de la vie de *qui que ce soit*, dis-je. (Il y a un gros blanc au bout du fil.) Bon, et ça va toi, sinon ?

– Ouais.

– Sans plus ?

– Tu as lu le message dans la poche de ton manteau ?

– Le... Non, il y avait un message ?

– Ouais.

– Oh ! Une petite seconde.

Je pose le téléphone sur mon bureau et fouille l'intérieur de mes poches. Le problème, avec les poches de ce manteau, c'est que quand j'y stocke des trucs à jeter – genre emballage de Snickers, par exemple – mais que je ne trouve pas de poubelle, mes poches finissent par faire office de poubelles elles-mêmes. Et je pense rarement à vider mes poches de leurs déchets. Je mets donc un petit moment avant d'exhumer une page de cahier arrachée et pliée en morceaux. Sur l'extérieur, on peut lire :

« Pour Will Grayson, de la part du Houdini des Casiers »

Je reprends mon téléphone.

– Ça y est, je l'ai trouvé.

J'ai comme un nœud à l'estomac, une sensation à la fois très agréable et à la fois pas du tout du tout.

– Et alors, tu l'as lu ?

– Non, dis-je. (Je me demande si lire ce message est une bonne idée. Je n'aurais peut-être pas dû l'appeler, tout compte fait.) Attends.

Je déplie le papier :

Mr. Grayson,

Vous devriez toujours vérifier que personne ne vous observe quand vous ouvrez votre casier. On ne sait jamais

(18), quelqu'un (26) pourrait mémoriser (4) votre combinaison. Merci pour le manteau. Il faut croire que la galanterie n'a pas encore totalement disparu.

Salutations,

Jane

PS : Je constate que tu traites les poches de ton manteau comme je traite ma voiture. J'adore.

Arrivé à la fin du message, je le relis encore une fois et mes deux vérités n'en sont que plus vraies. J'ai envie d'elle. Je n'ai pas envie d'elle. Peut-être suis-je un robot, après tout. Ne sachant pas trop quoi dire, je décide de sortir le pire truc possible : « C'est gentil ! » Voilà pourquoi je devrais m'en tenir à ma règle d'or n° 2.

Pendant le silence qui s'ensuit, j'ai tout le temps de réfléchir au mot « gentil » – à quel point il dégage un côté réducteur, à quel point dire de quelqu'un qu'il est « gentil » revient à le traiter de simplet, à quel point ce mot a le pouvoir de tout rendre niais et de clignoter comme une enseigne au néon dans la nuit disant : « SOYEZ COMPLEXÉ ».

Jane prend enfin la parole :

– Ce n'est pas vraiment mon adjectif préféré.

– Désolé, je voulais juste...

– Je sais ce que tu veux dire, Will. Excuse-moi. Je... je ne sais plus trop où j'en suis. Je viens de rompre avec quelqu'un, et je crois que je cherche sans le vouloir à... comment dire... combler le vide et... Oh ! là, là, c'est affreux de présenter les choses comme ça ! Je vais raccrocher.

– Pardonne-moi d'avoir dit que c'était gentil. Ce n'était pas gentil. C'était...

– Laisse tomber. Oublie ce message, sérieusement. Je ne suis même pas... Ça n'a pas d'importance, Grayson.

Après avoir raccroché sur ce gros malaise, je comprends soudain comment aurait dû se finir sa phrase. «Je ne suis même pas... attirée par toi, Grayson, car tu n'es pas – comment dire poliment – si intelligent que ça. Genre, il t'a fallu consulter la page de ce scientifique sur Wikipédia. Mon ex me manque et tu ne te décidais pas à m'embrasser, alors j'ai fait le premier pas à ta place mais au fond, tout ça n'est pas bien grave et le seul problème, c'est que je ne sais pas comment te le dire sans te vexer, et comme je suis bien plus psychologue et généreuse que toi avec tes *C'est gentil*, je préfère laisser ma phrase en suspens et dire *Je ne suis même pas...* »

Je rappelle Tiny, non pour lui parler des Maybe Dead Cats, et cette fois-ci, il décroche à la moitié de la première sonnerie.

– Bien le bonsoir, Grayson.

Je lui demande d'abord son avis concernant la phrase inachevée de Jane. Puis quel type de bug cérébral a bien pu me pousser à qualifier son message de gentil, comment il est possible de se sentir à la fois attiré et pas attiré par quelqu'un, s'il pense que je suis un robot dénué de sentiments et que mon obsession pour mes deux règles d'or m'a transformé en une sorte de monstre hideux que personne n'aimera jamais ni ne demandera en mariage. Je vide mon sac au téléphone pendant que Tiny garde le silence, ce qui est en soi un événement sans précédent. Quand je me tais enfin, il marmonne *hmmm*, comme à son habitude, avant de déclarer – et je le cite mot pour mot –: «Grayson, des fois, tu te comportes vraiment *comme une nana*» et de me raccrocher au nez.

La phrase inachevée de Jane me hante pendant toute la nuit. Jusqu'au moment où mon cœur de robot décide de passer à l'action – le genre d'action susceptible de plaire à une certaine-fille-hypothétique-pour-qui-il-est-possible-que-j'aie-éventuellement-un-faible.

Le vendredi, au bahut, j'avale mon déjeuner à la vitesse de l'éclair, ce qui n'est pas très compliqué étant donné que Tiny et moi sommes assis à une table de théâtreux occupés à parler de la production de *Tiny Dancer* et prononçant plus de mots à la minute que je n'en sors en une seule journée. Le rythme de leur conversation suit un schéma immuable: les voix s'élèvent, s'accélèrent, bref, montent crescendo jusqu'à ce que Tiny, prenant la parole par-dessus tout le monde, sorte une blague et que la tablée tout entière explose de rire, avant que le calme ne revienne quelques instants puis que le volume sonore monte monte jusqu'à la prochaine intervention du chef. Une fois que j'ai mis le doigt là-dessus, j'ai du mal à ne pas les écouter mais je m'efforce de me concentrer sur l'enfournage à la chaîne de mes *enchiladas*. J'engloutis un Coca, et je me lève.

D'un geste, Tiny fait taire l'assemblée.

– Et où vas-tu comme ça, Grayson?

– J'ai un truc à vérifier.

Je situe *à peu près* l'emplacement du casier de Jane. Il se situe *à peu près* en face de la fresque murale sur laquelle une piètre reproduction picturale de la mascotte du lycée, Willie le Cougarou, déclare dans une bulle de BD : « LES COUGAROUS RESPECTENT TOUT LE MONDE », ce qui est à mourir de rire d'après au moins quatorze niveaux d'interprétation différents, le quatorzième étant *que les cougarous n'existent pas*. Willie le Cougarou ressemble vaguement à un puma, cela dit, et bien que n'étant pas moi-même un expert en zoologie, je suis relativement prêt à parier que les pumas ne respectent à peu près personne.

Bref, je me tiens adossé contre Willie le Cougarou, dans une position pouvant laisser croire que je suis la personne en train de prononcer la phrase « Les Cougarous respectent TOUT LE MONDE », et je dois poireauter là une bonne dizaine de minutes en faisant semblant d'être hyper occupé. Et je regrette déjà de ne pas avoir apporté un bouquin car cela m'aurait moins donné l'air d'un harceleur pervers, lorsque enfin la sonnerie retentit et qu'une foule d'élèves envahit les lieux.

Jane arrive devant son casier. Je vais me planter au milieu du couloir, forçant les gens à s'écarter sur mon passage. J'opère un pas sur la gauche pour me positionner exactement dans le bon angle et, voyant Jane lever sa main vers le verrou, je plisse les yeux pour mieux distinguer la combinaison : 25-2-11. Là-dessus, je tourne les talons pour disparaître au milieu de la mêlée et marcher vers mon destin.

Mon septième cours de la journée est une option intitulée « Conception de jeux vidéo ». Il s'avère que concevoir des jeux vidéo est en fait vachement difficile, bien moins drôle que d'y jouer, mais le principal avantage de ce cours est que j'ai accès à Internet et que mon écran est tourné de telle manière que mon prof, la plupart du temps, ne voit rien.

J'en profite donc pour envoyer un e-mail aux Maybe Dead Cats.

De : williamgrayson@eths.il.us

À : thiscatmaybedead@gmail.com

Objet : Un service à vous demander

Chers Maybe Dead Cats,

Si vous jouez *Annus miribalis* ce soir, pourriez-vous svp faire une petite dédicace spéciale à 25-2-11 (la combinaison de casier d'une fille de ma connaissance) ? Ce serait vraiment génial. Désolé de vous demander ça à la dernière minute,

Will Grayson.

La réponse me parvient avant même la fin du cours.

Will,

Pas de problème. Oui à l'amour.

MDC.

Le soir, après les cours, Jane, Tiny et moi nous rendons au Downtown Dogs, un restaurant de hot dogs situé à quelques rues du club. Je m'assois sur une petite banquette à côté de Jane, sa hanche collée contre la mienne. Nos manteaux sont roulés en boule sur la banquette d'en face, où s'est installé Tiny. Les cheveux de Jane cascadent en boucles folles sur ses épaules. Elle est très maquillée et porte un débardeur à bretelles fines carrément suicidaire en cette saison.

Parce que c'est un restaurant de hot dogs hyper classe, un serveur vient prendre notre commande. Jane et moi prenons chacun un hot dog et un soda. Tiny commande quatre hot dogs avec petit pain, trois hot dogs sans petit pain, une assiette de chili et un Coca light.

– Un *Coca light*? s'étonne le serveur. Vous voulez quatre hot dogs avec petit pain, trois hot dogs sans petit pain, une assiette de chili et un *Coca light*?

– Tout à fait. Le sucre ne me sert à rien pour m'aider à développer ma masse musculaire, répond Tiny, ce à quoi le serveur se contente d'acquiescer en faisant *hmm hmm*.

– J'ai mal pour ton système digestif, dis-je. Un jour, tes intestins vont finir par se révolter, se déployer et t'étrangler.

– Tu sais, le coach m'a dit qu'idéalement, je devrais prendre quinze kilos avant la saison prochaine. Si on espère décrocher une bourse pour les universités de division 1, il faut être *costaud*. Or j'ai tellement de mal à prendre du poids ! J'essaie, encore et toujours, mais c'est une lutte permanente.

– Pauvre malheureux, lance Jane.

Je m'esclaffe. Nous échangeons un regard, et Tiny soupire: « Oh, mais *faites-le*, qu'on puisse enfin passer à autre chose ! » ce qui entraîne un long silence gêné autour de la table jusqu'à ce que Jane demande:

– Où sont Gary et Nick?

– Sans doute en train de se remettre ensemble, répond Tiny. J'ai rompu avec Nick hier soir.

– C'était la seule chose à faire. Votre histoire était vouée à l'échec dès le départ.

– Je sais, ok ? Je crois vraiment que je devrais rester célibataire quelque temps.

Je me tourne vers Jane :

– Je te parie cinq dollars qu'il retombe amoureux d'ici quatre heures.

Elle éclate de rire.

– Disons trois heures.

– Pari tenu.

Nous échangeons une poignée de main.

Le dîner terminé, nous traînons un peu dans le quartier histoire de tuer le temps avant d'aller faire la queue devant Le Hangar. Il fait un froid de canard mais, debout contre la façade du bâtiment, nous sommes au moins coupés du vent. Pendant que nous attendons, je sors mon portefeuille, déplace mon faux permis de conduire pour l'insérer dans la fenêtre plastifiée, et cache mon vrai permis de conduire entre ma carte de sécurité sociale et la carte professionnelle de mon père.

– Fais voir, me demande Tiny. Pas mal, Grayson ! Pour une fois dans ta vie, une photo sur laquelle tu ne ressembles pas à un chochotteux !

Juste avant l'entrée, Tiny me fait passer devant lui – histoire de mieux me voir utiliser ma fausse carte d'identité pour la première fois, j'imagine. Le videur porte un tee-shirt qui ne recouvre que partiellement la surface de son ventre.

– Pièce d'identité, marmonne-t-il.

Je ressors mon portefeuille de ma poche arrière et en extrais mon permis de conduire pour le lui tendre.

Le type l'observe dans le faisceau de sa lampe torche, qu'il me braque ensuite en pleine figure avant de réexaminer le document, et déclare :

– Tu crois peut-être que j'sais pas compter ?

– Hein ?

– T'as vingt ans, mon pote.

– Pas du tout, j'en ai vingt-deux.

Le type me rend mon permis de conduire en disant :

– Eh bien ! là-dessus, ça dit que t'as vingt ans.

Je relis ma date de naissance et constate qu'il a raison : j'aurai vingt et un ans en janvier prochain.

– Ah oui ? balbutié-je. Bon, ben... désolé.

Cet abruti de gros défoncé S-A-N-S E-S-P-O-I-R et sans cervelle s'est trompé d'année dans ma date de naissance. Je m'éloigne et Tiny me rejoint, plié de rire. Jane se bidonne, elle aussi.

– Ah, Grayson, fait Tiny en me tapant sur l'épaule, il n'y a que toi pour avoir vingt ans sur tes faux papiers. Ça ne sert strictement à rien !

Je me tourne vers Jane.

– Ton pote s'est planté.

– Désolée, Will. (Sauf qu'elle ne doit pas l'être tant que ça, sans quoi elle ne rigolerait pas autant.) On peut quand même essayer de te faire rentrer, ajoute-t-elle.

Mais je fais non de la tête.

– Allez-y sans moi. Prévenez-moi quand ce sera fini. Je crois que je vais retourner au Downtown Dogs en attendant... Appelez-moi juste s'ils jouent *Annus miribalis*, OK ?

Et devinez ce qu'ils font : ils y vont. Ils repartent faire la queue, et je les vois franchir la porte du club sans qu'aucun d'eux ait protesté genre *non, non, pas question*, on ne peut pas aller à ce concert sans toi.

Je suis réaliste. Le groupe est génial. Mais se faire planter par ses amis à cause d'un concert, c'est quand même dur à avaler. Debout dans la queue, je n'avais pas froid, mais maintenant je me pèle. Il fait un temps atroce, le genre de froid polaire où le seul fait de respirer par le nez vous glace le cerveau instantanément. Et me voilà seul avec une saleté de faux permis de conduire inutile à cent dollars.

Je retourne au restaurant, me commande un hot dog et le grignote lentement. Mais je ne peux quand même pas bouffer le même hot dog pendant trois heures – un hot dog, ça ne se savoure pas, ça s'avale. Mon téléphone est posé sur la table et je le fixe du regard, dans l'espoir imbécile de recevoir un appel de Jane ou de Tiny. Et là, je sens la colère monter en moi. Il n'y a pas pire circonstance pour se faire planter: seul au resto, sans même un bouquin pour me tenir compagnie. Au fond, je n'en veux pas seulement à Tiny et à Jane. Je suis furieux contre moi-même de m'être laissé embarquer dans cette histoire, de n'avoir pas vérifié ma date de naissance, de n'être pas venu avec ma propre voiture et de ne pas connaître suffisamment le réseau des trains de banlieue.

À bien y réfléchir, je réalise que mon problème, c'est de trop me laisser entraîner par les autres. Résultat, j'ai atterri ici.

J'en ai assez de laisser les gens décider à ma place. C'est une chose que mes parents fassent des choix en mon nom. Mais que Tiny me pousse dans les bras de Jane, qu'il m'incite à me procurer de faux papiers, puis se paye ma tronche à cause du fiasco de ce soir et m'abandonne dans ce resto de hot dogs miteux (alors que je ne suis même pas particulièrement fan de hot dogs, même lorsqu'ils sont bons), ça commence à bien faire.

Je visualise clairement son image, sa grosse figure hilare. *Ça ne sert à rien. Ça ne sert à rien.* Eh bien, si ! Avec mon faux permis de conduire, je peux m'acheter des clopes, si je veux – sauf que je ne fume pas. Je peux m'inscrire illégalement sur les listes électorales. Je peux même... mais oui, tiens. En voilà une idée.

Car voyez-vous, juste en face du Hangar, il y a une boutique un peu spéciale. Genre enseigne au néon et façade opaque sans la moindre fenêtre. Je ne suis pas du tout branché porno – ou « magazines pour adultes », comme le précise le panneau placé près de la porte – mais plutôt mourir que de passer ma soirée au Downtown Dogs *sans* utiliser mes faux papiers. Pas question. Je vais aller dans ce sex-shop. Tiny Cooper n'aurait pas le courage de se rendre dans un endroit pareil. Jamais de la vie. Je m'imagine d'avance tout ce que je vais pouvoir leur raconter lorsqu'ils sortiront du concert. Je laisse un billet de cinq dollars sur la table – dont un pourboire de cinquante cents – et refais le chemin inverse le long des quatre pâtés de maisons. À mesure que j'approche du magasin, je me sens un peu nerveux. Mais je me dis aussi que rester dehors en plein hiver au beau milieu de Chicago est sans doute plus dangereux que de franchir l'entrée de n'importe quel type de commerce.

J'ouvre la porte et me retrouve dans une salle brillamment éclairée par des néons fluorescents. Sur ma gauche, derrière le comptoir, un type arborant davantage de piercings qu'un coussin à épingles me fixe du regard.

– C'est pour la boutique ou pour l'arrière-salle ? me demande-t-il.

N'ayant pas la moindre idée de ce qui se trouve dans l'arrière-salle, je lui réponds :

– Euh… la boutique ?

– OK. Vas-y, dit-il.

– Pardon ?

– Vas-y.

– Vous ne voulez pas voir ma pièce d'identité ?

Le type s'esclaffe.

– Pourquoi, t'as seize ans ?

Quel flair. Du premier coup.

– Non, vingt.

– C'est bien ce que je pensais, dit-il. Alors vas-y, entre.

Alors je me dis : *Oh non, c'est pas vrai, y a-t-il un seul endroit dans cette ville de merde où mes faux papiers vont enfin me servir à quelque chose ?* C'est ridicule. Je refuse de baisser les bras !

– Non, j'insiste. Prenez ma pièce d'identité.

– OK, mon pote. Si c'est ça ton trip… (Il prend un ton grave et obséquieux.) Pourrais-je voir votre pièce d'identité, je vous prie ?

– Mais bien sûr, dis-je en lui tendant mon faux permis.

Il l'examine, me le rend et dit :

– Merci, Ishmael.

– De rien, dis-je, totalement exaspéré.

Et voilà. Je suis dans un sex-shop.

C'est assez nul, je dois dire. On dirait un magasin normal, avec des rayonnages de DVD, de vieilles VHS et un présentoir de magazines, le tout sous la lumière crue des plafonniers. Bon, il y a quand même des différences par rapport à un vidéoclub normal. Petit a) dans un vidéoclub normal, très peu de jaquettes de DVD comportent les mots «orgie» ou «salope». Petit b) je mettrais ma main au feu qu'un vidéoclub normal ne propose pas d'accessoires spéciaux pour fessée. Et enfin, petit c) un vidéoclub normal vend rarement des articles dont on peut se dire en les voyant: «Je n'ai pas la moindre idée de l'utilité de cette *chose* ni de la partie du corps à laquelle elle s'applique.»

À l'exception du Señor Muy Piercingos, l'endroit est désert et j'ai soudain envie de prendre la fuite, car il doit s'agir du moment le plus pénible et le plus mortifiant d'une journée qui s'est déjà révélée assez pénible et mortifiante comme ça. Mais mon expédition n'aura servi à rien si je ne ramène pas au moins une preuve de mon passage. Mon objectif est de trouver le truc le plus improbable possible, l'objet qui convaincra Tiny et Jane que j'ai vécu sans eux une grande soirée de rigolade dont ils n'ont pas idée, et c'est précisément la raison pour laquelle je finis par porter mon choix sur un magazine espagnol intitulé *Mano a Mano.*

. 6

à cet instant précis, j'ai juste envie d'accélérer le temps. ou si ça ne marche pas, de tout rembobiner en arrière.

j'ai envie d'accélérer parce que dans vingt heures exactement, je serai à chicago avec isaac, et que je voudrais zapper d'avance tout ce qui va se passer d'ici là pour le retrouver plus vite. peu m'importe si je suis censé gagner au loto dans dix heures. peu m'importe si dans douze heures, on m'offre une occasion unique de décrocher mon diplôme de fin d'année sans plus jamais devoir assister aux cours. peu m'importe si dans quatorze heures, je vais me branler et connaître l'orgasme le plus incroyable de tous les temps. j'accélérerais tout ça sans la moindre hésitation pour retrouver isaac, au lieu de penser à lui pour tuer le temps.

quant à voyager dans le passé, c'est très simple : j'aimerais revenir en arrière et tuer le type qui a inventé les maths. pourquoi ? parce qu'en ce moment même, je suis assis à la cafète et que derek est en train de me dire :

derek : j'ai hâte d'être à la compétition des mathlètes demain, pas toi ?

et avec ce simple mot « *mathlètes* » c'est comme si je ressortais brusquement d'une anesthésie générale.

moi : p***** de b***** de m****.

notre lycée compte quatre « mathlètes ». je suis le quatrième, derek et simon étant respectivement les numéros un et deux. pour participer à la compétition il leur faut au moins quatre autres membres. (le numéro trois est un élève de troisième dont j'ai délibérément oublié le nom. même son crayon a plus de personnalité que lui.)

simon : t'as pas oublié, dis ?

ils ont tous les deux reposé leurs steak-burgers (c'est l'appellation officielle inventée par la cafète du lycée – les steak-burgers) et me regardent fixement avec des yeux de poissons morts, au point que je vois des écrans d'ordinateur se refléter sur le verre de leurs lunettes.

moi : j'sais pas. je me sens pas d'humeur très mathlétique. vous pourriez pas chercher un remplaçant ?

derek : très drôle.

moi : ha ha ! sauf que c'était pas une blague !

simon : je te l'ai déjà dit : il n'y a rien à faire à une compétition de mathlétiques. on participe en équipe, mais on est jugé individuellement.

moi : vous savez que je suis votre plus grand fan, les mecs. mais… comment dire, j'ai d'autres projets pour demain.

derek : tu ne peux pas nous faire ça.

simon : tu nous as dit que tu viendrais.

derek : on va bien s'amuser, tu verras !

simon : on ne trouvera jamais personne d'autre.

moi : *oh, oui, on va bien s'amuser !*

je vois bien que derek est vexé, parce qu'il semble à deux doigts d'exprimer une légère réaction émotionnelle aux stimuli informatifs qui lui sont présentés. sans doute est-ce trop violent pour lui, parce qu'il repose à nouveau son steak-burger, soulève son plateau, marmonne une vague excuse à propos de pénalités de retard à la bibliothèque et quitte la table.

il ne fait aucun doute dans ma tête que je vais les planter tous les deux. la seule question, c'est suis-je capable de le faire sans culpabiliser à mort. ça doit être un signe de désespoir, mais je décide d'avouer plus ou moins la vérité à simon.

moi : écoute. tu sais qu'en temps normal, je serais hyper content de participer aux mathlétiques. mais c'est un cas de force majeure. j'ai… je crois qu'on peut dire que j'ai un rencard. et il faut absolument que je rencontre cette personne, qui va elle-même faire un long trajet pour venir me voir. si je pouvais trouver le moyen d'aller à mon rendez-vous et de quand même participer aux mathlétiques, je le ferais. mais c'est impossible. c'est comme si… comme si un train régional qui avancerait à cent cinquante kilomètres/heure devait aller des mathlétiques au centre-ville de chicago, genre, en deux minutes chrono pour être à l'heure au rendez-vous : mission impossible. je suis donc obligé de sauter dans un tgv, vu que les rails qui mènent au rendez-vous ne seront là que cette fois-là et que si je me trompe de train, je serais tellement malheureux qu'aucune équation ne suffirait à calculer l'ampleur de mon chagrin.

ça me fait tout drôle de raconter ça à quelqu'un, qui plus est à simon.

simon : je m'en tape. tu nous as promis que tu serais là, et il faut que tu sois là. dans certains cas, quatre moins un égale zéro.

moi : mais, simon…

simon : arrête de pleurnicher et trouve-toi un être humain pour monter dans la voiture de mr. nadler à ta place demain. ou même un mort, s'il peut faire illusion pendant une heure. ça nous changerait un peu d'avoir quelqu'un qui sache compter jusqu'à dix, mais au point où j'en suis je ne ferai même pas le difficile, *sale con.*

c'est stupéfiant, la capacité qui est la mienne de pouvoir survivre à une journée en occultant mon absence quasi totale d'amis. une fois sorti du top 5, on trouve davantage de membres du personnel de surveillance que d'élèves. et si jim, le concierge du lycée, se fout de savoir si je vole un rouleau de papier toilette par-ci par-là pour mes « projets artistiques », quelque chose me dit qu'il ne sera pas emballé par la perspective de sacrifier son vendredi soir pour dépanner une bande de matheux à lunettes et leurs profs hystériques.

une seule possibilité s'offre à moi, j'en ai conscience. et ça ne va pas être facile. maura a été de bonne humeur toute la journée – enfin, la version maura de la bonne humeur, c'est-à-dire grosso modo le crachin au lieu de l'orage. elle n'a pas remis cette histoire d'homosexualité sur le tapis. ni moi non plus, mais ça ne risque pas.

j'attends la dernière heure de cours, sachant que plus la pression sera forte, plus elle aura de chances de céder. on a beau être assis côte à côte, je prends mon portable sous le bureau pour lui envoyer un texto.

moi : tu fais kwa dem1 soir ?

maura : rien. tu vx kon fasse 1 truc ?

moi : nan ☹ je vé à chicago avec ma mère.

maura : cool ?

moi : g besoin ke tu me remplaces aux mathlétiques. sinon s&d st ds la merde.

maura : c 1 blague !!?

moi : non, ils seront vraiment ds la merde.

maura : et pq moi ?

moi : pcq je te revaudrai ça. et je te filerai 20 $.

maura : 50 ?

moi : ok.

maura : je sauvegarde ces sms.

pour être parfaitement honnête, je viens sans doute de sauver maura d'un après-midi passé à faire du shopping avec sa mère, à bosser dans sa chambre ou à s'enfoncer un stylo dans les veines pour trouver l'inspiration poétique. à la fin du cours, je lui dis qu'elle rencontrera sûrement un autre rebelle comme elle, genre pièce rapportée de dernière minute, venu d'un bled dont elle n'a jamais entendu parler, et ils s'éclipseront tous les deux pour se bécoter et fumer des clopes et maudire le monde entier pendant que derek, simon et ce nigaud de troisième s'éclateront avec leurs histoires de théorèmes et de machins trucs. sérieux, je suis une bénédiction pour sa vie sociale.

maura : n'exagère pas non plus.

moi : je te jure, tu vas connaître le week-end de l'amouuuur.

maura : je veux vingt billets d'avance.

heureusement, je n'ai pas eu à lui mentir en disant que je rendais visite à ma grand-mère malade ou dieu sait quoi. ce type de mensonge est toujours dangereux car à la minute où tu le prononces, tu peux être sûr que le téléphone va sonner et que ta mère va faire irruption dans ta chambre pour t'annoncer de très mauvaises nouvelles à propos du pancréas de ta grand-mère, et tu auras beau savoir que mentir ne provoque pas le cancer, tu te sentiras coupable jusqu'à la fin de tes jours. maura me pose d'autres questions sur ma virée à chicago, mais je lui présente juste le truc comme une sortie spéciale entre mère et fils, genre pour resserrer les liens. étant donné que maura a deux parents heureux et moi une mère déprimée, ça suffit à l'amadouer. je pense tant à isaac que j'ai peur de parler de lui et de gaffer, mais dieu merci la curiosité de maura me permet de rester sur mes gardes.

quand vient le moment de se quitter, elle tente la question de la dernière chance.

maura : t'as pas un truc à me dire ?

moi : si. mon troisième téton crache du lait et mes deux fesses menacent de se greffer l'une à l'autre. qu'est-ce que je dois faire, à ton avis ?

maura : j'ai l'impression que tu me caches quelque chose.

s'il y a un truc qui m'agace chez maura, c'est cette manie de toujours tout ramener à elle. en temps normal, je m'en fous, parce que tant qu'elle ramène tout à elle, elle me lâche la grappe. mais parfois, son nombrilisme obsessionnel m'aspire aussi dans sa spirale et ça m'horripile.

elle me regarde avec une mine de chien battu, et force est de reconnaître que son expression est authentique. ce n'est pas comme si elle voulait me manipuler en faisant semblant d'être vexée. non, ce n'est pas son style et c'est pour ça que je supporte toutes ses conneries. tout ce qu'elle pense se lit sur son visage et ça, en amitié, ça n'a pas de prix.

moi : quand j'aurai un truc à te dire, te le dirai, ok ? maintenant, rentre chez toi et révise tes maths. tiens... je t'ai préparé des fiches.

j'ouvre mon sac et en sors les fiches que j'ai fabriquées pendant l'avant-dernier cours de la journée, sachant d'avance que maura accepterait de me remplacer. ce ne sont pas vraiment des fiches, techniquement parlant, vu que je me balade rarement avec des paquets de fiches cartonnées en cas de problème de révision d'urgence, mais j'ai dessiné des pointillés sur la feuille pour qu'elle puisse la découper. chaque case contient une opération différente.

2 + 2= 4
50 x 40 = 2 000
834 620 x 375 002 = on s'en fout !
x + y = z
1 chauve-souris + 1 perruque = 1 souris
rouge + bleu = violet
moi – mathlétiques = moi + gratitude éternelle envers toi

maura lit la feuille sans rien dire, puis la replie le long des pointillés comme une carte routière. elle ne sourit pas, ni rien, mais sa colère semble être retombée en l'espace d'une seconde.

moi : te laisse pas faire si simon et derek essaient de te peloter, ok ? garde toujours un compas à portée de main, au cas où.

maura : je ne crois pas que ma virginité sera mise en péril à une compétition de mathlétiques.

moi : tu dis ça maintenant, mais on en reparlera dans neuf mois. si c'est une fille, tu devrais l'appeler *logarithme* et si c'est un garçon, pourquoi pas *math sup* ?

je réalise soudain que la vie étant ainsi faite, il est

probable que maura se trouvera un matheux raté et rebelle qui ne demandera qu'à planter sa ligne médiane dans son triangle isocèle pendant que je connaîtrai le flop du siècle avec isaac et que je devrai me contenter d'une malheureuse branlette.

je décide de ne pas faire part de ces réflexions à maura : pourquoi nous porter la poisse à tous les deux ?

maura me sort un vrai « au revoir » avant de s'en aller. elle semble avoir un truc à me dire, mais elle se retient. une autre raison de me sentir reconnaissant envers elle.

je la remercie encore. et encore. et encore.

une fois la séance d'adieux terminée, je rentre chez moi et je discute en ligne avec isaac à son retour du lycée – il n'était pas au boulot, aujourd'hui. environ deux mille fois, nous passons notre plan en revue de A à Z. il me dit qu'un de ses amis lui a suggéré un endroit baptisé frenchy pour notre lieu de rendez-vous et étant donné que je ne connais pas vraiment chicago en dehors de quelques sites touristiques visités avec l'école, je lui réponds que ça me va très bien et j'imprime ses instructions.

quand on a fini, je vais sur facebook et je checke sa page pour la millionième fois. il ne la change pas souvent, mais ça suffit à me rappeler qu'il existe. je veux dire, on s'est envoyé des photos et on s'est écrit suffisamment de fois pour que je sache qu'il existe – c'est pas comme si c'était un vieux pervers de quarante-six ans qui aurait déjà aménagé un coin spécial pour moi à l'arrière de sa camionnette. je ne suis pas idiot à ce point. nous avons rendez-vous dans un lieu public, et j'aurai mon téléphone sur moi. si isaac pète un câble et se transforme en psychopathe, je serai prêt à réagir.

avant d'aller me coucher, je regarde les photos que j'ai de lui, comme si je ne les connaissais pas déjà par cœur. je suis sûr que je le reconnaîtrai dès que je le verrai. et je suis sûr que ce sera l'un des plus beaux moments de ma vie.

le vendredi, après les cours, c'est violent. j'ai des envies de meurtre toutes les trente secondes, et cette fois c'est mon placard à fringues que j'ai envie de buter. je ne sais pas quoi mettre – et je ne suis *pas* le genre de mec-qui-se-demande-en-permanence-ce-qu'il-va-mettre, donc je ne comprends même pas ce que je suis censé faire. chacune des fringues que je prends semble avoir choisi ce moment exprès pour me révéler tous ses défauts. j'enfile un de mes tee-shirts préférés qui met toujours particulièrement mon torse en valeur, mais je réalise soudain qu'il est tellement petit que si je lève les bras ne serait-ce que de un centimètre, on a une vue imprenable sur les poils de mon ventre. j'en essaie un autre, noir, qui me donne trop l'air de vouloir me la jouer branché, puis un blanc qui me semble parfait jusqu'à ce que je remarque une tache vers le bas et j'espère que c'est du jus d'orange, mais c'est plus probablement un problème d'hygiène intime. les tee-shirts de groupe sont à exclure d'emblée – si je mets un tee-shirt d'un de ses groupes préférés, j'aurai l'air de lui faire de la lèche, et si j'en porte un d'un groupe qu'il n'aime pas, il risque de penser que j'ai des goûts merdiques. mon sweat à capuche gris est trop moche et mon tee-shirt bleu est quasiment de la même couleur que mon jean, or le look bleu intégral est un truc qui ne marche que pour les schtroumpfs.

pour la toute première fois de mon existence, je comprends pleinement le sens de l'expression « fashion victim » car au bout d'un quart d'heure à essayer des trucs et à les jeter en boule par terre, je n'ai plus qu'une envie : faire un nœud à ma ceinture et me pendre à la poignée de la porte. ma mère découvrira mon cadavre et croira à un trip SM genre asphyxie auto-érotique si rapide que je n'aurai même pas eu le temps d'ouvrir ma braguette, sauf que je ne serai plus en vie pour lui expliquer qu'à mon avis l'asphyxie auto-érotique est le truc le plus débile qui existe dans tout l'univers, juste après les homosexuels de droite. mais ouais, en résumé : je serai mort. et ce sera comme dans un épisode des *experts : bled pourri*, où les enquêteurs viendront passer quarante-trois minutes (sans les pubs) à éplucher tous les indices afin de reconstituer ma vie, et à la fin ils emmèneront ma mère dans leur QG pour la faire asseoir sur une chaise et lui dévoiler la vérité.

flic : madame, votre fils n'a pas été assassiné. il cherchait une tenue pour son premier rencard.

je ne peux pas m'empêcher d'esquisser un sourire en m'imaginant comment la scène serait filmée, puis je me rappelle que je me tiens planté torse nu au milieu de ma chambre et que j'ai un train à prendre. au final, j'opte pour un tee-shirt avec une illustration montrant un robot en scotch avec le mot *ROBOT* BOY écrit en petites lettres juste en dessous. je ne sais pas pourquoi, j'aime bien ce tee-shirt. et je ne sais pas pourquoi, mais je sens qu'il plaira à isaac.

je dois vraiment avoir un trac pas possible parce que je ne peux pas m'empêcher de me demander *comment je suis coiffé*. une fois dans la salle de bains, je décide de laisser mes cheveux vivre leur vie et vu qu'ils sont plutôt pas mal quand ils sont décoiffés par le vent, je me dis que je passerai la tête à travers la fenêtre du train pendant le voyage. je pourrais utiliser les produits coiffants de ma mère, mais je n'ai pas trop envie de sentir la cocotte. bref, je suis prêt.

j'ai dit à ma mère que la compétition de mathlétiques se déroulait carrément à chicago – quitte à lui mentir, autant lui faire croire qu'on est déjà sélectionnés pour la finale régionale. je lui ai dit aussi que le lycée avait réservé un minibus rien que pour nous, mais je prends la direction de la gare. tout va bien, j'ai juste les nerfs qui font de la corde à sauter. j'essaie de lire *ne tirez pas sur l'oiseau moqueur* pour le cours d'anglais, mais c'est comme si les lettres sur la page n'étaient que de jolis petits dessins, sans plus de signification que les motifs imprimés sur les sièges du train. ce serait un film d'action, *meurs, oiseau moqueur, meurs !* que ça ne me passionnerait pas plus. je ferme les yeux pour écouter mon ipod, mais il faut croire que c'est un cupidon pervers qui a programmé la play-list car chacun des morceaux me fait penser à isaac. c'est lui, l'être unique dont on parle dans toutes ces chansons. j'ai beau savoir que c'est sûrement le cas, une petite voix au fond de moi ne peut s'empêcher de me hurler *hé là, vas-y mollo !* ça va être fantastique de le rencontrer, mais aussi très bizarre. le tout sera de ne pas nous laisser trop impressionner par la bizarrerie.

je dresse le bilan de ma vie sentimentale en cinq minutes – il n'en faut pas plus – et repense à cette expérience traumatisante à la soirée de sloan mitchel, il y a deux mois, quand je me suis retrouvé à peloter carissa nye après avoir trop picolé. l'embrasser, c'était plutôt excitant en soi, mais quand les choses ont commencé à se corser, carissa a pris un air tellement romantico-débile, genre yeux de merlan frit, que j'ai failli éclater de rire. il faut dire que l'élastique de son soutien-gorge empêchait le sang de monter jusqu'à son cerveau et quand ses nibards ont fini par atterrir entre mes mains (alors que j'avais rien demandé, je précise), j'avoue que je savais pas trop quoi en faire, excepté les tapoter gentiment comme on fait avec les petits chiots. les petits chiots aiment ça, en général, et carissa a décidé de me tripoter un peu elle aussi, ce qui ne m'a pas déplu car au fond, une main c'est une main, tripoter c'est tripoter et votre corps, lui, réagira toujours pareil. il se fout pas mal des conversations qui auront lieu après – pas seulement avec carissa, qui voulait qu'on se mette ensemble mais que j'ai essayé de décourager et que j'ai fini par vexer quand même. non, il y avait aussi maura à se coltiner parce que dès qu'elle a su (pas par moi), elle a pété les plombs (contre moi). elle a accusé carissa d'avoir profité de moi tout en se comportant avec moi comme si j'avais profité de carissa alors que ce débat ne servait strictement à rien, mais j'avais beau lui répéter de lâcher l'affaire, elle n'en démordait pas. pendant des semaines, il a fallu que je la supporte pendant qu'elle me hurlait dessus, genre « alors pourquoi tu l'appelles pas, hein ? » chaque fois qu'on se disputait à propos de cette histoire.

alors rien que pour ça, ma petite séance *hot* avec carissa ne valait pas le coup.

avec isaac, c'est complètement différent. et pas seulement pour les trucs *hot*. même si ça rentre en ligne de compte, bien sûr. mais je n'ai pas pris le train juste pour faire des trucs cochons avec lui. ce serait faux de dire que je n'y pense pas, mais ce n'est pas ma première préoccupation non plus.

moi qui croyais me pointer en avance, le temps que j'arrive au lieu de rendez-vous, j'ai plus de retard que les règles d'une meuf en cloque. chicago n'est pas une ville où on se déplace facilement, vu qu'un petit génie a eu l'idée brillante de baptiser les rues en leur donnant de vrais noms au lieu de numéros, comme à new york, si bien qu'il n'y a aucun moyen de se repérer. je longe michigan avenue au milieu des troupeaux de jeunes touristes en train de faire leur dernière balade avant le couvre-feu et qui ont tous l'air de sortir d'un entraînement de basket ou d'avoir juste fini de regarder un match de basket à la télé. je mate bien quelques spécimens masculins au passage, mais uniquement par intérêt scientifique. pendant les... oh, disons les *dix* prochaines minutes, je tiens à me préserver pour isaac.

je me demande s'il est déjà arrivé. je me demande s'il est aussi nerveux que moi. je me demande s'il a passé autant de temps que moi à choisir son tee-shirt ce matin. je me demande si par un improbable hasard de la nature, on portera tous les deux le même.

paumes de main moites ? c'est fait. genoux qui tremblent ? c'est fait. impression que tout l'oxygène présent dans l'air a été remplacé par de l'hélium ? ouais, aussi. je regarde le plan environ quinze fois par seconde. plus que cinq pâtés de maisons. plus que quatre. plus que trois. plus que deux. ça y est, je suis sur le bon trottoir. j'arrive au coin de la rue. je cherche frenchy. sûrement un resto chic. un café. un disquaire indépendant. ou peut-être juste un boui-boui quelconque.

sauf qu'arrivé devant la porte, je découvre… un sex-shop.

je me dis que le sex-shop doit s'appeler comme ça à cause d'un truc local. peut-être est-ce le nom du quartier (le frenchy's district) et du coup, tout s'appelle frenchy's, comme lorsqu'on va près d'une gare et qu'on tombe sur le « café de la gare », la « laverie de la gare » ou le « yoga club de la gare ». mais non. je fais le tour du pâté de maisons. j'essaie l'autre trottoir. je revérifie l'adresse. encore. et encore. et encore.

j'atterris toujours au même endroit. devant cette porte.

je me souviens que c'est un pote d'isaac qui lui a conseillé cette adresse. en tout cas, c'est ce qu'il m'a dit. si c'est vrai, alors peut-être est-ce une blague de la part de son pote ? le pauvre isaac est arrivé le premier, il s'est senti mortifié et il m'attend à l'intérieur. à moins qu'il s'agisse d'une sorte de test mystique. il me faut franchir le fleuve de la mortification extrême pour atteindre la rive du nirvana, de l'autre côté.

et merde.

cerné par des bourrasques glaciales, je pousse la porte.

. 7

J'entends le *ting* électronique de la porte et me retourne pour voir entrer un mec de mon âge. Naturellement, personne ne lui demande ses papiers mais en dépit de son abondante pilosité pubère, je doute que ce type ait plus de dix-huit ans. Il est petit, avec des yeux ronds comme des soucoupes et l'air absolument pétrifié – aussi effrayé que je le serais si je n'avais pas été poussé dans mes derniers retranchements par le complot anti-Will Grayson constitué de : A) Jane, B) Tiny, C) le piercing ambulant debout derrière son comptoir et D) Brutus Défoncius Fascistus.

Mais bref. Ce mec me fixe du regard avec une intensité qui met franchement mal à l'aise, d'autant que je tiens à la main un exemplaire de *Mano à Mano*. Il doit sûrement exister des tas de façons différentes pour expliquer à un parfait inconnu de votre âge planté près d'un mur de godemichés que vous n'êtes pas, contrairement aux apparences, un fervent lecteur de *Mano a Mano*, mais j'opte pour la stratégie consistant à marmonner: « Heu, c'est pour un pote. » Ce qui est tout à fait exact, sauf que A) on a vu plus convaincant comme excuse, et B) cela implique que je suis le genre de personne comptant parmi ses amis le genre de personne qui aime lire *Mano a Mano*, ce qui implique a fortiori que C) je suis le genre de type qui achète des magazines porno pour ses amis. Aussitôt après avoir dit : « C'est pour un pote », je réalise que j'aurais dû dire : « J'essaie d'apprendre l'espagnol. »

Le mec continue à me fixer. Au bout d'un moment, il plisse les yeux et je soutiens son regard quelques secondes avant de me détourner. Enfin, il se décide à passer devant moi pour rejoindre le rayon vidéo. Il semble être à la recherche de quelque chose de bien précis et sans aucun rapport avec le sexe, ce qui l'expose d'avance à une cruelle déception. D'un pas traînant, il se dirige vers le fond de la boutique, où une porte ouverte permet sans doute d'accéder à « l'arrière-salle ». Tout ce que je veux, c'est fuir cet endroit le plus vite possible avec mon magazine. Je m'avance donc vers la caisse et déclare :

– Je prendrai juste ceci.

Le type scanne le code-barres.

– Neuf quatre-vingt-trois, m'annonce-t-il.

– Neuf DOLLARS ? dis-je d'un ton incrédule.

– Et quatre-vingt-trois cents, ajoute-t-il.

Je secoue la tête. Ça commence à faire cher pour une blague, mais il est hors de question que je retourne au glauquissime rayon des magazines pour en trouver un moins cher. En fouillant mes poches de jean, je réunis péniblement quatre dollars. Avec un soupir, je sors mon portefeuille et tends ma carte de crédit au caissier. Mes parents épluchent mes relevés de compte, mais ils ne feront jamais la différence entre *Frenchy's* et *Denny's*.

Le type examine ma carte. Puis me regarde. Puis examine encore ma carte. Puis me dévisage à nouveau. Et avant même qu'il ouvre la bouche, je comprends : ma carte bancaire est au nom de Will Grayson. Mon permis de conduire est au nom d'Ishmael J. Biafra.

Très fort, le type déclare :

– William Grayson. William Grayson... Mais *où* ai-je déjà vu ce nom-là ? Ah oui, c'est vrai. PAS sur ton permis de conduire.

Je réfléchis aux options qui s'offrent à moi avant de répondre très calmement :

– C'est ma carte. Je connais mon code. Allez-y... enregistrez mon achat.

Il passe ma carte dans le lecteur en marmonnant :

– Je m'en tape, petit. Tant que tu as du fric pour me payer.

Au même moment, je sens la présence de l'autre mec. Juste derrière moi. Avec son regard posé sur moi. Alors je me retourne.

– Excusez-moi ? demande-t-il.

Sauf qu'il ne s'adresse pas à moi, mais à Monsieur Piercings.

– J'ai dit que je me foutais pas mal des histoires de faux papiers.

– Mais vous m'avez appelé, non ?

– Hein ?

– William Grayson. Vous venez de dire William Grayson, non ? Quelqu'un a laissé un message pour moi ?

– Quoi ? Non, mon gars. William Grayson, c'est lui, dit-il en me désignant du menton. Encore que ça reste à prouver. Mais c'est le nom inscrit sur sa carte, en tout cas.

L'inconnu me dévisage d'un air médusé pendant une bonne minute, avant de me demander :

– Comment tu t'appelles ?

Sérieusement, ça commence à me gonfler. *Frenchy's* est bien le dernier endroit au monde où j'ai envie de taper la discute. Je me tourne vers Monsieur Piercings.

– Puis-je avoir mon magazine, s'il vous plaît ?

Monsieur Piercings me tend un sac plastique noir sans la moindre inscription, détail fort appréciable, avant de me donner ma carte et mon reçu. Je sors du magasin, parcours environ la moitié de la rue au petit trot, puis m'assois au bord du trottoir et attends que les battements de mon cœur se calment.

Ce qui commence tout juste à être le cas lorsque mon camarade de shopping de chez *Frenchy's* me rejoint en courant pour me demander :

– Hé, c'est quoi, ton nom ?

Je me lève pour lui répondre :

– Euh... Will Grayson.

– W-I-L-L G-R-A-Y-S-O-N ? répète-t-il, épelant mon nom à toute allure.

– Hum... oui, dis-je. Pourquoi ?

Il me regarde en coin, la tête penchée sur le côté, comme s'il croyait que je le faisais marcher, avant de déclarer :

– Parce que moi aussi, je m'appelle Will Grayson.

– Tu déconnes ! ?

– Hélas, non.

Je n'arrive pas à décider s'il est parano, schizophrène ou les deux, mais il sort de sa poche un portefeuille de geek fait en scotch pour me montrer son permis de conduire de l'État de l'Illinois. Nous n'avons pas le même deuxième prénom, au moins, mais... ouais.

– Eh bien ! dis-je, ravi de te rencontrer.

Sur ce, je m'apprête à tourner les talons car je n'ai rien contre ce garçon, mais je ne tiens pas particulièrement à engager la conversation avec un ado qui fréquente les sex-shops, même si, techniquement, je suis moi-même un ado qui fréquente les sex-shops. Mais il me touche le bras et semble trop petit pour être *dangereux*, si bien que je me tourne vers lui, et il me demande :

– Tu connais Isaac ?

– Qui ça ?

– Isaac.

– Non, je ne connais personne prénommé Isaac, dis-je.

– J'avais rendez-vous avec lui à cette adresse, mais il n'est pas là. Même si tu ne lui ressembles pas du tout, j'ai cru que... Je ne sais pas trop ce que je croyais. Qu'est-ce que... Qu'est-ce qui se passe, bordel ? (Il opère une rotation rapide sur lui-même, comme s'il cherchait une caméra cachée ou je ne sais quoi.) C'est Isaac qui t'envoie, c'est ça ?

– Je viens de te dire que je ne connaissais personne de ce nom-là.

Il pivote à nouveau sur ses talons. Il n'y a décidément personne derrière lui. Il lève les bras en l'air, et s'écrie :

– Je ne sais *même pas* ce qui devrait me *stresser* le plus dans cette histoire !

– Disons que c'est une journée merdique de bout en bout pour tous les Will Grayson de cette planète, dis-je.

Il secoue la tête, s'assoit au bord du trottoir et je ne tarde pas à l'imiter, vu qu'il n'y a rien d'autre à faire. Il m'observe, balaie la rue du regard de l'autre côté, puis me dévisage encore. Alors, devant mes yeux, je le vois littéralement se pincer le bras.

– Bien sûr que non, soupire-t-il. Je ne rêve pas. Mon cerveau n'aurait jamais pu inventer un truc aussi dingue.

– Tu m'étonnes ! (Je n'arrive pas à déterminer s'il a envie que je lui parle, pas plus que je n'arrive à déterminer si j'ai envie de lui parler, mais au bout d'un moment, je reprends la parole.) Alors, euh... tu le connais d'où, cet Isaac, alias Monsieur Rendez-Vous-Au-Sex-Shop ?

– C'est juste... un pote. On s'est rencontrés sur le Net il y a un bout de temps déjà.

– Sur le Net ?

Will Grayson se recroqueville davantage sur lui-même, si tant est que cela soit possible. Les épaules voûtées, il fixe le caniveau avec intensité. Je sais, bien sûr, qu'il existe d'autres Will Grayson dans le monde. J'ai suffisamment tapé mon nom sur Google pour m'en rendre compte. Mais je n'aurais jamais pensé en croiser un de ma vie.

– Ouais, finit-il par répondre.

– Donc, dis-je, tu n'as jamais vu ce type pour de vrai.

– Non. Mais j'ai vu, genre, des centaines de photos.

– Il a cinquante ans, dis-je d'un ton détaché. C'est un vieux pervers. Petit conseil entre Will : ce type n'est sûrement pas ce que tu crois.

– Peut-être qu'il a juste… j'en sais rien. Peut-être qu'il a lui aussi rencontré un autre Isaac dans le bus et qu'il est coincé dans le monde des Bizarro.

– Mais enfin, pourquoi t'avoir donné rendez-vous chez *Frenchy's* ?

– Excellente question. Qui pourrait bien avoir l'idée d'aller dans un sex-shop ? me rétorque-t-il avec un petit rictus.

– Bien vu, lui concédé-je. Tu as raison. Mais c'est une longue histoire.

Je marque une pause, m'attendant à ce que Will Grayson me demande de plus amples explications. Ce qu'il ne fait pas. Alors je lui raconte quand même. Je lui parle de Jane, de Tiny Cooper, des Maybe Dead Cats et d'*Annus miribalis*, de la combinaison du casier de Jane, du faussaire qui ne sait pas compter, et je réussis à lui arracher quelques rires par-ci, par-là mais, dans l'ensemble, son attention est totalement focalisée sur la porte d'entrée de *Frenchy's* pour guetter l'arrivée d'Isaac. Son visage semble osciller entre espoir et colère. Il ne m'écoute qu'à moitié, ce qui m'arrange pas mal, étant donné que je lui raconte surtout mon histoire pour me défouler et que parler à un inconnu est la seule manière de vider son sac sans avoir à penser aux conséquences, et pendant tout ce temps-là j'agrippe mon téléphone au fond de ma poche pour le sentir vibrer si quelqu'un m'appelle.

Alors, il me parle d'Isaac. Il m'explique qu'ils sont

amis depuis un an et qu'il a toujours rêvé de le rencontrer parce qu'il n'existe personne d'autre comme lui dans le quartier de banlieue où il habite, et il ne me faut pas longtemps pour comprendre que Will Grayson apprécie Isaac d'une manière qui n'a rien de platonique.

– Quel pervers de cinquante ans se donnerait la peine de faire tout ça ? me demande-t-il. Quel pervers de cinquante ans passerait une année entière à discuter avec moi, à me raconter sa vie imaginaire jusque dans le moindre détail pendant que je lui raconte la mienne ? Et si un pervers de cinquante ans s'est réellement donné la peine de faire tout ça, pourquoi ne vient-il pas au rendez-vous pour me violer et m'assassiner ? Même un soir improbable comme celui-là, c'est juste *totalement improbable.*

Je réfléchis un moment.

– J'en sais rien, conclus-je. Les gens sont quand même tous cinglés, au cas tu l'aurais pas remarqué.

– Ouaip.

Il ne regarde plus en direction du sex-shop, désormais. Je l'aperçois du coin de l'œil, et je suis sûr que lui aussi, mais nous gardons tous les deux les yeux rivés dans la même direction, au milieu de la route, à mesure que les voitures défilent et que mon cerveau tente d'analyser toutes les impossibilités, toutes les coïncidences qui m'ont conduit jusqu'ici, toutes les choses vraies et fausses à la fois. Et nous gardons tous deux le silence un long moment, si longtemps même que je finis par sortir mon téléphone de ma poche pour vérifier que personne ne m'a appelé, avant de le remettre à sa place, et je sens que Will a changé la direction de son regard.

– Ça veut dire quoi, à ton avis ? me demande-t-il.

– Quoi ?

– Il ne doit pas exister tant de Will Grayson que ça, dit-il. Ça veut forcément dire quelque chose qu'un Will Grayson rencontre un autre Will Grayson dans un sex-shop où aucun de ces deux Will Grayson n'avait jamais mis les pieds.

– Es-tu en train de me dire que Dieu a fait se rencontrer exprès chez Frenchy deux adolescents de Chicago nommés Will Grayson ?

– Non, idiot. Mais ça doit forcément *signifier* un truc.

– Ouais, dis-je. C'est déjà dur de croire aux coïncidences, mais ça l'est encore plus de croire à autre chose.

Alors, au même instant, mon téléphone se ranime au creux de ma paume. À la seconde où je le sors de ma poche, le téléphone de Will Grayson se met à sonner.

Même moi, j'avoue que ça commence à faire beaucoup, je trouve. Will Grayson marmonne : « Oh non ! c'est Maura » comme si j'étais censé savoir qui était Maura, et il regarde fixement son téléphone, l'air de ne pas trop savoir s'il doit répondre ou non. Mon appel à moi provient de Tiny. Avant de décrocher, je précise à Will : « C'est mon pote Tiny. » Puis, soudain, je me surprends à observer ce garçon : mignon, torturé et totalement paumé.

J'ouvre mon téléphone.

– Grayson ! me hurle Tiny dans l'oreille par-dessus le vacarme de la musique. Je suis trop amoureux de ce groupe ! On va rester encore deux chansons mais après, je viens te retrouver. Dis-moi où t'es, bébé ! Où es-tu, mon Graysounet d'amour ?

– Je suis là, juste en face ! lui hurlé-je à mon tour. Et tu peux te mettre à genoux pour remercier le ciel parce que Tiny, mon pote, je t'ai trouvé une perle rare.

. 8

sérieux. j'hallucine tellement que je pourrais genre chier un clown, ça ne me surprendrait même pas.

ce serait un peu moins bizarre si cet AUTRE WILL GRAYSON assis à côté de moi n'était pas un will grayson mais juste le champion du monde médaillé d'or de l'embrouille du cerveau. ce n'est pas comme si j'avais pensé en le voyant *tiens, c'est marrant, je suis sûr que ce mec s'appelle will grayson lui aussi.* non, le seul truc auquel j'ai pensé, c'est *ah non, c'est pas isaac.* même âge, mais physiquement rien à voir avec les photos. je l'ai donc ignoré. je me suis tourné vers le dvd que je faisais semblant d'examiner, un film x intitulé *les hommes préfèrent les langues.* le concept était basé sur le fétichisme des rapports sexuels avec les animaux de la ferme, et donc la jaquette montrait des types déguisés en vache (dont l'un avec des pis). heureusement, ils précisaient qu'aucune vraie vache n'avait subi de mauvais traitements (ni d'attouchements sexuels) pendant le tournage. mais quand même. pas du tout mon trip. le dvd d'à côté s'appelait *prends-moi la température* avec une scène d'hôpital sur la jaquette. c'était comme *grey's anatomy*, avec moins de « *grey* » et plus d'« *anatomie* ». l'espace d'une seconde, j'ai même pensé : *j'ai hâte de raconter ça à isaac* en oubliant qu'il aurait déjà dû être là.

il n'aurait pas pu entrer sans que je le voie ; l'endroit était désert à l'exception de ma pomme, de l'autre w.g. et de l'employé du magasin, qui avait des faux airs de sosie de Monsieur Propre. les gens devaient plutôt être chez eux à mater du porno sur internet, j'imagine. et *frenchy's* n'est pas l'endroit le plus convivial au monde non plus avec son éclairage crade de supérette qui fait que tous les trucs en plastique ont l'air encore plus en plastique, les trucs métalliques encore plus métalliques, et les gens à poil sur les dvd encore plus vulgos et moins attirants. une fois passé devant *il faut sucer le soldat ryan* et *partouze d'une nuit d'été*, je me suis retrouvé dans un rayon hyper chelou rempli de faux pénis. à cause des idées tordues qui me trottaient dans la tête, ça m'a tout de suite inspiré une suite imaginaire de *toy story* baptisée *sex toy story* où tous les godemichés, les vibromasseurs et les accessoires en peluche s'animeraient soudain et auraient plein d'épreuves genre traverser la rue pour rentrer chez eux.

là encore, tout en imaginant le truc, je me disais qu'il faudrait que je raconte ça à isaac. c'était plus fort que moi.

mais j'ai enfin été arraché à mes pensées en entendant le type derrière la caisse prononcer mon nom. et c'est comme ça que j'ai rencontré l'autre w.g.

donc bref, je suis entré dans un sex-shop pour rencontrer isaac, et j'ai juste gagné un deuxième will grayson à la place.

cher dieu : t'es vraiment le roi des pourris.

bien sûr, à l'heure où je vous parle, isaac est en train de gagner des points au royaume des pourris, lui aussi. j'espère qu'il est du genre pourri sensible – par exemple, qu'il a découvert en se pointant ici que son pote lui avait refilé l'adresse d'un sex-shop et qu'il était tellement mort de honte qu'il s'est enfui en pleurant. c'est tout à fait possible, au fond. ou peut-être qu'il est juste en retard. il faut que je lui accorde au moins une heure. son train a très bien pu rester coincé sous un tunnel, ou je ne sais où. ce sont des choses qui arrivent. il arrive de l'ohio, après tout. les gens qui viennent de l'ohio sont toujours en retard.

mon téléphone se met à sonner presque en même temps que celui de l'autre w.g. et même s'il n'y a quasiment aucune chance que ce soit isaac, je ne peux pas m'empêcher d'espérer.

jusqu'au moment où je découvre que c'est maura.

moi : et merde, c'est maura.

au début, je me dis que je ne vais pas répondre, mais l'autre w.g. décroche son téléphone.

l'autre w.g. : c'est mon pote tiny.

si l'autre w.g. décroche son téléphone, je ferais peut-être mieux de faire pareil. d'autant que maura m'a rendu service, aujourd'hui. si j'apprends plus tard que la compétition des mathlètes a été attaquée par une escouade de nerds psychopathes armés d'uzis, je me sentirai coupable de n'avoir pas pris son appel pour lui dire adieu.

moi : vite – quelle est la racine carrée de mon slip ?
maura : salut, will.
moi : cette réponse te vaut zéro point.
maura : alors, c'est comment chicago ?
moi : totalement dépourvu de vent.
maura : tu fais quoi, là ?
moi : je tape la discute avec will grayson.
maura : c'est bien ce que je pensais.
moi : comment ça ?
maura : où est ta mère ?

oh-oh. ça sent le traquenard à plein nez. aurait-elle appelé chez moi ? parlé à ma mère ? rétropédalage, vite, arrière toute !

moi : je suis la baby-sitter de ma mère, maintenant ? (ha ha ha)

maura : cesse de mentir, will.

moi : ok, ok. j'avais besoin de m'éclipser ici tout seul. je vais à un concert ce soir.

maura : quel concert ?

et merde ! impossible de me souvenir du nom du groupe que l'autre w.g. est venu voir. et je ne peux même pas lui poser la question, vu qu'il est toujours pendu à son téléphone.

moi : un groupe que tu dois pas connaître.

maura : essaie toujours.

moi : ben, c'est ça leur nom. « un groupe que tu dois pas connaître ».

maura : mais si, je les connais.

moi : très drôle.

maura : j'étais justement en train de lire une chronique de leur album dans *spin.*

moi : cool.

maura : ouais. même que leur album s'appelle *isaac ne viendra pas, espèce de sale menteur.*

je le sens trop mal.

moi : c'est super débile, comme nom d'album.

quoi ? q-q-qquoi ?

maura : laisse tomber, will.

moi : mon mot de passe.

maura : hein ?

moi : t'as piraté mon mot de passe. tu lis tous mes e-mails, c'est ça ?

maura : de quoi tu parles ?

moi : d'isaac. comment sais-tu que j'avais rendez-vous avec isaac ?

elle a dû regarder par-dessus mon épaule pendant que je checkais mes e-mails au lycée. elle a dû me voir saisir mon mot de passe sur le clavier. elle m'a piraté mon putain de code d'accès.

maura : je *suis* isaac, will.
moi : arrête tes conneries. isaac est un mec.
maura : non, isaac n'est rien du tout. je l'ai inventé.
moi : n'importe quoi.
maura : c'est la vérité.

non. non non non non non non non non non non.

moi : quoi ?

non oh non non par pitié non putain non NON.

maura : isaac n'existe pas. il n'a jamais existé.
moi : tu n'as pas le droit de…
maura : tu es démasqué, sale menteur.

JE suis *démasqué* ? ! ?
QU'EST-CE QUE… ET MERDE.

moi : dis-moi que c'est une blague.
maura : …
moi : non, j'y crois pas.

l'autre will grayson a enfin raccroché, et il me regarde.

l'autre w.g. : ça va bien ?

je commence à percuter. l'instant prise de conscience, genre « oh, n'est-ce pas une enclume qui vient de s'écraser sur ma tête ? » est à présent terminé, et je sens désormais le poids de l'enclume. oh oui ! tout le poids de l'enclume qui vient de s'abattre sur moi.

moi : tu. n'es. qu'une. garce.

oh oui ! mes synapses font circuler l'info en ce moment même. attention, scoop mondial : isaac n'a jamais existé. c'était juste une nana qui t'écrivait. c'était un mensonge, du début à la fin.

un mensonge.

moi : espèce. de. salope.

maura : pourquoi les filles se font-elles toujours traiter de « salopes », jamais de « sale trouducs » ?

moi : je refuse d'insulter les trous de balles. eux au moins, ils servent à quelque chose.

maura : écoute, je savais que tu serais énervé…

moi : tu *SAVAIS* que je serais *ÉNERVÉ* ?

maura : je comptais te le dire.

moi : waouh ! super. merci.

maura : mais tu ne m'en as jamais parlé.

l'autre w.g. m'observe d'un air inquiet, cette fois. je pose ma main sur mon téléphone une seconde.

moi : non, ça ne va pas du tout. je crois même que je suis en train de vivre la pire minute de mon existence. ne va nulle part, ok ?

il me fait oui de la tête.

maura : will ? écoute, je suis désolée.

moi : ...

maura : tu ne pensais quand même pas qu'il t'avait vraiment donné rendez-vous un sex-shop, non ?

moi : ...

maura : c'est juste pour rire.

moi : ...

maura : will ?

moi : sache que si je ne te bute pas, c'est uniquement par respect envers tes parents. mais retiens bien ceci : jamais, plus jamais, je ne souhaite communiquer avec toi. ni par la parole, ni par écrit, ni pas sms ou par putain de langage des signes. je préfère encore bouffer des lames de rasoir enrobées de merde de chien plutôt que d'avoir la moindre relation avec toi.

je raccroche avant qu'elle ait le temps de répondre. j'éteins mon téléphone. je m'assois sur le trottoir. je ferme les yeux. et je hurle. puisque l'univers tout entier s'effondre autour de moi, je vais imiter le bruit qui va avec. j'ai envie de hurler jusqu'à m'en faire péter les os.

une fois. deux fois. trois fois.

puis je m'arrête. je sens les larmes. j'espère qu'en gardant les yeux fermés de toutes mes forces, elles resteront à l'intérieur. je dois vraiment être au-delà du pathétique parce que j'ai envie d'ouvrir les yeux, de voir isaac et de l'entendre me dire que maura raconte n'importe quoi. ou bien que l'autre will grayson m'explique qu'il s'agit juste d'une nouvelle coïncidence. c'est *lui*, le will grayson à qui maura envoyait des messages. elle s'est juste plantée de will grayson.

mais la réalité… la réalité, elle, est une enclume.
j'inspire bien à fond, mais ma respiration est rauque.
depuis le début.
depuis le début, c'était maura.
pas isaac.
pas d'isaac.
jamais.
il y a la douleur. il y a le choc. et puis, il y a la-douleur-et-le-choc-en-même-temps.
c'est ce que je suis en train d'expérimenter.

l'autre w.g. : euh… will ?

il me regarde comme s'il pouvait lire la-douleur-et-le-choc-en-même-temps sur mon visage.

moi : tu sais, ce type avec qui j'avais rendez-vous ?
l'autre w.g. : isaac.
moi : ouais, isaac. eh bien ! il s'avère que ce n'était pas un vieux pervers de cinquante ans. c'était juste mon amie maura qui voulait me faire une blague.
l'autre w.g. : plutôt tordu, comme blague.
moi : ouais. plutôt.

je me demande si je suis en train de lui dire tout ça juste parce qu'il s'appelle lui aussi will grayson, ou parce qu'il m'a un peu raconté sa vie tout à l'heure, ou encore parce qu'il est la seule personne au monde susceptible de m'écouter à cet instant précis. mon instinct me souffle de me rouler en boule et de me laisser tomber dans la prochaine bouche d'égout – mais je ne peux pas faire ça à l'autre w.g. je pense qu'il a mérité autre chose que d'être le témoin de mon autodestruction.

moi : il t'est déjà arrivé un truc pareil ?

il fait non de la tête.

l'autre w.g. : je crois que ça bat mon record personnel, hélas. une fois, tiny, mon meilleur pote, a essayé de m'inscrire sans me le dire au concours du plus joli mec du mois organisé par le magazine *seventeen*, mais je ne crois pas que ce soit comparable à ce qui t'arrive.
moi : tu l'as su comment ?
l'autre w.g. : il avait besoin de quelqu'un pour relire sa lettre de candidature, et il m'a demandé à moi.
moi : et alors, t'as gagné ?
l'autre w.g. : je lui ai dit que j'enverrais la lettre moi-même, et je l'ai jetée. il était très vexé que je ne gagne pas… mais à mon avis, ça aurait été pire si j'avais gagné.
moi : t'aurais peut-être rencontré miley cyrus. jane aurait été morte de jalousie.
l'autre w.g. : je crois qu'elle aurait été morte de rire, surtout.

c'est plus fort que moi – j'imagine isaac en train de rire, lui aussi.
mais il faut que je détruise cette image.
car isaac n'existe pas.
je me sens encore à deux doigts de craquer.

moi : pourquoi ?

l'autre w.g. : pourquoi jane aurait été morte de rire ?
moi : non, pourquoi maura a-t-elle fait ça ?
l'autre w.g. : difficile à dire.

maura. isaac.
isaac. maura.
enclume.
enclume.
enclume.

moi : tu sais pourquoi ça craint, l'amour ?
l'autre w.g. : non ?
moi : parce ce que c'est indissociable de la vérité.

les larmes commencent à revenir. cette douleur – je sais tout ce à quoi je suis en train de renoncer. isaac. l'espoir. le futur. ces sentiments. ce mot. je renonce à tout ça, et ça fait mal.

l'autre w.g. : will ?

moi : je crois que j'ai besoin de fermer les yeux une minute et de me laisser aller à ce que je ressens.

je referme les yeux, referme mon corps et m'efforce de me couper du monde. je sens l'autre w.g. se relever. j'ai beau savoir qu'il n'est pas isaac, j'aurais préféré que ce soit le cas. j'ai beau savoir que maura est isaac, j'aurais préféré que ça ne le soit pas. j'ai beau savoir que je ne pourrais jamais, jamais échapper à ce que j'ai fait et à ce qu'on m'a fait, j'aurais aimé être quelqu'un d'autre.

mon dieu, rendez-moi amnésique. faites-moi oublier

tous les moments que je n'ai jamais vraiment partagés avec isaac. faites-moi oublier l'existence de maura. c'est ce que ma mère a dû ressentir quand mon père l'a plaquée. je sais, maintenant. j'ai compris. les choses que vous désirez le plus au monde sont celles qui finissent par vous détruire.

j'entends l'autre w.g. parler à quelqu'un. un résumé à voix basse de tout ce qui vient de se passer.

j'entends un bruit de pas se rapprocher. j'essaie de me calmer un peu, puis j'ouvre les yeux… et j'aperçois ce mec giganténorme planté devant moi. il croise mon regard et m'adresse un large sourire. ma parole, ses fossettes font la taille d'un crâne de bébé.

mec giganténorme : salut salut ! moi, c'est tiny.

il me tend la main. je ne suis pas tout à fait d'humeur à échanger des poignées de main, mais je suis trop mal à l'aise à l'idée de lui mettre un vent. je lui tends donc la main. au lieu de la serrer, il m'aide à me relever.

tiny : quelqu'un est mort ?
moi : ouais, moi.

à ces mots, son sourire s'élargit.

tiny : alors bienvenue au paradis.

.9

On peut reprocher un tas de choses à Tiny Cooper. Je le sais, parce que je le fais tout le temps. Mais pour un type aussi nul dès qu'il s'agit de gérer sa propre vie sentimentale, il n'a pas son pareil pour soulager les peines de cœur des autres. Tiny Cooper est un peu comme une éponge géante capable d'absorber toute la souffrance amoureuse, où qu'il aille. Et c'est exactement ce qui se passe avec Will Grayson. L'autre Will Grayson, j'entends.

Jane se tient à quelques mètres, devant une vitrine de magasin, en pleine conversation téléphonique. Je la regarde, mais elle ne me voit pas, et je me demande si le groupe a joué la chanson. Will – l'autre Will – a dit quelque chose d'important, juste avant leur arrivée, et ses paroles résonnent encore dans ma tête: l'amour est indissociable de la vérité. Un peu comme deux frères siamois, inséparables malgré eux.

– De toute évidence, déclare Tiny, cette fille n'est qu'un misérable tas d'ordure fumant, mais je lui accorderais quand même un point pour le choix du prénom.

Isaac. Isaac... Même moi, je serais capable de tomber amoureux d'une fille si elle s'appelait *Isaac*.

L'autre Will Grayson ne rit pas, mais il en faut plus pour décourager Tiny.

– Tu as dû flipper en découvrant qu'il s'agissait d'un sex-shop, non ? Qui voudrait un rencard *là-dedans* !

– Et aussi en voyant un inconnu portant le même nom que lui acheter un magazine, dis-je en brandissant mon sac plastique noir, persuadé que Tiny va me l'arracher des mains pour admirer mon achat.

Mais il n'en fait rien. Il commente juste :

– C'est encore pire que ce qui m'est arrivé avec Tommy.

– Qu'est-ce qui t'est arrivé avec Tommy ? lui demande Will.

– Il m'a soutenu que le blond était sa couleur naturelle, alors que sa décoloration était si mal faite qu'on aurait dit une teinture Mattel pour Barbie. En plus, Tommy n'était pas le diminutif de *Tomas*, comme il le prétendait, mais du banal et ordinaire *Thomas*.

– Je confirme, conclut Will : moi, c'est pire.

Je n'ai clairement rien à dire pour alimenter le débat et Tiny se comporte comme si je n'existais pas, aussi finis-je par déclarer en souriant :

– Bon, je vais vous laisser entre vous quelques instants.

Puis je regarde l'autre Will Grayson, si chancelant sur ses jambes qu'une seule grosse bourrasque suffirait à l'emporter. Je voudrais pouvoir le consoler, car j'ai vraiment de la peine pour lui, mais je ne trouve jamais les mots dans ce genre de situations. Je me contente donc de lui dire les choses comme elles me viennent :

– Je sais que ça craint, mais quelque part, c'est une bonne chose. (Il me dévisage comme si je venais de sortir le truc le plus imbécile qui soit, ce en quoi il n'a pas tort.) Si l'amour et la vérité sont indissociables, ils se rendent possibles l'un l'autre, non ?

Il me décoche un huitième de sourire et se tourne vers Tiny qui – pour être parfaitement honnête – est de loin le meilleur thérapeute de nous deux. Le sac noir contenant *Mano a Mano* ne me fait plus rire, désormais. Je le dépose par terre, aux pieds de Tiny et Will qui ne s'en aperçoivent même pas.

Jane se tient au bord du trottoir, sur la pointe des pieds, à demi penchée au-dessus du caniveau tandis que d'énormes taxis défilent dans la rue. Un groupe d'étudiants passe derrière elle et lui jette des regards appuyés. L'un d'eux se tourne vers un de ses copains en levant les sourcils. Je repense au lien indissociable entre vérité et amour – et ça me donne envie de lui avouer la vérité... toute la vérité, dans son entièreté et ses contradictions... car sinon, ne suis-je pas un peu comme cette Maura, quelque part ? En quoi suis-je différent de cette fille qui se faisait passer pour Isaac ?

Je m'avance vers Jane pour la prendre par le coude, mais mon geste est trop mou et je ne fais qu'effleurer son manteau. Elle se retourne, et je constate qu'elle est encore au téléphone. Je fais un mouvement de la main censé signifier : « Pas de problème, poursuis ta conversation tant que tu voudras » mais dont le message doit plutôt être : « Hé, regarde-moi ! J'ai des mains de Playmobil ! » Jane lève un index en l'air. Je hoche la tête.

D'une voix douce et tendre, elle continue à parler dans le combiné: «Oui, je sais. Moi aussi.»

Je pars m'adosser contre le mur de briques situé entre *Frenchy's* et un resto japonais fermé. À ma droite, Will et Tiny sont en pleine discussion. À ma gauche, Jane est en pleine discussion. Je sors mon portable pour faire semblant d'envoyer un texto, et je consulte mon répertoire. Clint. Papa. Jane. Maman. Des gens avec qui j'étais ami autrefois. D'autres que je connais plus ou moins. Tiny. Plus rien après T. Ça ne fait pas énorme pour un téléphone que je possède depuis trois ans.

– Coucou, me lance Jane.

Je lève les yeux, referme mon portable et lui souris.

– Désolée, pour le concert...

– Bah, c'est pas grave, lui dis-je.

Et c'est sincère.

– C'est qui, lui? me demande-t-elle en désignant Will.

– C'est Will Grayson, dis-je. (Elle me dévisage d'un air perplexe.) J'ai fait la connaissance d'un mec appelé Will Grayson dans ce sex-shop ici présent. J'y étais pour utiliser ma fausse carte d'identité, et lui pour rencontrer son faux petit ami.

– La vache! Si j'avais su, j'aurais zappé le concert.

– Ouais, ouais, dis-je en m'efforçant de ne pas prendre un ton agacé. Viens, allons faire un tour.

Elle acquiesce. Nous marchons vers Michigan Avenue, l'artère surnommée le «Kilomètre des Splendeurs» et accueillant toutes les plus grosses chaînes de magasins de Chicago. Tout est fermé à cette heure tardive, et les touristes qui envahissent les trottoirs pendant la journée ont tous regagné leur hôtel, à cinquante étages au-dessus de nos têtes. Les SDF qui mendient de l'argent aux touristes sont repartis, eux aussi, et il n'y a donc plus que Jane et moi. On ne peut dire la vérité sans parler, si bien que je lui raconte toute l'histoire de A à Z en tâchant de la rendre amusante et encore plus grandiose qu'un concert des MDC. Quand j'ai terminé, il y a un petit silence et Jane me sort tout à coup :

– Je peux te demander un truc ?

– Bien sûr.

Nous passons devant Tiffany. Les réverbères jaune pâle illuminent la vitrine de la boutique juste assez pour que malgré le triple vitrage et le grillage de sécurité, j'aperçoive un présentoir vide – un cou en velours gris, sans le moindre bijou.

– Tu crois aux épiphanies ? me demande Jane.

– Tu veux bien préciser ta question ?

– Eh bien... crois-tu que l'attitude des gens puisse changer ? Genre, un jour on se réveille avec une soudaine prise de conscience, on voit les choses sous un angle nouveau et paf, épiphanie. Un détail a changé pour toujours. T'y crois ?

– Non, dis-je. Je ne crois pas que les choses arrivent toutes seules. Prends Tiny, par exemple. Tu crois vraiment qu'il tombe amoureux tous les jours ? Pipeau ! Il *croit* tomber amoureux, mais c'est seulement dans sa tête. Pour moi, un truc qui arrive d'un coup d'un seul peut aussi bien *disparaître* de la même manière. Tu vois ?

Elle ne me répond pas tout de suite. Nos mains s'effleurent, mais rien ne se passe.

– Ouais. T'as peut-être raison, soupire-t-elle enfin.

– Pourquoi cette question ?

– J'en sais rien. Juste comme ça.

La langue que nous parlons est riche d'une histoire et d'un patrimoine étudiés en long, en large et en travers. Et de toute l'histoire de notre langue, personne n'a jamais vu quelqu'un « demander un truc » sur les « épiphanies » sans savoir pourquoi, « juste comme ça ». Quand on pose une question « juste comme ça », ce n'est jamais complètement innocent.

– Qui a eu une épiphanie ? lui demandé-je.

– Hum... Tu es sans doute la dernière personne au monde avec qui je devrais discuter de ça.

– Et pourquoi ?

– Je sais que c'était nul de ma part d'aller à ce concert, me sort-elle de but en blanc.

Comme nous arrivons devant un banc en plastique, elle s'assoit.

– Ne t'inquiète pas pour ça, dis-je en prenant place à côté d'elle.

– Si, au contraire. Je trouve ça minable. Le problème, c'est que je crois que je suis un peu paumée.

Un peu paumée. Téléphone. Petite voix douce et tendre. Épiphanies. Je comprends enfin.

– Ton ex, dis-je.

Je sens comme une brique me tomber au fond de l'estomac et l'évidence s'impose à moi : j'ai le béguin pour cette fille. Elle est mignonne, hyper intelligente à tous les bons sens du terme sans aucune prétention, la douceur de son visage tempère le côté tranchant de ses propos et elle me plaît et je ne ressens pas juste le besoin d'être honnête avec elle parce qu'il le *faut*, mais parce que j'ai *envie* de l'être. Il en va ainsi des éléments indissociables, j'imagine.

– J'ai une idée, dis-je.

Je sens son regard posé sur moi et je remets ma capuche bien en place sur ma tête. Le froid me brûle les oreilles.

– Ah oui ?

– Pendant dix minutes, oublions que nous avons des sentiments. Ainsi, nous oublierons de nous protéger de nous-mêmes ou des autres et nous serons obligés de dire la vérité. Juste dix minutes. Ensuite, nous pourrons reprendre le cours de nos petites vies minables.

– Je suis partante, dit-elle. Mais c'est toi qui commences.

Je retrousse la manche de mon manteau et regarde ma montre. 22 h 42.

– Prête ? (Elle fait oui de la tête. Je regarde à nouveau ma montre.) OK... c'est parti. Tu me plais vachement. Et je n'en avais pas vraiment conscience jusqu'à l'instant où je t'ai imaginée à ce concert avec un autre mec, mais j'en suis sûr, à présent, et je sais aussi que je risque de passer pour un gros chochotteux de la mort, mais ouais : tu me plais. Je trouve que tu es une fille géniale et charmante – et par charmante je veux dire belle, mais je n'ai pas envie de dire que je te trouve belle parce que c'est le pire cliché de la terre mais oui, tu l'es – et je m'en fiche que tu aies des goûts snobinards en matière de musique.

– Ce n'est pas snobinard. C'est ce que j'appelle avoir bon goût. Mais bref. J'avais un mec, avant, et je savais qu'il allait à ce concert et j'avais envie d'y aller avec toi, en partie parce que je savais que Randall y serait mais du coup j'avais aussi envie d'y aller sans toi parce que je savais qu'il y serait, et il m'a vue pendant que MDC jouait *A Brief Overview of Time Travel Paradoxes* et il s'est mis à me crier dans l'oreille qu'il avait eu une épiphanie et qu'il avait compris qu'on était faits l'un pour l'autre et je lui ai répondu que ça m'étonnerait et il m'a cité un poème d'e.e. cummings qui dit que les baisers sont plus souhaitables que la sagesse et là tout à coup, je réalise qu'il a demandé exprès au groupe de dédicacer une chanson pour moi et c'est le genre de truc qu'il n'aurait jamais fait avant et je crois que j'ai quand même mérité d'avoir quelqu'un qui éprouve des sentiments stables envers moi ce qui n'est pas vraiment ton cas mais bref, je ne sais plus trop où j'en suis.

– Quelle chanson ?

– *Annus miribalis*. Il est le seul à connaître ma combinaison de casier et il a demandé au groupe de dédier la chanson à ma combinaison de casier et j'ai trouvé ça, tu vois, genre, voilà quoi. Juste. Ouais.

Bien qu'il s'agisse de nos dix minutes de vérité, je ne lui dis rien pour la dédicace. Impossible. C'est trop embarrassant. Venant d'un ex-petit ami, c'est adorable. Mais venant du type qui a refusé de vous embrasser dans votre Volvo orange, c'est juste bizarre, voire franchement déplacé. Elle a raison lorsqu'elle affirme avoir besoin de quelqu'un ayant des sentiments stables à son égard, et peut-être ne suis-je tout simplement pas le bon candidat. Ce qui ne m'empêche pas de défoncer ce mec.

– S'il y a un truc qui m'insupporte, ce sont les types qui récitent des poèmes à leurs nanas. Puisqu'on est honnêtes l'un envers l'autre. Ah ! et je trouve que la sagesse est préférable à la vaste majorité des baisers, aussi. La sagesse est un sort bien plus enviable que d'embrasser des connards qui lisent de la poésie juste pour attirer les nanas dans leurs lits.

– Eh ben ! dit-elle, le Will honnête et le Will normal sont d'une différence fascinante !

– À dire vrai, je préfère encore le gros connard bourrin de tous les jours genre regard pervers, bave aux lèvres et vannes bien lourdes, aux types qui empiètent sur mes plates-bandes cool en lisant de la poésie et en écoutant de la musique semi-médiocre. J'ai bossé dur pour mon statut cool. Je me suis fait casser la gueule au collège pour mon statut cool. Mon identité, je me la suis forgée honnêtement.

– Je te signale que tu ne le connais même pas.

– Pas besoin, répliqué-je. Écoute, tu as raison. Peut-être ne suis-je pas à la hauteur de ce que tu mérites. Je ne serais jamais celui qui te lira-des-poèmes-chaque-soir-avant-que-tu-t'endormes. Je suis ingérable, OK ? Des fois, je me dis : la vache, cette fille est vraiment trop sexy et intelligente et un peu prétentieuse, aussi, mais ça contribue à son charme, et d'autres fois je me dis que c'est une très mauvaise idée et que sortir avec toi, ce serait comme de se faire arracher plusieurs dents en même temps avec juste quelques interludes un peu *hot* de temps en temps.

– Waouh ! Prends ça dans ta face, Jane.

– Mais non, parce que je pense les deux à la fois ! Et

que ça n'a pas d'importance puisque je suis ton Plan B. Peut-être est-ce juste mon impression, ou peut-être est-ce la réalité, n'empêche, ça veut dire que tu es censée être avec Randall et que je suis censé me retrancher dans mon exil solitaire habituel.

– C'est vraiment fou, cette différence ! répète-t-elle. Tu crois que tu pourrais rester comme ça pour toujours ?

– Sans doute pas.

– Il nous reste combien de minutes ?

– Quatre.

Et là, on s'embrasse.

Je me penche vers elle, cette fois, et elle ne détourne pas la tête. Il fait froid et nous avons tous les deux les lèvres sèches, le nez qui coule et le front humide de sueur sous nos bonnets en laine. Je ne peux pas toucher son visage, bien que j'en aie très envie, à cause de mes gants. Mais quand ses lèvres s'écartent, tout se réchauffe instantanément et je sens son souffle sucré à l'intérieur de ma bouche, alors que mon haleine doit probablement sentir le hot dog, mais je m'en fous. Elle m'embrasse comme un bonbon dévoreur et je ne sais pas trop où poser mes mains sur elle car j'ai envie d'elle de partout. Je veux toucher ses genoux ses hanches son ventre son dos son tout partout, mais nous sommes emmitouflés dans ces épaisseurs de vêtements qui nous font ressembler à deux chamallows rebondissant l'un contre l'autre, et elle me sourit tout en continuant à m'embrasser, consciente du ridicule de la situation, elle aussi.

– Préférable à la sagesse ? me demande-t-elle, le bout du nez contre ma joue.

– Je dirais que le score est serré, dis-je en la serrant un peu plus fort contre moi.

Je n'avais jamais fait l'expérience de ce qu'on ressent quand on a *envie* de quelqu'un – je ne parle pas seulement de vouloir sortir avec une fille, mais d'avoir *envie* d'elle, envie d'*elle*. À présent, je sais. Je vais peut-être me mettre à croire aux épiphanies, si ça se trouve.

Elle se dégage légèrement de mon étreinte.

– Quel est mon nom de famille ?

– Je n'en ai pas la moindre idée, lui réponds-je du tac au tac.

– Turner. Je m'appelle Turner. (Je lui glisse un dernier baiser sur la joue et elle se rassoit normalement, ses deux mains gantées toujours posées contre ma hanche.) Tu vois, poursuit-elle, on ne se *connaît* même pas. Il faut que je sache si je crois aux épiphanies, Will.

– Je n'arrive pas à croire que ton ex s'appelle Randall. Il n'est pas à Evantson, je parie ?

– Non, il va au lycée Latin. On s'est rencontrés à une soirée slam.

– J'en étais sûr. Je l'imagine tout à fait, ce petit con : grand, les cheveux gras, jamais coiffés et pratiquant un sport – le foot, tiens – qu'il fait semblant de ne pas aimer pour faire croire qu'il ne s'intéresse qu'à la poésie, à la musique et à toi. Et il aime te dire que tu es le plus beau des poèmes, irradiant de confiance en lui et de spray déodorant. (Elle rit, secoue la tête.) Quoi ?

– Il fait du water-polo, réplique-t-elle. Pas du foot.

– Oh, mais oui, *bien sûr*, du water-polo ! Le sport le plus punk au monde.

Elle me prend le poignet pour vérifier l'heure à ma montre.

– Plus qu'une minute, m'annonce-t-elle.

– Tu es encore plus jolie avec les cheveux tirés en arrière, lui dis-je précipitamment.

– Ah bon ?

– Oui. Autrement, tu ressembles un peu à un chiot.

– Tu es plus mignon quand tu te tiens droit, rétorque-t-elle.

– Fini, temps écoulé !

– OK, soupire-t-elle. Dommage qu'on ne puisse pas faire ça plus souvent.

– À quelle séquence fais-tu allusion ? lui demandé-je en souriant.

Elle se relève.

– Il faut que je rentre. Foutue permission de minuit.

– Tu as raison, dis-je en sortant mon téléphone. Je vais appeler Tiny pour lui dire qu'on s'en va.

– T'inquiète. Je vais juste me trouver un taxi.

– Attends, laisse-moi appeler…

Mais elle est déjà au bord du trottoir, la pointe de ses Chucks au-dessus du caniveau, la main en l'air. Un taxi s'arrête. Elle m'étreint à la va-vite – je ne sens guère que la pression de ses doigts et de ses omoplates – et disparaît sans un mot de plus.

Je ne m'étais jamais retrouvé seul en plein centre-ville aussi tard le soir, et tout est désert. J'appelle Tiny. Pas de réponse. Je tombe sur sa messagerie. « Vous êtes bien sur la boîte vocale de Tiny Cooper, auteur, producteur et vedette du nouveau musical *Tiny Dancer: Le*

Fabuleux Destin de Tiny Cooper. Désolé, il doit se passer un événement trop fabuleux pour que je puisse prendre cet appel mais je vous recontacte dès que j'ai un trou dans mon planning. BIP. »

– Tiny, la prochaine fois que tu essaies de me brancher avec une nana qui a un petit ami secret, pourrais-tu au moins avoir l'obligeance de *m'informer* qu'elle a un petit ami secret ? Deuxièmement, si tu ne me rappelles pas dans cinq minutes, j'en conclurai que tu rentres à Evantson par tes propres moyens. Et troisièmement, tu n'es qu'une enflure. Fin du message.

Il y a pas mal de taxis et de voitures le long de Michigan Avenue mais dès que je m'engouffre dans une rue transversale, Huron, le calme retombe. Je passe devant une église et remonte State Street en direction de *Frenchy's*. À trois pâtés de maisons de la boutique, je vois déjà que Tiny et Will sont partis, mais je marche quand même jusqu'à la façade du magasin. Je balaie la rue du regard des deux côtés, mais pas un chat à l'horizon. Connaissant Tiny, j'entendrais forcément le son de sa voix s'il se trouvait encore dans les parages.

Je fouille dans ma poche poubelle à la recherche de mes clés, lesquelles sont emballées dans le message de Jane, celui signé « Houdini des Casiers ».

Je repars vers ma voiture quand j'avise par terre un sac plastique noir agité par le vent. *Mano a Mano.* Je le laisse à sa place, songeant qu'il fera peut-être un heureux demain matin.

Pour la première fois depuis très longtemps, je roule sans mettre de musique. J'ai un tas de raisons d'être furieux – furieux à cause de Jane et de Monsieur Randall-Water-Polo-Tronche-de-Cake n° IV, furieux que Tiny m'ait planté sans même un coup de fil, furieux de l'inefficacité de mes faux papiers – mais dans la pénombre nocturne, le long de Lake Shore Drive, avec tous les bruits du dehors filtrés par l'habitacle de ma voiture, l'engourdissement de mes lèvres après ce baiser échangé avec Jane me procure une sensation à laquelle j'ai furieusement envie de me raccrocher, quelque chose de *pur* qui m'apparaît comme la seule et unique vérité.

J'arrive chez moi quatre minutes avant la fin du couvre-feu. Mes parents sont sur le canapé, les pieds de ma mère posés sur les genoux de mon père, qui coupe le son de la télé pour me demander :

– Alors, c'était comment ?

– Super.

– Est-ce qu'ils ont joué *Annus miribalis* ? me demande ma mère.

Elle sait que j'adore cette chanson, d'autant que je la lui ai déjà passée, et elle me pose cette question à la fois pour faire cool et pour vérifier si j'étais bien au concert. Elle ira sans doute jusqu'à consulter elle-même la setlist. Je n'étais *pas* au concert, bien sûr, mais je sais de source sûre qu'ils l'ont jouée.

– Ouais, dis-je. Ouais. C'était top. (Je les regarde fixement une ou deux secondes.) Bon, bah, je vais me coucher.

– Pourquoi ne pas rester regarder la télé avec nous ? me propose mon père.

– Je suis crevé, dis-je d'un ton plat avant de tourner les talons.

Mais je ne vais pas me coucher. Je monte dans ma chambre, j'allume Internet et je cherche des infos sur e.e. cummings.

Le lendemain matin, ma mère me conduit au lycée de bonne heure. Dans les couloirs, les murs sont couverts d'affiches pour *Tiny Dancer*.

AUDITIONS EN FIN DE JOURNÉE DANS L'AUDITORIUM.
SOYEZ PRÊTS À CHANTER. SOYEZ PRÊTS À DANSER.
SOYEZ PRÊTS À ÊTRE FABULEUX.

AU CAS OÙ VOUS AURIEZ LOUPÉ L'AFFICHE PRÉCÉDENTE,
LES AUDITIONS ONT LIEU AUJOURD'HUI.

CHANTEZ, DANSEZ ET CÉLÉBREZ LA TOLÉRANCE DANS
LE PLUS IMPORTANT SHOW MUSICAL DES TEMPS MODERNES.

Je presse le pas à travers l'enfilade de couloirs, monte à l'étage et me rends jusqu'au casier de Jane pour lui glisser le message que je lui ai rédigé hier soir :

Destinataire : le Houdini des Casiers
Expéditeur : Will Grayson
Objet : Es-tu vraiment experte en mecs de qualité ?

Chère Jane,
Juste pour info : e.e. cummings a successivement trompé ses deux femmes. Avec des prostituées.

Bien amicalement,
Will Grayson.

. 10

tiny cooper.
tiny cooper.
tiny cooper.
je me répète son nom en boucle.
tiny cooper.
tiny cooper.
c'est un nom ridicule. toute cette histoire est ridicule, mais c'est plus fort que moi.
tiny cooper.
si je le répète suffisamment, j'arriverai peut-être à accepter l'idée qu'isaac n'existe pas.

tout commence ce fameux soir. devant *frenchy's*. je suis encore sous le choc. stress post-traumatique ou traumatisme poststress ? difficile à dire. quoi qu'il en soit, un pan entier de ma vie vient de s'effondrer et je n'ai aucune envie de remplir ce vide béant. que le vide demeure, me dis-je. laissez-moi mourir.

mais c'est sans compter sur l'obstination de tiny. il me fait le coup du j'ai-connu-pire, stratégie qui ne marche jamais vu que la personne en face vous raconte alors soit quelque chose de beaucoup moins grave (« le blond n'était pas sa couleur naturelle »), soit un truc tellement atroce que vos sentiments personnels sont piétinés aussi sec (« j'ai connu un mec qui m'a posé un lapin une fois… eh bien, en fait, il s'était fait dévorer par un lion ! le dernier mot qu'il a prononcé, c'était mon prénom ! »).

n'empêche, je vois bien qu'il essaie de m'aider. et je devrais peut-être essayer d'en profiter, pour une fois.

de son côté, l'autre w.g. fait tous les efforts qu'il peut, lui aussi. il y a une nana derrière nous, à quelques mètres, et je capte tout de suite qu'il doit s'agir de la fameuse jane. au début, les tentatives de l'autre w.g. pour me consoler sont encore plus foireuses que celles de tiny.

l'autre w.g. : je sais que ça craint, mais quelque part, c'est mieux comme ça.

c'est à peu près aussi réconfortant qu'un film où on verrait hitler en train de rouler des pelles à sa meuf sur un petit nuage rose. ça rejoint exactement ce que j'appelle la loi de la fiente d'oiseau. vous savez, quand on vous explique que ça porte bonheur de se faire chier dessus par un piaf ? et le pire, c'est que les gens y croient ! moi, j'ai juste envie de les prendre par le col et de leur dire : « hé mec, t'as jamais compris que c'était une superstition débile inventée de toutes pièces parce que les gens ne savent pas quoi dire à quelqu'un qui vient de se prendre du caca de pigeon ? » ça arrive tout le temps – et pas seulement avec les trucs temporaires comme la merde de piaf, en plus. tu viens de perdre ton boulot ? quelle chance unique pour rebondir ! tu as touché le fond ? alors tu ne peux que remonter ! ton mec imaginaire vient de te plaquer ? je sais que ça craint, mais quelque part, c'est mieux comme ça !

je me sens à deux doigts de dépouiller l'autre w.g. de son droit d'être un will grayson, mais il poursuit.

l'autre w.g. : si l'amour et la vérité sont indissociables, ils se rendent possibles l'un l'autre, tu vois ?

j'ignore ce qui me bouleverse le plus : le fait qu'un parfait inconnu s'intéresse à mes histoires, ou le fait que, techniquement parlant, il ait tout à fait raison.

l'autre will grayson s'éloigne, me laissant seul avec l'armoire à glace qui me fait office de nouvel ami et qui me fixe avec une telle sincérité brûlante dans le regard que j'ai direct envie de lui coller une beigne.

moi : t'es pas obligé de rester, tu sais.

tiny : quoi, et te laisser te lamenter ici tout seul ?

moi : je suis au-delà de la lamentation. je suis au fond du trou noir.

tiny : *awwwww !*

et là, sans crier gare il me prend dans ses bras. imaginez qu'un canapé vous prenne dans ses bras. eh bien ! c'est l'effet que ça me fait.

moi (étouffé) : j'étouffe, là.

tiny (me caressant les cheveux) : allons, allons.
moi : hé, coco, si tu crois m'aider…

je le repousse. il a l'air vexé.

tiny : tu viens de m'appeler « hé, coco » !
moi : désolé. j'ai juste…
tiny : je fais ça pour toi, je te signale !

voilà pourquoi je devrais toujours avoir mes médocs sur moi. je crois qu'on aurait besoin d'une double dose, lui et moi.

moi (encore) : je suis désolé.

là, il me regarde. et c'est bizarre parce qu'il me regarde *vraiment*, sérieusement. et ça me met juste hyper mal à l'aise.

moi : quoi ?
tiny : ça te dirait d'entendre une chanson extraite de *tiny dancer : le fabuleux destin de tiny cooper* ?
moi : pardon ?
tiny : c'est une comédie musicale sur laquelle je travaille. c'est inspiré de ma vie. je crois que l'une des chansons pourrait t'aider.

nous sommes assis à un coin de rue devant un sex-shop. il y a des gens qui passent. les *chicagoans*, comme on les appelle. on ne peut pas faire moins musical qu'un habitant de chicago. je suis dans un état de ravage total.

en pleine crise cardiaque du cerveau. le dernier truc dont j'ai besoin, c'est que cette grosse folle se mette à chanter devant moi. mais est-ce que je proteste ? est-ce que je décide de passer le reste de ma vie tapi au fond du métro, à nourrir les rats ? non. je me contente de hocher bêtement la tête, parce qu'il a tellement envie de me chanter sa chanson que je me sentirais coupable de lui refuser ce plaisir.

avec un petit mouvement circulaire de la tête, tiny se met d'abord à humer l'air tout autour de lui. lorsqu'il a trouvé la note juste, il ferme les yeux, écarte les bras, et commence :

je croyais enfin à mes rêves,
mais ce n'était pas toi, pas toi

je croyais au début d'une nouvelle ère
mais ce n'était pas toi, pas toi

je m'imaginais tout ce qu'on ferait ensemble
mais ce n'était pas toi, pas toi

je ne veux plus jamais faire la même erreur
mais j'ai un cœur, j'ai un cœur

je suis peut-être timide et bien bâti
mais ma foi dans l'amour est éternelle

j'ai fait plus d'une chute, ça oui,
mais je remonterai toujours en selle !
ce n'était pas toi, j'ai fait erreur

mais on ne peut vivre sans ouvrir son cœur

je te voyais comme un miracle
mais ça a surtout été la débâcle

tu m'as envoyé au tapis
mais ce match m'a grandi

alors va au diable – et passe-lui le bonjour
j'ai plein d'autres mecs à qui faire la cour

j'ai fait une croix sur toi, comprende ?
tu es out, rayé, oublié.

tiny ne se contente pas de chanter – il hurle à tue-tête, à croire qu'il a une fanfare au fond de la gorge. je suis à peu près certain que le son de sa voix franchira le lac michigan et le territoire canadien pour porter jusqu'au pôle nord. les fermiers du saskatchewan sont en train de chialer, le père noël se tourne vers sa femme pour lui demander : « c'est quoi ce boucan ? » et je suis totalement mortifié mais tiny rouvre les yeux et pose alors sur moi un regard d'une telle bienveillance que je ne sais plus où me mettre. personne n'a essayé de m'apporter quelque chose comme ça depuis des siècles. sauf isaac, qui n'existe même pas. on dira ce qu'on voudra sur tiny : lui, au moins, il existe.

il me demande si j'ai envie de marcher. de nouveau, je hoche la tête bêtement. ce n'est pas comme si j'avais mieux à faire pour le moment.

moi : qui es-tu, exactement ?

tiny : je suis tiny cooper !

moi : ne me dis pas que tu t'appelles vraiment « tiny »...

tiny : non. c'est de l'ironie*.

moi : ah !

tiny (avec un claquement sec de la langue) : arrête un peu avec tes « ah ! ». j'assume totalement mon physique. j'ai une ossature massive.

moi : mec, c'est pas juste ton ossature.

tiny : mon corps est débordant d'amour, voilà tout !

moi : ça doit être sportif avec toi.

tiny : crois-moi, mon chou, j'en vaux la peine.

le plus dingue, c'est que je suis bien obligé d'admettre qu'il y a quelque chose d'attirant chez lui. ça me dépasse. vous savez, comme quand on voit un gros bébé sexy, par exemple ? oups, non. ça fait gros pervers. c'est pas ce que je voulais dire. mais il a beau avoir une silhouette d'éléphanteau (et pas un éléphanteau sous-alimenté), il a la peau lisse et douce, les yeux hyper verts et tout le reste de son corps est, disons... en parfaite proportion avec le reste. si bien que je ne ressens pas la répulsion à laquelle je me serais attendu en me trouvant face à quelqu'un qui fait trois fois ma taille. je suis tenté de lui dire que je devrais déjà être parti buter des gens quelque part, pas en train de faire une promenade avec lui, mais sa seule présence atténue un peu mes envies de meurtre. qui peuvent tout à fait revenir plus tard, cela dit.

---

* *tiny* signifie « minuscule » en anglais.

alors qu'on se dirige vers le millenium park, tiny me parle de *tiny dancer* et du mal qu'il s'est donné pour écrire, jouer, mettre en scène, chorégraphier, créer les costumes, les éclairages, le décor et financer son projet. en résumé, ce type a complètement perdu la boule, mais vu que je m'efforce de me vider la tête pour ne penser à rien, j'essaie au moins de m'intéresser à ce qu'il me raconte. c'est comme avec maura (cette sale garce mussolinienne de dark vador al-qaïda zéro entité) : je n'ai pas à prononcer le moindre mot, et ça me va très bien.

quand on arrive au parc, tiny se précipite en direction du jellybean. étrangement, ça ne m'étonne pas du tout.

le jellybean est cette énorme sculpture débile créée exprès pour le millenium park – pour fêter le passage au nouveau millénaire, j'imagine. elle avait un autre nom, à l'origine, mais tout le monde l'a surnommée « jellybean » et depuis, c'est resté. ça représente une espèce de flageolet géant en métal réfléchissant sous lequel on peut marcher, comme dans un tunnel, et voir son reflet tout déformé. j'y étais déjà allé pendant des voyages scolaires ou autre, mais jamais avec quelqu'un ayant la corpulence de tiny. d'habitude, on a toujours un peu de mal à repérer son reflet sur la voûte métallique, au début, mais là, aucun doute possible : je suis la brindille ondulante posée à côté du gros chamallow humain. tiny pouffe de rire en apercevant son image déformée. un vrai gloussement, genre *pfff hi hi hi.* je déteste quand les meufs font ça, ça sonne toujours hyper faux. mais avec lui, ça ne sonne pas faux du tout. c'est comme si la vie le chatouillait.

lorsqu'il a enfin fini de tester la pose de la danseuse étoile, du joueur de base-ball, du chanteur de hip-hop et de l'alpiniste-parvenu-au-sommet-de-sa-montagne façon *mélodie du bonheur*, il m'entraîne vers un banc surplombant lake shore drive. je m'attends à ce qu'il soit ruisselant de sueur car, disons-le franchement, les gros sont souvent en nage rien qu'en soulevant une barre chocolatée pour la manger. mais tiny est simplement trop stylé pour transpirer.

tiny : alors, raconte tes problèmes à tiny.

je suis incapable de lui répondre car à la manière dont il le dit, on pourrait remplacer « tiny » par « maman » et sa phrase serait exactement la même.

moi : est-ce que tiny peut parler normalement ?

tiny (avec une voix de présentateur de jt) : il peut, oui, mais c'est nettement moins drôle.

moi : tu fais trop gay.

tiny : euh… et devine pourquoi ?

moi : ouais, je sais. mais… quand même. j'aime pas les gays.

tiny : mais toi, tu ne t'aimes pas ?

waouh, je veux vivre sur la même planète que ce mec ! il est sérieux, là ? je lève les yeux vers lui : oui, il est sérieux.

moi : pourquoi est-ce que je m'aimerais ? personne ne m'aime.

tiny : moi, si.

moi : tu ne me connais même pas.

tiny : mais j'en ai très envie.

c'est ridicule. je me mets à crier :

moi : stop ! tais-toi !

mais il a l'air tellement vexé que je me sens obligé d'ajouter :

moi : écoute, laisse tomber. c'est pas ta faute. c'est la mienne. toi, t'es un gentil. pas moi. alors arrête, ok ?

parce que maintenant, il n'a plus l'air vexé, juste triste. comme s'il était désolé pour moi. il *voit* en moi. putain.

moi : c'est ridicule.

c'est à croire qu'il sait d'avance que s'il me touchait, je péterais les plombs et que je me mettrais à le frapper de toutes mes forces et à pleurer en disant que je ne veux plus jamais le revoir. donc, au lieu de ça, il reste immobile sur le banc tandis que je plonge mon visage entre mes mains, comme si j'essayais littéralement de soutenir ma tête pour l'empêcher de tomber. le pire, c'est qu'il n'a même pas besoin de me toucher parce que quand quelqu'un comme tiny cooper est à côté de vous, vous sentez sa présence. tout ce qu'il a à faire, c'est de rester là. et vous savez qu'il est là.

moi : et merde et merde et merde et merde et merde.

voilà le plus tordu dans cette histoire : une partie de moi est persuadée que j'ai *mérité* ce qui m'arrive. que peut-être, si je n'étais pas une telle ordure dans la vie, isaac aurait existé pour de vrai. que si je n'étais pas quelqu'un d'aussi minable, il m'arriverait un truc bien. c'est injuste, parce que je n'ai jamais demandé à ce que mon père s'en aille, je n'ai jamais demandé à être dépressif, je n'ai jamais demandé à ce qu'on soit pauvres, je n'ai jamais demandé à être attiré par les garçons, je n'ai jamais demandé à être aussi stupide, je n'ai jamais demandé à ne pas avoir de vrais amis et je n'ai jamais demandé à raconter autant de conneries. tout ce que je voulais, c'était qu'il m'arrive un truc sympa, pour une fois. c'était croire en ma bonne étoile comme un imbécile heureux, mais clairement, c'était trop demander.

je ne comprends pas pourquoi ce mec qui écrit des comédies musicales sur sa vie reste assis à côté de moi. suis-je pathétique à ce point ? reçoit-il une médaille chaque fois qu'il ramasse les petits morceaux d'un être humain brisé par le désespoir ?

je relève la tête. on ne peut pas dire que ça m'aide. quand je refais surface, je jette un coup d'œil à tiny, et tout est toujours aussi bizarre. il ne me *regarde* pas – il *voit* en moi. il a même les yeux qui brillent, presque.

tiny : je n'embrasse jamais le premier soir.

je le dévisage, hébété, et il ajoute :

tiny : ... mais il m'arrive de faire des exceptions.

le choc que je ressentais est en train d'évoluer vers un autre choc, celui-là plein d'émotions, car à cet instant, malgré le fait qu'il soit énorme, qu'il ne me connaisse pas du tout et qu'il prenne trois fois plus de place que moi sur le banc, tiny cooper m'apparaît étonnamment, indéniablement… attirant. oui, il a la peau douce, de la gentillesse dans son sourire et surtout, il a les yeux – ces yeux qui luisent d'un espoir fou, d'un désir fou et d'un bonheur ridicule, et j'ai beau trouver ça complètement stupide et savoir que je ne me sentirai jamais comme lui, j'avoue que l'idée de l'embrasser juste pour voir la suite ne me dérange pas plus que ça. il commence à rougir à cause de ce qu'il a dit, et il semble trop timide pour faire le premier pas, si bien que c'est moi qui me penche vers lui, les yeux bien ouverts pour mieux lire la surprise et la joie sur son visage, puisqu'il n'y a aucune chance pour que je ressente ces choses-là moi-même.

ça n'est pas du tout comme d'embrasser un canapé. juste comme d'embrasser un garçon. un garçon, enfin.

il ferme les yeux. à la fin, il sourit.

tiny : ce n'est pas du tout comme ça que j'imaginais cette soirée.

moi : tu m'étonnes.

j'ai envie de m'enfuir à toutes jambes. pas avec lui. j'ai juste envie de ne plus jamais remettre les pieds dans mon lycée ou dans ma vie d'avant. si ma mère ne m'attendait pas de l'autre côté, je crois que je n'hésiterais pas une seconde. j'ai envie de fuir parce que j'ai tout perdu. je suis sûr que si j'avouais ça à tiny cooper, il me rétorquerait que j'ai perdu du bon comme du mauvais. que demain est un autre jour, ou une connerie dans le genre. mais je ne le croirai pas. je ne crois pas à ces salades.

tiny : eh ! je ne connais même pas ton nom.
moi : will grayson.

à ces mots, tiny bondit du banc, manquant m'expédier sur la pelouse.

tiny : non !
moi : euh… si ?
tiny : alors là, c'est le pompon !

et il éclate de rire avant de s'exclamer :

tiny : j'ai embrassé will grayson ! j'ai embrassé will grayson !

en voyant mon air ahuri, il se rassoit et dit :

tiny : je suis content que ce soit toi.

je repense à l'autre will grayson. je me demande comment il s'en sort avec jane.

moi : c'est pas comme si j'étais mannequin pour *seventeen*, hein ?

ses yeux s'illuminent.

tiny : quoi, il t'a raconté ça ?

moi : ouais.

tiny : je te jure, quelle arnaque ! le jury l'a totalement spolié. j'étais si furieux que j'ai écrit une lettre au rédac chef, mais elle n'a jamais été publiée.

je ressens une violente pointe de jalousie à l'idée que l'autre w.g. ait un ami comme tiny. je ne connais personne qui prendrait la peine d'écrire à un rédacteur en chef pour me défendre. pas même d'écrire une citation pour ma nécrologie.

je repense aux événements de cette soirée et je réalise qu'une fois rentré chez moi, je n'aurai personne à qui raconter tout ça. je me tourne vers tiny et me surprends à l'embrasser une nouvelle fois. parce qu'après tout, et merde. c'est vrai, quoi. et merde !

ça dure comme ça un petit moment. je commence à me sentir une grosse trique à force d'embrasser ce gros truc et entre deux baisers goulus, il me demande où j'habite, ce qui m'est arrivé ce soir, ce que j'ai envie de faire dans la vie et quel est mon parfum de glace préféré. je réponds à toutes les questions auxquelles je suis capable de répondre (en gros, où j'habite et la glace que je préfère) et j'ajoute que pour le reste, je n'en sais foutrement rien.

personne n'est vraiment là pour nous mater mais je commence à me sentir observé, bizarrement, alors on arrête de s'embrasser et je ne peux pas m'empêcher de repenser à isaac et bien que cette histoire improbable avec tiny tombe à pic, dans l'ensemble, ma situation craint toujours autant, un peu comme si une tornade avait détruit ma maison et que tiny était la dernière pièce encore intacte. il me semble que je lui suis redevable de quelque chose, alors je lui dis :

moi : je suis bien content que tu existes.

tiny : à cet instant précis, je suis bien content d'exister.

moi : tu ne réalises pas à quel point tu fais fausse route à propos de moi.

tiny : tu ne réalises pas à quel point tu fais fausse route à propos de toi.

moi : arrête avec ça.

tiny : seulement si tu arrêtes d'abord.

moi : je te préviens.

je n'ai pas la moindre idée de ce qui rend la vérité indissociable de l'amour, et vice versa. je ne pense même pas à l'amour, en fait. il est encore beaaaaaucoup trop tôt pour parler de ça. mais par contre, j'ai envie de vérité. je veux que cette histoire soit la plus honnête possible. et j'ai beau protester envers tiny, et envers moi-même, la vérité devient de plus en plus claire.

il est temps de réfléchir aux moyens qu'on veut se donner si on veut que ça marche, cette histoire.

. 11

Je suis assis par terre dos à mon casier, dix minutes avant le premier cours de la journée, quand Tiny débarque en courant, les bras chargés d'affiches pour les auditions de *Tiny Dancer.*

– Grayson ! hurle-t-il.

– Salut.

Je me lève, je prends une affiche et la plaque contre le mur. Tiny lâche toutes les autres et arrache des morceaux de gros scotch avec ses dents pour la fixer. Nous ramassons les affiches tombées par terre, parcourons quelques mètres et recommençons l'opération. Et pendant tout ce temps, il jacasse non-stop. Son cœur bat, ses cils battent, ses poumons se remplissent d'air, ses reins trient les toxines et sa bouche parle, le tout de façon parfaitement naturelle et automatique.

– Ouais, désolé de ne pas t'avoir rejoint devant *Frenchy's* mais je me suis dit que tu penserais que j'avais pris un taxi pour rentrer, ce qui est le cas, et bref, Will et moi avons marché jusqu'au Jellybean et sérieusement, Grayson, je sais que tu m'as déjà entendu dire ça un paquet de fois mais *ce mec me plaît grave*. C'est vrai, il faut vraiment que quelqu'un vous plaise pour aller à pied avec lui jusqu'au Jellybean et l'écouter parler de son ex-mec qui n'était ni vraiment son ex ni vraiment un mec et j'ai même chanté pour lui, aussi. Et Grayson, écoute-moi bien : tu te rends compte que j'ai embrassé Will Grayson ? J'ai. Embrassé. Will. Grayson. Nom. De. Dieu ! Et ne le prends pas mal, car je te l'ai dit mille milliards de fois, je trouve que tu es vraiment quelqu'un de génial, mais j'étais prêt à parier ma couille gauche que jamais de ma vie je ne roulerais une pelle à Will Grayson, tu vois ce que je veux dire ?

– Oui ou...

Mais il n'attend même pas que j'aie terminé mon second « oui ».

– Et je reçois des SMS de sa part toutes les quarante-deux secondes et il est super doué pour ça et c'est génial parce que ça me fait chaque fois des petites vibrations dans la jambe, comme un rappel du fin fond de ma cuisse qu'il est... tiens, justement, quand on parle du loup ! (Je reste planté là à maintenir l'affiche contre le mur pendant qu'il sort son portable de son jean.) Oooooh !

– Qu'est-ce qu'il dit ?

– Confidentiel. Je ne crois pas qu'il aimerait que je dévoile le contenu privé de ses SMS à tout le monde, tu comprends ?

Je suis tenté de lui faire remarquer à quel point il est ridicule de croire que Tiny Cooper pourrait ne *pas* dévoiler le contenu privé de quoi que ce soit, mais je me retiens. Il finit de scotcher l'affiche et poursuit son chemin le long du couloir. Je lui emboîte le pas.

– Eh bien ! ravi que tu aies passé une soirée aussi géniale. Moi, pendant ce temps, je me suis fait doubler par l'ex-mec de Jane, le joueur de water-po...

– OK, primo, m'interrompt-il, qu'est-ce que ça peut te faire ? Jane ne *t'intéresse* pas. Et deuzio, je ne dirais pas de lui que c'est un mec. C'est un *homme*. Un athlète, une machine, un Apollon irradiant de virilité – bref, pas l'ex-mec de Jane. Son ex-*homme*.

– Merci de me remonter le moral.

– Je dis juste, bien que ce ne soit pas du tout mon type, que ce garçon est à hurler de beauté. Et ses yeux ! Pareils à deux saphirs brûlant dans l'obscurité de ton cœur... Mais bref, j'ignorais qu'ils étaient sortis ensemble. Je n'avais même jamais entendu parler de lui. Je croyais que c'était juste un beau gosse qui lui tournait autour. Jane ne parle jamais garçons avec moi. Je me demande pourquoi. Je suis quand même hyper fiable en la matière. (La pointe de sarcasme dans sa voix – juste ce qu'il faut – m'arrache un éclat de rire. Il poursuit.) C'est fou, tout ce qu'on peut ignorer des autres, non ? Je pensais justement à ça tout le week-end en papotant avec Will. Il est tombé amoureux d'Isaac, qui s'est révélé une invention totale. On *dirait* le genre de truc qui n'arrive que sur Internet, mais ça se produit sans arrêt dans le monde réel aussi.

– À vrai dire, Isaac n'était pas une invention totale. C'était juste une fille. Cette nana, Maura. C'est elle, Isaac.

– Non, me répond-il simplement. Faux.

Je suis en train de plaquer la dernière affiche contre la porte des toilettes pour garçons. Le slogan dit : « ES-TU FABULEUX ? SI OUI, RENDEZ-VOUS AUJOURD'HUI EN FIN DE JOURNÉE DANS L'AUDITORIUM. » Il la fixe avec le scotch et nous nous rendons ensemble en cours de maths. Les couloirs commencent à se remplir.

Cette histoire de pseudonyme Maura/Isaac me rappelle soudain un petit détail.

– Tiny ?

– Oui, Grayson ?

– Pourrais-tu s'il te plaît renommer ce personnage dans ton spectacle ? Le meilleur ami du héros ?

– Gil Wrayson ? (J'acquiesce. Tiny lève les mains vers le ciel.) Je ne peux pas changer le nom de Gil Wrayson, voyons ! Il est thématiquement *vital* à l'ensemble du spectacle !

– Je ne suis pas d'humeur à écouter tes prétextes à deux balles.

– Ce n'est pas un prétexte à deux balles. Il doit impérativement s'appeler Wrayson. Dis-le lentement. *Wrayson. Ray Sun.* T'as compris ? « Rayon de Soleil » en anglais ! Son nom de famille a un double sens – Gil Wrayson connaît de grands bouleversements. Et il doit laisser entrer les rayons de soleil dans sa vie – soleil qui se manifeste à lui sous forme des chansons de Tiny – afin de découvrir sa vérité intérieure. Tu comprends ?

– Oh ! je t'en prie, Tiny. Si c'est ça, l'explication, pourquoi faut-il qu'il s'appelle Gil ?

Ma question le prend au dépourvu.

– Hmm, dit-il en plissant les yeux vers le fond du couloir. Je trouvais que ça sonnait bien. Mais je *pourrais* prendre un autre prénom, je suppose. J'y réfléchirai, OK?

– Merci.

– De rien. Maintenant, arrête de faire ta chochotte.

– Hein?

Nous sommes arrivés devant nos casiers. Tout le monde peut l'entendre, mais il continue à parler à tue-tête.

– *Ouin ouin*, Jane ne s'intéresse pas à moi alors que je ne m'intéresse pas à elle. *Ouin ouin*, Tiny a nommé un personnage comme moi dans son spectacle. Tu sais, il y a des gens dans le monde avec de vrais problèmes, OK? Tu devrais prendre un peu de recul.

– Attends, TU es en train de ME dire de prendre du recul? Nom de Dieu, Tiny. J'aurais juste aimé savoir qu'elle avait déjà un mec.

Il ferme les yeux et inspire à fond, comme si je l'agaçais.

– Pour la énième fois, je ne savais pas qu'il existait, OK? Ensuite, quand je l'ai vu en train de lui parler, j'ai compris à son langage corporel qu'il s'intéressait à elle. Et lorsqu'il est parti, je suis allé demander à Jane qui c'était, et elle m'a dit: «Mon ex», et je lui ai dit: «Ton *ex*? Tu vas me faire le plaisir de récupérer cet Apollon immédiatement!»

J'observe le large profil de Tiny Cooper. Il regarde ailleurs, en direction de son casier. Il a l'air de s'ennuyer quand, soudain, ses sourcils forment deux accents circonflexes et je me dis qu'il vient de réaliser à quel point sa dernière phrase était insultante pour moi, mais il sort son téléphone de sa poche.

– J'hallucine, dis-je.

– Désolé. Je sais que je ne devrais pas lire mes SMS pendant qu'on parle, mais je suis complètement gaga de ce mec.

– Je ne te parle pas de tes SMS, Tiny. J'hallucine que tu aies conseillé à Jane de se remettre avec son ex.

– Eh bien si, me répond-il sans lever les yeux. (Tout en me parlant, il rédige une réponse à Will.) Il était *splendide* et tu m'avais dit qu'elle ne te plaisait pas. Sauf que maintenant elle te plaît, c'est ça ? Typique du mâle de base – elle t'intéresse dès qu'elle ne s'intéresse plus à toi.

J'ai envie de le frapper dans le ventre, à la fois parce qu'il se trompe et qu'il a raison. Mais je me ferais surtout du mal à moi-même. Je ne suis rien d'autre qu'un personnage secondaire dans le roman de la vie de Tiny Cooper. Autant serrer les dents jusqu'à la fin du lycée, lorsque j'échapperai enfin à son orbite et que je cesserai d'être une simple lune en rotation autour de sa grosse planète.

Alors, tout à coup, je réalise qu'il y a quand même une chose que je peux faire. Une arme dont je dispose. Règle n° 2 : La fermer. Sans un mot, je m'éloigne vers la salle de cours.

– Grayson ! me lance-t-il.

Je ne réponds pas.

Je ne dis pas un mot en cours de maths quand Tiny réussit miraculeusement à s'insérer derrière son pupitre. Pas un mot lorsqu'il m'explique qu'en ce moment même, je ne suis pas son Will Grayson préféré. Lorsqu'il me raconte qu'il a envoyé quarante-cinq SMS à l'autre Will Grayson au cours des dernières vingt-quatre heures et me demande si à mon avis ça ne fait pas un peu beaucoup. Lorsqu'il me brandit son téléphone sous le nez pour me montrer l'un des SMS de Will Grayson que je suis censé trouver trop chou. Lorsqu'il me demande pourquoi je ne dis plus rien. Lorsqu'il me sort: «Grayson, tu me tapais sur le système et j'ai juste dit ça pour que tu la fermes – mais je ne voulais pas que tu la fermes *autant.*» Ni lorsqu'il ajoute: «Bon, allez, dis quelque chose, quoi», ni lorsqu'il lâche dans un souffle, mais suffisamment fort pour que tout le monde l'entende quand même: «Sérieux, Grayson, je m'excuse, OK? Je m'excuse.»

Et sur ces mots, Dieu merci, le cours commence.

Cinquante minutes plus tard, la sonnerie retentit et Tiny me poursuit dans le couloir telle une ombre obèse en disant: «Bon, arrête ça, franchement, c'est ridicule.» Je ne fais même pas ça pour le torturer. Je savoure juste le plaisir de ne pas avoir à entendre le ton implorant et geignard de ma propre voix.

À la pause déjeuner, je suis assis tout seul au bout d'une longue tablée comportant plusieurs membres de mon ancien Groupe d'Amis. L'un d'eux, Alton, me demande: «Alors, tarlouze, quoi de neuf?» et je lui réponds: «Ça va», puis un autre, Cole, me lance: «Tu viens à la teuf chez Clint? Ça va déchirer», et je réalise alors que ces types ne me détestent pas, en réalité, même si l'un d'eux vient de me traiter de tarlouze. Apparemment, avoir Tiny Cooper comme meilleur-et-uniqueami ne vous prépare pas vraiment à affronter les aléas des rapports sociaux entre mâles.

– Ouais, j'essaierai de passer, dis-je alors que je n'ai pas la moindre idée d'où a lieu la soirée.

– Au fait, dit Ethan, un type au crâne rasé, tu comptes auditionner pour Tiny et son spectacle de tapettes ?

– Jamais de la vie !

– Je crois que je vais y aller, dit-il, sans que je comprenne tout de suite s'il est sérieux ou non.

Tout le monde se met à rire et à parler en même temps pour le vanner en premier, mais Ethan éclate de rire et se justifie en disant :

– Les filles adorent les mecs sensibles. (Il pivote sur sa chaise pour crier un truc à Anita, sa copine assise à la table de derrière.) Bébé, j'ai pas une voix sexy quand je chante ?

– Grave, lui répond-elle.

Ethan promène un petit regard satisfait autour de notre table. Les autres continuent à le chambrer. Je ne dis rien. Mais une fois arrivé au bout de mon sandwich jambon-fromage, je me surprends à rire de leurs blagues en même temps qu'eux, ce qui, quelque part, doit signifier que je déjeune avec eux.

Tiny me retombe dessus au moment où je dépose mon plateau à la sortie. Jane à ses côtés, il avance dans ma direction. Au début, personne ne dit rien. Jane porte un sweat kaki à la capuche relevée sur sa tête. Je la trouve insupportablement adorable, comme si elle avait choisi exprès de s'habiller comme ça pour me faire craquer.

– Hilarant, ton petit mot, Grayson, me lance-t-elle. Alors, Tiny m'a dit que tu avais fait vœu de silence ?

Je confirme d'un hochement de tête.

– Pourquoi ? me demande-t-elle.

– Je ne parle qu'aux jolies filles, aujourd'hui, dis-je en souriant.

Tiny a raison : l'existence de Monsieur Water-Polo rend les plans drague beaucoup moins stressants.

Jane me sourit à son tour.

– Tiny est une très jolie fille, je trouve.

– Mais *pourquoi* ? me lance-t-il d'un ton suppliant comme je m'éloigne déjà le long du couloir.

Jadis, j'étais terrifié par ce dédale de longs corridors strictement identiques et reconnaissables uniquement aux fresques de Cougarous qui ornent leurs murs. Que ne donnerais-je pas pour revenir à cette époque où ma plus grande peur dans l'existence était un couloir !

– Grayson, je t'en supplie. Tu veux ma MORT !

Je réalise que pour la toute première fois, d'aussi loin que je me souvienne, Tiny et Jane sont en train de me suivre.

Tiny, qui a maintenant décidé de m'ignorer, est en train d'expliquer à Jane qu'il espère un jour avoir réuni suffisamment de SMS de Will Grayson pour les compiler dans un livre, vu que ses SMS sont de la pure poésie.

Sans réfléchir, je commente tout haut :

– « Es-tu, ma belle, comme une journée d'été ? » devient : « T'es trop bonasse au mois d'août ! »

– Il est vivant ! s'exclame Tiny avant de m'enlacer d'un bras. Je savais que tu reviendrais à la raison ! Je suis si heureux que je vais rebaptiser Gil Wrayson. Désormais, il s'appellera Phil Wrayson ! *File, Wrayson !* C'est parfait ! (J'acquiesce. Les gens continueront à penser qu'il s'agit de moi, mais il fait des efforts... du moins, il fait semblant de les faire.) Oh, un SMS !

Il sort son téléphone de sa poche, lit son message, lâche un gros soupir et commence à rédiger une réponse avec ses doigts boudinés.

– C'est moi qui choisirai le comédien pour ce rôle, dis-je.

Il hoche la tête distraitement.

– Tiny, insisté-je, c'est moi qui choisirai le comédien.

Il relève la tête.

– Hein ? Non, pas question. C'est moi le metteur en scène. C'est moi l'auteur, le producteur, le metteur en scène, l'assistant costumier et le directeur de casting.

Jane intervient.

– Je t'ai vu hocher la tête, Tiny. Trop tard, t'as dit oui.

Il pouffe avec mépris, sans rien ajouter. Une fois devant mon casier, Jane m'attire légèrement à l'écart pour me glisser tout bas :

– Tu ne devrais pas dire des choses comme ça, tu sais.

– Alors je me fais engueuler quand je parle et je me fais engueuler quand je me tais ?

– Je... Écoute, Grayson, je... Arrête de dire des trucs comme ça, OK ?

– Des trucs comme quoi ?

– Des trucs sur les jolies filles.

– Pourquoi pas ?

– Parce que j'en suis encore à rechercher le lien entre le water-polo et les épiphanies. (Elle esquisse un petit sourire, lèvres pincées.)

– Ça te dirait d'assister aux auditions de *Tiny Dancer*

avec moi ? lui dis-je pendant que Tiny continue à s'escrimer sur le clavier de son téléphone.

– Grayson, je ne peux pas... Je ne suis pas, comment dire... libre, tu comprends ?

– Ce n'est pas un rencard, dis-je. Je t'invite juste à participer à une activité extrascolaire. On s'assiéra au fond de l'auditorium et on se moquera des mecs qui veulent jouer mon rôle.

Je n'ai pas relu la pièce de Tiny depuis l'été dernier mais, dans mes souvenirs, il y a neuf grands rôles à distribuer : Tiny, sa mère (qui chante un duo avec lui), Phil Wrayson, les deux fiancés platoniques de Tiny, Kaleb et Terry, et enfin un couple hétéro fictif qui aide Tiny à croire en lui-même ou je ne sais quoi. Ah, et il y a un chœur, aussi. Au total, Tiny a besoin de recruter trente comédiens. Sachant que son casting devrait attirer douze personnes maximum.

Mais quand j'entre dans l'auditorium, après le cours de sciences physiques, une cinquantaine de candidats au bas mot se pressent déjà au pied de la scène ou patientent assis aux premiers rangs. Gary s'agite dans tous les sens en distribuant épingles de nourrice et morceaux de papier numérotés à chacun des candidats. Et comme il fallait s'y attendre de la part de théâtreux, ils sont tous en train de parler entre eux. Tout fort. Et en même temps. Ils n'ont pas besoin de s'écouter ; juste de parler.

Je m'assois au dernier rang, deuxième place en partant de l'allée centrale, histoire de laisser le premier fauteuil à Jane. Elle se pointe peu après, examine la scène quelques secondes et déclare :

– Quelque part dans cette foule, Grayson, se trouve un être qui devra sonder ton âme afin de mieux incarner ton rôle.

Je m'apprête à lui répondre quand l'ombre de Tiny passe au-dessus de nous. Il s'agenouille dans l'allée et nous tend à chacun une petite planche pour écrire.

– Notez vos commentaires sur les candidats que vous aimeriez retenir pour le rôle de Phil. Oh, et j'envisage de créer un petit rôle féminin pour un personnage nommé Janey, aussi.

Sur ce, il redescend l'allée d'un pas assuré.

– Votre attention s'il vous plaît ! s'exclame-t-il. Veuillez tous vous asseoir. (Les candidats s'empressent de prendre place tandis que Tiny monte sur scène.) Nous n'avons pas beaucoup de temps, *okay* ? lance-t-il d'un ton maniéré. (Sans doute ce qu'il s'imagine être la façon de parler des gens du théâtre.) Tout d'abord, j'ai besoin de savoir si vous savez chanter. Une minute par personne. Si votre numéro est rappelé, vous aurez droit à un essai pour le rôle. Le choix de la chanson est entièrement libre, mais sachez néanmoins une chose : Tiny. Cooper. Déteste. *Over. The. Rainbow**.

Il redescend de l'estrade en un bond magistral et s'exclame :

– Candidat n° 1, donne-moi envie de t'aimer !

La candidate n° 1, une petite blonde timide qui se présente sous le nom de Marie F., grimpe les marches situées sur le côté de la scène et s'avance, épaules

---

* Chanson culte extraite de la comédie musicale *Le Magicien d'Oz*. (N. d. T.)

voûtées, jusqu'au micro. À travers sa frange, elle lève les yeux vers le fond de la salle, où une gigantesque banderole proclame VIVE LES COUGAROUS, et se lance dans une épouvantable reprise d'une ballade de Kelly Clarkson.

– Oh mon Dieu ! lâche Jane dans un souffle. Oh, Seigneur. Arrêtez ça tout de suite.

– Je ne comprends pas ton problème, dis-je tout bas. Cette fille est idéale pour le rôle de Janey. Elle chante faux, elle adore la pop commerciale et elle sort avec des chochotteux.

Jane m'assène un coup de coude.

Le candidat n° 2 est un genre de play-boy baraqué avec des cheveux à la fois trop longs pour paraître normaux et trop courts pour paraître longs. Apparemment, sa chanson est une reprise d'un groupe baptisé Damn Yankees – Jane les connaît, bien sûr. J'ignore à quoi ressemble l'originale, mais sa performance *a cappella* façon cris de singe laisse franchement à désirer.

– On dirait que quelqu'un vient de lui broyer les testicules, commente Jane.

– S'il ne se tait pas bientôt, c'est ce qui risque de lui arriver.

Au cinquième candidat, j'en suis à *espérer* une reprise médiocre d'un truc inoffensif comme *Over the Rainbow* et je soupçonne Tiny d'être dans le même état d'esprit, à en juger par ses commentaires, lesquels sont rapidement passés de « Génial ! Super ! On te rappellera ! » à « Ok. Suivant ? »

Le choix des morceaux va du standard de jazz au hit de boys band, mais tous les candidats ont au moins un point commun : ils sont nuls. Enfin, à des degrés divers, bien sûr, et avec des variantes, mais tous sont la nullité incarnée, même juste un peu. À ma vive surprise, le type avec lequel j'ai déjeuné ce midi, Ethan, candidat n° 19, se révèle le meilleur chanteur du lot avec sa reprise extraite d'une comédie musicale baptisée *L'Éveil du printemps*. Aucun doute, le gaillard a du coffre.

– Il pourrait jouer ton rôle, dit Jane. À condition de laisser pousser ses cheveux n'importe comment et de jouer les sales types désagréables.

– Je ne suis pas un sale type désagréable...

– ... disent toujours les sales types désagréables.

Elle me sourit. Je m'esclaffe.

Pendant l'heure qui suit, je repère une ou deux Jane potentielles. La candidate n° 24 nous offre une reprise sucrée mais étonnamment bonne d'un extrait de *Guys and Dolls*. L'autre, la numéro 43, cheveux raides, peroxydés et striés de mèches bleues, reprend *Le Petit Cheval blanc* et l'écart entre sa chanson enfantine et ses cheveux bleus me semble tout à fait janeyesque.

– Je vote pour elle ! s'enthousiasme Jane alors que la fille entame tout juste son deuxième couplet.

La dernière candidate à passer devant nous est une petite chose aux yeux immenses prénommée Hazel et qui nous interprète un extrait de *Rent*. À la fin de sa prestation, Tiny se rue sur scène pour remercier les participants, dire que tout le monde était génial et que le choix sera quasi impossible mais que les résultats seront affichés après-demain. Les gens remontent l'allée centrale en file indienne pour gagner la sortie, et Tiny finit par nous rejoindre d'un pas lourd.

– Il va y avoir du boulot, lui dis-je.

Il esquisse un geste vain et mélodramatique.

– Nous n'avons pas vraiment vu les futures étoiles de Broadway, je te l'accorde.

Gary vient nous livrer ses premières impressions.

– J'ai bien aimé les numéros 6, 19, 31 et 42. Quant aux autres, eh bien...

Au lieu d'achever sa phrase, il pose sa main sur son cœur et commence à chanter : « *Somewhere over the Rainbow*, après le défilé/Le chant des Cougarous/Me donne envie de me flinguer. »

– La vache ! dis-je. Toi au moins, tu sais chanter. On croirait Pavarotti !

– Sauf que c'est un baryton, nuance Jane, sa vantardise musicale s'étendant apparemment jusqu'à l'opéra.

Tiny claque des doigts avec excitation en désignant Gary.

– Toi ! Toi ! Toi ! Dans le rôle de Kaleb. Félicitations !

– Tu veux que je joue une version fictive de mon propre ex-petit ami ? rétorque Gary. Dans tes rêves.

– Alors Phil Wrayson ! Peu m'importe. Choisis le rôle que tu voudras. La vache, tu chantes mieux que tous ces types réunis !

– C'est vrai ! dis-je. Je t'embauche dans mon propre rôle !

– Mais il faut que j'embrasse une fille, proteste Gary. Beurk.

Bizarrement, je n'avais pas souvenir que mon personnage embrassait une fille. Je m'apprête à poser la question à Tiny, qui me déclare aussitôt: «J'ai récrit certaines scènes». Là-dessus, il continue à flatter Gary jusqu'à ce qu'il accepte de jouer mon rôle, et j'avoue que je ne suis pas mécontent. Comme nous nous dirigeons vers la sortie pour aller à la cafète, Gary se tourne vers moi en penchant la tête, l'air intrigué.

– Dis-moi, quel effet ça fait d'être Will Grayson ? J'ai besoin de savoir ce que tu ressens *de l'intérieur*.

Il rit, mais il semble quand même attendre une réponse. J'ai toujours considéré qu'être Will Grayson signifiait juste être *moi*, mais j'avais tort, apparemment. L'autre Will Grayson est également Will Grayson. Et maintenant, Gary va l'être aussi.

– J'essaie juste de la fermer et de ne pas trop m'investir affectivement, dis-je.

– Quelles paroles bouleversantes, commente Gary en souriant. Je bâtirai ton personnage en m'inspirant des gros rochers qui longent la rive du lac: silencieux, apathiques et, compte tenu de leur manque d'exercice physique, étonnamment bien ciselés.

Tout le monde éclate de rire à l'exception de Tiny, trop occupé à rédiger un SMS. En sortant de la salle, j'aperçois Ethan, appuyé contre la vitrine à trophées des Cougarous, son sac à dos arrimé à l'épaule.

– Tu t'es bien débrouillé, lui dis-je.

– J'espère juste que j'étais pas trop sexy pour te jouer, me répond-il d'un air espiègle.

J'esquisse un sourire, même si je ne suis pas vraiment sûr qu'il s'agissait d'une blague.

– À vendredi, chez Clint ? me lance-t-il.

– Ouais, peut-être.

Il ajuste les bretelles de son sac à dos, hoche la tête et s'éloigne. Derrière, j'entends Tiny lâcher d'un ton implorant :

– Oh, dites-moi que tout va bien se passer !

– Tout va bien se passer, dit Jane. Même les acteurs médiocres s'élèvent au contact des grands textes.

Tiny inspire à fond et secoue la tête, comme pour chasser des pensées négatives.

– Tu as raison, dit-il. Réunis tous ensemble, ils seront meilleurs que la somme de leurs parts. Cinquante-cinq personnes sont venues auditionner pour mon spectacle ! Je suis trop bien coiffé aujourd'hui ! J'ai eu un B à ma disserte d'anglais ! (Son téléphone émet un petit bruit.) Et je reçois un SMS de mon nouveau Will Grayson préféré ! Tu as raison, Jane : tout sourit à Tiny Cooper.

. 12

ça commence dès mon retour de chicago. j'ai déjà reçu vingt-sept sms de tiny sur mon portable, et lui vingt-sept de ma part. ça m'a occupé quasiment pendant tout le trajet. le reste du temps, j'essayais de réfléchir à ce que je ferais en rentrant chez moi. parce que si la non-existence d'isaac est vouée à me précipiter au fond du gouffre, il faut absolument que je me débarrasse d'un tas d'autres trucs plombants, histoire de ne pas trop m'écraser par terre à l'arrivée. à partir de maintenant, je n'en ai plus rien à foutre de rien. je me foutais déjà de tout, avant, mais c'est du je-m'en-foutisme de petit joueur. cette fois, je ressens une liberté totale genre tête brûlée, rien-à-foutre-de-rien et allez-tout-vous-faire-voir.

ma mère m'attend dans la cuisine devant une tasse de thé, occupée à feuilleter un de ces magazines débiles où les gens riches et célèbres exhibent leur villa de luxe pour bien faire baver les gens normaux. en m'entendant entrer, elle lève les yeux.

ma mère : alors, c'était comment, chicago ?

moi : écoute, m'man, je suis gay, et j'apprécierais que tu me fasses ta crise de nerfs ici maintenant une bonne fois pour toutes, vu qu'on a toute la vie devant nous pour gérer ça, mais que plus tôt on aura évacué la scène éprouvante, mieux ce sera.

ma mère : la scène éprouvante ?

moi : ben, le moment où tu pries pour le salut de mon âme et où tu me pourris d'injures sous prétexte que je n'aurai jamais une femme et des enfants et que je suis la plus grande déception de toute ta vie.

ma mère : qui te dit que je vais réagir comme ça ?

moi : ce serait ton droit, j'imagine. mais si tu préfères zapper cette partie, alors tant mieux.

ma mère : je crois que je préfère, oui.

moi : vraiment ?

ma mère : vraiment.

moi : waouh ! ben ça, c'est cool.

ma mère : tu veux bien m'accorder juste une ou deux minutes d'étonnement ?

moi : bien sûr. j'imagine que c'était pas la réponse que t'attendais en me demandant comment c'était chicago.

ma mère : on peut le dire, en effet.

j'examine son visage pour voir si elle me cache quelque chose, mais sa réaction semble parfaitement sincère. ce qui est quand même hallucinant, quand on y pense.

moi : tu ne vas pas me dire que tu le savais depuis le début ?

ma mère : non. mais je me demandais qui était isaac.

et merde.

moi : isaac ? alors toi aussi, tu m'espionnais ?

ma mère : non. j'ai juste…

moi : quoi ?

ma mère : tu disais son prénom dans ton sommeil. je ne t'ai pas espionné. je t'entendais, c'est tout.

moi : la vache !

ma mère : ne sois pas fâché contre moi.

moi : pourquoi serais-je fâché contre toi ?

question idiote, je sais. j'ai déjà prouvé que j'étais capable de me fâcher pour à peu près n'importe quoi. comme la fois où je m'étais réveillé en pleine nuit, persuadé que ma mère avait installé un détecteur de fumée au plafond pendant que je dormais, et où je m'étais mis à hurler et à l'accuser d'installer des trucs dans ma chambre sans me prévenir, et où elle m'avait répondu calmement que le détecteur de fumée était dans le couloir et où je l'avais obligée à se lever pour venir jusque dans ma chambre où, bien sûr, il n'y avait rien au plafond – c'était juste un rêve que j'avais fait. et elle ne s'était même pas mise en colère contre moi ni rien. elle m'avait juste dit de me rendormir. le lendemain, elle avait passé une journée d'enfer, mais sans jamais m'expliquer que c'était ma faute parce que je l'avais tirée de son lit au milieu de la nuit.

ma mère : as-tu vu isaac pendant que tu étais à chicago ?

comment lui expliquer ? si je lui dis que j'ai pris le train jusqu'au centre-ville pour me rendre dans un sex-shop où j'avais rendez-vous avec un type qui au final n'existe pas, les gains amassés lors de ses prochaines soirées poker risquent de servir à me payer une petite séance chez le dr keebler. mais quand elle s'y met, impossible de lui mentir. et cette fois, je n'ai pas envie de lui raconter des craques. juste de tricher un peu avec la vérité.

moi : oui, je l'ai vu. il se fait surnommer tiny. c'est comme ça que je l'appelle, bien qu'il fasse la taille d'un baleineau. c'est vraiment un mec bien, tu sais.

nous voilà lancés sur un territoire mère/fils totalement inexploré jusqu'alors. pas seulement dans cette maison – sur le continent américain tout entier.

moi : mais t'inquiète pas. on est juste allés au millenium park pour bavarder. des amis à lui étaient là. aucun risque que je tombe enceinte.

elle éclate de rire, pour de vrai.

ma mère : ouf, tu me rassures !

là-dessus, elle se lève et, avant que je comprenne ce qui m'arrive, elle vient me serrer dans ses bras. l'espace d'un instant, j'avoue que je ne sais pas quoi faire de mes mains, avant de réaliser *mais pauvre idiot, prends-la dans tes bras aussi* alors bref, c'est ce que je fais, et je m'attends à ce qu'elle fonde en larmes, vu que l'un de nous devrait le faire. mais quand elle finit par me lâcher, ses yeux sont secs – un peu brillants, peut-être, mais je connais ma mère quand ça ne va pas, quand c'est la merde genre désespoir total et là, clairement, je vois bien qu'elle n'est pas dans cet état. tout va bien.

ma mère : maura a téléphoné plusieurs fois. elle semblait très contrariée.

moi : qu'elle aille se faire foutre

ma mère : will !

moi : désolé. ça m'a échappé.

ma mère : que s'est-il passé ?

moi : je n'ai aucune envie d'en parler. mais pour info, sache qu'elle m'a fait énormément, énormément de mal et que la coupe est pleine. si elle rappelle, j'aimerais que tu lui dises que je ne veux plus jamais lui adresser la parole. ne lui dis pas que je me suis absenté ou que je suis occupé dans une autre pièce. dis-lui la vérité : que c'est terminé et que rien ne sera jamais plus comme avant. s'il te plaît.

j'ignore si c'est parce qu'elle me comprend ou parce qu'elle sait qu'il est inutile de discuter quand je suis comme ça, mais elle me fait oui de la tête. j'ai quand même une mère très intelligente, il faut bien le dire.

il est temps qu'elle sorte de la cuisine – j'ai cru que c'était ce qu'elle s'apprêtait à faire en se levant pour venir me prendre dans ses bras – mais puisqu'elle est encore là, je me décide à faire le premier pas.

moi : je vais me pieuter. à demain matin.

ma mère : will…

moi : j'ai eu une longue journée, tu sais. merci d'avoir été si… compréhensive. je ne l'oublierai pas. je te revaudrai ça.

ma mère : ce n'est pas une question de…

moi : je sais. mais tu vois ce que je veux dire.

je n'ai pas envie de la laisser là toute seule avant d'être sûr que c'est ok pour elle. après tout, c'est la moindre des choses. elle se penche pour m'embrasser sur le front.

ma mère : bonne nuit.

moi : bonne nuit.

sur ce, je monte dans ma chambre, j'allume mon ordi et je me crée un nouveau pseudo.

willupleasebequiet : tiny ?

bluejeanbaby : présent !

willupleasebequiet : tu es prêt ?

bluejeanbaby : prêt pour quoi ?

willupleasebequiet : prêt pour le futur.

willupleasebequiet : parce que je crois qu'il vient juste de commencer.

tiny m'envoie un fichier mp3 d'une des chansons de *tiny dancer* en ajoutant qu'il espère que ça m'inspirera. je transfère le fichier sur mon ipod et l'écoute pendant le trajet jusqu'au lycée le lendemain matin.

fut un temps, autrefois,
où je croyais aimer les nanas
mais un bel été, j'ai compris
que j'attendais autre chose de la vie

à la seconde où il a choisi le lit du haut
j'ai su que je craquais pour ce roméo
joseph templeton oglethorpe, troisième du nom,
mamma mia, quel canon !

mon été gay !
si coloré, si rose !
mon été gay !
embrasse-moi si tu l'oses !

mes parents ignoraient que j'étais gay et imberbe
quand ils m'ont envoyé à la colo théâtre shakespeare en herbe

tant de hamlet à choisir,
si désespérés, si beaux, tous à séduire,
j'étais prêt à dégainer mon épée
où à jouer les ophélie – version folle mais pas noyée

certains mecs m'appelaient « copine »
et mes copines me parlaient de leurs mecs
joseph, lui, me soufflait dans le cou

la fumée bleue de sa cigarette

mon été gay !
si fruité, si chaud !
mon été gay !
toi, je t'ai dans la peau !

mes parents ignoraient qu'ils faisaient un si bon placement
quand j'ai appris l'amour entre les bras d'un autre adolescent

baisers ardents sur les planches
à qui décrochera le premier rôle
nos amours furent libres et intenses
blacks, jaunes, verts, mecs, filles ou trolls !

mon été gay !
si long, si fort !
mon été gay !
je pense à toi, encore et encore !

joseph et moi, ça a fait pshit
mais mon étoile gay brillait déjà dans le ciel
jamais plus je ne redeviendrai
un garçon hétérosexuel.

car chaque jour
– oui, chaque journée
est pour moi un
nouvel été gay !

n'ayant jamais été très branché comédie musicale, j'ignore si elles sont toutes aussi gay ou si c'est juste parce que c'est celle de tiny. me connaissant, je suis sûr que je les trouverais toutes pareilles. je ne sais pas trop non plus en quoi c'est censé m'inspirer, sauf peut-être me donner une brusque envie de prendre des cours de théâtre, ce qui est pour moi à peu près aussi réaliste que de proposer un rencard à maura. n'empêche, tiny m'a dit que j'étais le premier à entendre la chanson, en dehors de sa mère, alors j'imagine que ça compte pour quelque chose. c'est un peu cucul, mais disons que c'est mignon, quoi.

sa chanson réussit même à me distraire suffisamment au point de me faire oublier maura et le bahut pendant quelques minutes. mais dès mon arrivée, je l'aperçois, juste devant moi, et sa seule vision me donne des envies d'apocalypses thermonucléaires. je passe sans m'arrêter devant notre spot habituel mais elle ne semble pas capter le message. direct, elle m'emboîte le pas et se lance dans un long discours à base de platitudes dignes d'un roman harlequin, si les romans harlequin étaient écrits exprès pour les gens qui inventent des mecs imaginaires sur internet et se font prendre la main dans le sac.

maura : je suis désolée, will. je ne voulais pas te heurter ni te faire de la peine. c'était juste pour rigoler. je ne savais pas que tu prenais cette histoire tellement au sérieux. j'ai agi comme une garce, j'en suis bien consciente, mais je l'ai fait uniquement parce que c'était le seul moyen de te faire parler. ne m'ignore pas, will. réponds-moi !

je vais juste faire comme si elle n'existait pas. parce que toutes les autres solutions auxquelles je pense risquent de me valoir une exclusion du lycée et/ou une garde à vue.

maura : je t'en prie, will. je suis vraiment, vraiment désolée.

elle chiale, maintenant, mais je m'en tape. c'est pour elle-même qu'elle pleure, pas pour moi. tant mieux : qu'elle connaisse enfin la souffrance dont elle se gargarise à longueur de pages dans ses poèmes. ça ne me concerne pas. ça ne m'intéresse plus.

elle me passe des petits mots pendant le cours, mais je les jette par terre sans les lire. elle m'envoie des sms, mais je les efface aussitôt. elle essaie de venir me parler à l'heure du déjeuner, mais elle se heurte à un mur de silence qu'aucun désespoir gothique ne pourra jamais franchir.

maura : ok. tu es furax, j'ai compris. mais sache que je serai encore là quand ta colère sera retombée.

quand tout s'écroule entre deux personnes, ce n'est pas cet effondrement en soi qui les empêche de rebâtir quelque chose ensemble. c'est parce que certains petits fragments disparaissent et qu'il est donc impossible de reconstruire exactement à l'identique, même avec la meilleure volonté du monde. toute la configuration a changé.

jamais plus JAMAIS je ne serai l'ami de maura. et plus vite elle l'aura compris, moins ce sera pénible.

je tombe sur simon et derek qui m'informent qu'ils ont gagné le concours de trigonométrie, hier, si bien qu'ils sont moins fâchés contre moi pour mon plantage de dernière minute. je suis donc toujours le bienvenu pour déjeuner à leur table. on mange en silence pendant cinq bonnes minutes jusqu'à ce que simon prenne la parole.

simon : alors, et ce fameux rencard à chicago ?

moi : tu tiens vraiment à le savoir ?

simon : un peu, ouais – si c'était suffisamment important pour que tu nous lâches, je veux savoir comment ça s'est passé.

moi : eh bien, au début le mec n'existait pas, puis d'un coup il a existé et c'était super.

quand j'en ai parlé la première fois, je faisais gaffe à ne pas préciser le sexe de mon « rencard ». maintenant, je m'en fous.

simon : attends… t'es gay ?

moi : ouais. je crois que c'est la conclusion qui s'impose.

simon : mais c'est dégueu !

ce n'est pas vraiment la réaction que j'espérais de sa part. je m'attendais davantage à une relative indifférence.

moi : qu'est-ce qui est dégueu ?

simon : ben, tu sais. d'aller mettre ton truc là où il, euh... défèque.

moi : primo, je n'ai mis mon truc nulle part. et deuzio, tu réalises que quand un mec est avec une nana, il met son truc là où elle urine et où elle a ses règles ?

simon : ah oui, j'y avais jamais pensé.

moi : ben voilà !

simon : n'empêche, je trouve ça bizarre.

moi : pas plus que de se branler devant des personnages de jeux vidéo.

simon : qui t'a dit ça ?

il donne un coup sur la tête de derek avec sa fourchette en plastique.

simon : c'est toi qui lui as dit ?

derek : je ne lui ai rien dit du tout !

moi : j'avais deviné tout seul. juré.

simon : c'est uniquement avec les personnages féminins...

derek : et quelques sorciers, aussi !

simon : LA FERME !

honnêtement, je n'aurais jamais cru que ça faisait ça, d'être gay.

dieu merci, tiny m'envoie des sms toutes les cinq minutes à peu près. je me demande comment il fait pour ne pas se faire choper en cours. peut-être qu'il cache son téléphone entre les replis de son ventre, si ça se trouve.

mais qu'importe : loué soit son nom. parce que c'est difficile de trop détester la vie quand quelqu'un vient interrompre le cours de votre journée avec des messages comme :

JE SUIS TROP GAY QUAND JE PENSE À TOI

et

J'AI ENVIE 2 TE TRICOTER UN PULL, QUELLE COULEUR ?

et

JE CROIS QUE JE VIENS 2 LOUPER MON INTERRO 2 MATHS PARCE QUE JE PENSAIS À NOUS

et

QU'EST-CE QUI RIME AVEC « PROCÈS POUR SODOMIE » ?

suivi de

PAPIER POUR LOBOTOMIE ?

suivi de

FAIS-MOI MAL, TONY ?

suivi de

UN MÂLE DANS MON LIT

suivi de

UN MÂLE OH OUI !

et enfin

AU FAIT – C POUR LA SCÈNE OU LE FANTÔME D'OSCAR WILDE VIENT HANTER MON RÊVE

je ne comprends rien à ce qu'il raconte, truc qui a toujours le don de m'énerver d'habitude, mais avec tiny, ça me dérange moins. un jour, peut-être, je comprendrai à quoi il fait allusion. et dans le cas contraire, ça peut être marrant de ne rien comprendre, aussi. ce chamallow vivant est en train de me transformer en loukoum. incroyable mais vrai.

il m'envoie aussi des sms pour me demander comment ça va, où j'en suis, ce que je ressens et quand est-ce qu'on va se revoir. c'est plus fort que moi : ça me replonge dans mes échanges avec isaac, la distance en moins. cette fois, je sais à qui je m'adresse. parce que j'ai le sentiment qu'avec tiny, il n'y a pas de faux-semblants. il est nature, il ne dissimule rien. j'aimerais tant être comme lui. mais juste, sans peser deux cents kilos.

après les cours, maura me rattrape devant mon casier.

maura : simon m'a dit que t'étais officiellement gay, maintenant. que t'avais « rencontré quelqu'un » à chicago.

je ne te dois rien, maura. et certainement pas une explication.

maura : qu'est-ce qui te prend, will ? pourquoi lui astu raconté un truc pareil ?

parce que j'ai rencontré quelqu'un, maura.

maura : parle-moi.

jamais. en guise de réponse, je me contenterai de refer-

mer la porte de mon casier, de laisser résonner le bruit de mes pas et de m'éloigner en te tournant le dos.

tu vois, maura, je n'en ai plus rien à battre.

ce soir-là, je parle avec tiny sur msn pendant quatre heures. ma mère me fiche une paix royale et me laisse même me coucher plus tard que d'habitude.

quelqu'un ayant un faux profil me laisse un message sur ma page myspace pour me traiter de pédé. je ne crois pas que ce soit maura ; quelqu'un d'autre au lycée a dû en entendre parler.

quand j'ouvre ma boîte pour voir les messages déjà lus, je découvre que la photo d'isaac a été remplacée par une case grise barrée d'un X rouge.

« ce profil a été supprimé », peut-on lire.

ses messages demeurent, mais lui n'existe plus.

le lendemain, je me prends quelques regards bizarres au bahut et je me demande s'il est possible de remonter le parcours des ragots depuis derek et simon jusqu'au merdeux de joueur de foot musclé qui est en train de me dévisager d'un air méprisant. bien sûr, il est tout à fait possible que ce merdeux de footeux musclé m'ait toujours maté avec mépris et que je le remarque seulement aujourd'hui. j'essaie de m'en foutre au maximum.

maura la joue profil bas. sans doute pour mieux planifier son prochain assaut, j'imagine. je voudrais lui dire d'avance que ça ne sert à rien. notre amitié n'était peut-être pas vouée à survivre au-delà d'un an. peut-être que les choses qui nous ont rapprochés au début – la morosité, le désespoir, le sarcasme – n'étaient pas censées entretenir un lien durable. le plus dingue, c'est qu'isaac me manque alors qu'elle, pas du tout. même si je sais qu'elle était isaac. aucune de ces conversations n'a d'importance, désormais. je suis sincèrement désolé qu'elle soit allée jusqu'à de tels extrêmes pour m'obliger à cracher la vérité – il aurait mieux valu pour chacun d'entre nous qu'on ne devienne jamais potes, point final. je ne fais même pas ça pour la punir. je ne dirai à personne ce qu'elle a fait, je ne ferai pas exploser son casier, je ne l'insulterai pas en public. je veux juste qu'elle sorte de ma vie. c'est tout. terminé.

juste avant le déjeuner, un petit gars prénommé gideon vient me trouver devant mon casier. on ne s'est pas vraiment reparlé depuis la cinquième, du temps où on était voisins de paillasse en labo de chimie. l'année suivante, il avait intégré le cours niveau avancé et moi pas. j'aime bien ce mec. on avait toujours gardé l'habitude de se saluer dans les couloirs, mais sans plus. il fait pas mal le dj, aussi, essentiellement à des soirées où je ne mets jamais les pieds.

gideon : salut, will.
moi : salut.

mon petit doigt me dit qu'il n'est pas venu m'insulter, lui. mon petit doigt *et* le fait qu'il porte un tee-shirt LSD soundsystem.

gideon : ouais. alors, il paraît que t'es, genre… tu vois.
moi : ambidextre ? philatéliste ? homosexuel ?

il sourit.

gideon : ouais. bref. tu comprends, quand j'ai réalisé que j'étais gay, j'aurais adoré avoir quelqu'un pour me dire, genre : « bravo, c'est bien, continue. » alors voilà, je voulais juste te dire…

moi : bravo, c'est bien, continue ?

il rougit.

gideon : je sais que ça a l'air idiot… mais en gros, ouais. bienvenue au club. on est très peu de membres, ici.

moi : j'espère qu'il n'y a pas de frais d'inscription, au moins ?

il regarde ses chaussures.

gideon : hum, non. c'est pas *vraiment* un club.

si tiny était dans ce bahut, je parie qu'il y aurait un club. et qu'il en serait le président.

gideon : ça te dirait, je sais pas, qu'on aille boire un café après les cours ?...

je mets une ou deux secondes à comprendre.

moi : tu ne serais pas en train de me draguer ?

gideon : hé hé, peut-être ?

ici, là, en plein couloir. avec des gens tout autour.

incroyable.

moi : écoute, j'aurais adoré, mais le truc… c'est que j'ai un copain.

je viens réellement de prononcer ces mots, pour de vrai.
iiiincroyable.

gideon : ah !

je sors mon téléphone pour lui montrer mon stock de sms sauvegardés.

moi : je te jure, je ne dis pas ça pour m'inventer un prétexte. il s'appelle tiny. il va au bahut à evantson.
gideon : t'en as de la chance.

voilà une expression que j'entends rarement prononcer devant moi.

moi : qu'est-ce que tu dirais de venir déjeuner avec simon, derek et moi ?
gideon : ils sont gays, eux aussi ?
moi : seulement si t'es un sorcier.

une minute plus tard, j'écris à tiny :

J'AI UN NOUVEL AMI GAY

et il me répond :

ON PROGRESSE !!!

puis :

VOUS DEVRIEZ FORMER UNE AGH !

ce à quoi je lui rétorque :

UNE CHOSE À LA FOIS, MON GRAND

ce qui me vaut en retour :

J'ADOORE QUAND TU M'APPELLES MON GRAND !

on continue à s'écrire toute la journée, et le soir aussi. c'est dingue, la fréquence à laquelle on peut écrire à quelqu'un quand on veut taper le moins de lettres possible. c'est idiot, parce que du coup j'ai l'impression qu'il partage cette journée avec moi. genre, qu'il est là quand j'ignore maura, que je papote avec gideon ou que je passe tout le cours de sport à réaliser que personne n'a l'intention de m'assassiner sous prétexte que j'émets des ondes gays.

n'empêche, ça ne me suffit pas. parce que c'est déjà ce que j'avais avec isaac. et je refuse de vivre cette histoire uniquement dans ma tête.

bref, ce soir-là, j'appelle tiny pour parler avec lui. je lui dis que j'ai envie qu'il vienne me voir. et il ne se défile pas. il ne me dit pas que c'est impossible. non. il me dit juste :

tiny : quel jour ?

je dois reconnaître qu'on est bien obligé d'en avoir un peu quelque chose à foutre pour n'en avoir rien à foutre. quand quelqu'un dit qu'il s'en tape si le monde s'écroule, d'une certaine manière, ce quelqu'un sous-entend qu'il tient à ce que le monde continue à tourner.

quand j'ai raccroché, ma mère entre dans ma chambre.

ma mère : alors, comment ça va ?

moi : ça va bien.

et pour une fois, c'est la vérité.

. 13

Je suis arraché à mon sommeil par les beuglements rythmiques de mon réveil, qui résonnent à peu près aussi fort qu'une sirène aérienne et se déchaînent contre mes tympans avec une férocité presque vexante. Je me roule sur le côté et plisse les yeux dans la pénombre : il est 5 h 43. Mon réveil est programmé pour sonner à 6 h 37.

Et c'est alors seulement que je comprends : ce bruit ne provient pas de mon réveil. C'est un avertisseur de voiture, un bruit de Klaxon répétitif qui n'est pas sans évoquer le braiment terrifiant d'une alarme dans les rues d'Evanston, un cri annonciateur de catastrophe. Personne ne klaxonne avec une telle insistance au petit matin. Ce doit être une question de vie ou de mort.

D'un bond, je sors de mon lit, j'enfile un jean et me rue vers la porte d'entrée. Non sans soulagement, je constate que mes parents sont en vie et qu'ils accourent eux-mêmes vers le vestibule. Je leur demande :

– Bon sang, mais qu'est-ce qui se passe ?

Ma mère hausse les épaules et mon père me lance: «On dirait un Klaxon de voiture, non?» Arrivé le premier à la porte, je colle mon œil contre le judas.

Tiny Cooper est garé devant chez moi, en train d'appuyer méthodiquement sur son Klaxon.

Je me précipite au-dehors, et c'est uniquement en me voyant qu'il cesse enfin son vacarme. La vitre côté passager s'ouvre.

– Putain, Tiny, tu vas réveiller tout le quartier!

D'une grosse main tremblante, il tient une cannette de Red Bull. L'autre est posée sur le Klaxon, prête à repartir à tout moment.

– Y faut qu'on y aille, me lance-t-il précipitamment. Vite vite vite vite vite!

– Mais enfin, qu'est-ce qui t'arrive?

– Faut qu'on file au bahut. J't'expliquerai plus tard. Monte.

Il a l'air tellement flippé, et je suis si fatigué, que je n'ai même pas la présence d'esprit de lui demander pourquoi. Je retourne précipitamment enfiler des chaussettes et une paire de pompes, me brosser les dents, dire à mes parents que je vais au bahut plus tôt que d'habitude, et je cours rejoindre Tiny.

– Cinq choses, Grayson, déclare-t-il, redémarrant sa voiture en trombe sans pour autant lâcher sa cannette de Red Bull.

– Quoi, Tiny? Il s'est passé quelque chose de grave?

– Non, rien de grave. Tout va bien. Je ne pourrais pas aller mieux. Je pourrais être moins crevé, en revanche. Moins débordé. Moins caféiné. Mais je ne pourrais pas aller mieux.

– Mec, t'as fumé quoi, ce matin ?

– Rien. J'ai juste bu du Red Bull. (Il me tend sa cannette que je renifle, persuadé qu'il y a mélangé autre chose.) Et du café. Mais bref, écoute-moi, Grayson. Cinq choses.

– J'hallucine... Tu viens donc de réveiller tout le quartier à 5 h 43 du mat pour rien ?

– À vrai dire, lâche-t-il d'une voix un peu trop sonore pour mes oreilles de si bon matin, je t'ai réveillé pour *cinq* raisons précises, et c'est ce que j'essaie de t'expliquer depuis dix minutes sauf que tu m'interromps à chaque fois, ce qui est très tiny cooperesque de ta part.

Je connais Tiny Cooper depuis la sixième, lorsqu'il était déjà très gros et très gay. Je l'ai vu sobre et bourré, rassasié et affamé, parlant fort et encore plus fort, amoureux et le cœur brisé. Je l'ai vu dans ses bons et ses mauvais jours, malade et en bonne santé. Mais pendant toutes ces années, je ne l'avais jamais entendu s'autovanner. Et je ne peux m'empêcher de penser : *Tiny Cooper devrait se griller les neurones à la caféine plus souvent.*

– OK, alors c'est quoi, tes cinq choses ?

– Un, j'ai bouclé tout le casting hier soir à 23 heures sur Skype avec Will Grayson. Il m'a assisté. Je lui ai imité tous les candidats potentiels, et il m'a aidé à choisir le moins horrible.

– *L'autre* Will Grayson, dis-je.

– Deux, poursuit-il comme s'il n'avait rien entendu, peu après, Will est allé se coucher. Et je me disais, genre, ça fait huit jours que je le connais et de toute ma vie, je n'ai jamais été amoureux de quelqu'un qui était amoureux de moi pendant huit jours d'affilée, sauf si on compte ma liaison avec Bethany Keene en CE2, sauf que ça ne compte pas puisque c'est une fille.

« Trois, je suis resté allongé sur mon lit à réfléchir à tout ça en regardant le plafond étoilé qu'on avait fait ensemble en sixième ou Dieu sait quand. Tu te souviens ? Les étoiles phosphorescentes, la comète et tout ?

Je fais oui de la tête mais il ne me regarde même pas, alors que nous sommes arrêtés à un feu rouge.

– Bref, reprend-il, j'étais en train de mater ces étoiles, qui luisaient de moins en moins vu que ça faisait un moment que j'avais éteint la lumière, et là, j'ai eu une révélation spirituelle, foudroyante comme l'éclair. De quoi parle *Tiny Dancer* ? Son sujet profond, je veux dire ? À ton avis, Grayson. Toi qui as lu le script !

Partant du principe qu'il s'agit, comme d'habitude, d'une question purement rhétorique, je ne dis rien, histoire de mieux le laisser continuer son speech car même si ça me coûte de l'avouer, il y a quelque chose de fascinant à écouter Tiny déblatérer tout seul, surtout lorsqu'on est comme moi à moitié endormi dans une rue déserte. Le seul fait de l'entendre parler procure une sensation vaguement agréable, même si je ne peux que le déplorer. C'est à cause de ce je-ne-sais-quoi dans sa voix – rien à voir avec son ton haut perché ou sa diction caféinée ultrarapide, non. Plutôt le fait qu'elle me soit si familière. Et infatigable, aussi.

Mais Tiny ne dit plus rien et je réalise qu'il attend *vraiment* une réponse de ma part. Ne sachant pas trop ce qu'il a envie d'entendre, je choisis d'opter pour la vérité.

– *Tiny Dancer* parle de Tiny Cooper, dis-je.

– Exactement ! s'exclame-t-il en tapant sur son volant. Or aucune grande comédie musicale n'a un seul individu pour sujet. Et c'est là tout le problème. Le défaut principal de ma pièce. Elle ne parle ni d'intolérance, ni de compréhension, ni d'amour ou je ne sais quoi. Elle ne parle que de *moi*. Même si je n'ai rien contre moi-même, note bien. Je suis fabuleux, non ?

– Tu es le socle de la fabulosité dans notre communauté, dis-je.

– Absolument.

Il sourit, mais j'ai du mal à déterminer s'il plaisante ou non. Nous arrivons sur le parking du lycée, totalement vide à cette heure-ci. Pas même une voiture de prof à l'horizon. Tiny se gare à sa place habituelle, récupère son sac à dos sur la banquette arrière et ouvre sa portière pour s'élancer à travers le parking désert. Je le suis.

– Quatre, déclare-t-il. J'ai réalisé qu'en dépit de ma fabulosité immense, la pièce ne peut pas tourner autour de moi, mais d'un thème plus fabuleux encore : l'amour. Le merveilleux kaléidoscope de l'amour et sa myriade de splendeurs. Il fallait donc réviser le script. Et le titre. J'y ai travaillé toute la nuit. Et j'ai écrit une nouvelle comédie musicale baptisée *Dans tes bras*. Il nous faudra plus de décors ! ET plus de choristes, aussi ! Je veux un vrai *mur* du son, tu vois ?

– Oui, oui, je vois. Et numéro cinq ?

– Ah oui, c'est vrai ! (Il fait basculer son sac à dos devant lui, ouvre la poche frontale, fouille à l'intérieur et me tend une rose en scotch.) Quand je stresse, je fais de l'artisanat. OK. OK ! Je vais de ce pas à l'auditorium pour mieux visualiser mes nouvelles scènes.

Je m'arrête net.

– Et, hum... tu as besoin de mon aide ?

Il secoue la tête.

– Non. Ne le prends pas mal, Grayson, mais depuis quand as-tu la moindre expertise en matière de théâtre ?

Il s'éloigne. Je reste interdit quelques secondes, puis lui emboîte le pas pour le rattraper sur les marches du perron, car j'avoue qu'une question me brûle les lèvres :

– Alors pourquoi diable m'as-tu réveillé à 5 h 43 du matin ?

Cette fois, il fait volte-face et il m'est impossible de ne pas sentir l'énormité de sa présence physique juste *au-dessus* de moi, droit comme un I et si large de taille que sa silhouette, parcourue de petits soubresauts, me masque la vue de l'entrée du lycée derrière lui. Il me regarde avec des yeux exorbités de zombie.

– Il fallait bien que j'en parle à *quelqu'un*, non ?

Je médite cette réponse un instant avant de le suivre jusque dans l'auditorium. Pendant l'heure suivante, je regarde Tiny courir aux quatre coins de la salle en se parlant tout seul comme un fou furieux. Il colle des bouts de scotch par terre pour marquer l'emplacement de ses futurs décors, virevolte à travers la scène en fredonnant ses chansons en accéléré et, de temps en temps, lâche un cri du genre : « Non, il ne s'agit pas de Tiny, mais d'amour ! » Là-dessus, les élèves du premier cours de théâtre de la matinée commencent à arriver au compte-gouttes, et nous nous rendons en salle de maths où Tiny réalise sous mes yeux comme toujours ébahis le miracle sans cesse renouvelé du Gros Qui S'Assoit Derrière Son

Petit Pupitre, et les cours sont d'un ennui à pleurer, puis nous déjeunons avec Gary et Nick, et Tiny nous raconte sa foudroyante révélation spirituelle d'une manière qui – et je ne dis pas ça contre lui – laisse à penser qu'il n'a pas totalement intégré le fait que le monde entier ne tournait pas autour de Tiny Cooper, et je me tourne alors vers Gary pour lui demander : « Tiens, Jane n'est pas là ? » et il me répond qu'elle est malade, ce à quoi Nick ajoute : « Ouais, la maladie du je-passe-la-journée-avec-mon-mec-au-jardin-botanique, tu vois ? » et Gary le fusille du regard.

Tiny change aussitôt de sujet. Je m'efforce de rire à leurs blagues pendant le reste du déjeuner, mais le cœur n'y est pas.

Je sais que Jane sort avec Connardo McWaterpolo et je sais aussi que lorsqu'on est avec quelqu'un, on a parfois des passe-temps débiles comme visiter le jardin botanique, par exemple, mais ce beau raisonnement logique ne m'apporte aucune consolation et je passe un après-midi totalement misérable. *Un jour,* me dis-je, *tu apprendras à vraiment la fermer et à ne plus jamais t'investir.* Mais d'ici là… eh bien, je tâcherai d'apprendre à pratiquer la relaxation respiratoire car j'ai l'impression de ne plus avoir la moindre particule d'oxygène dans les poumons. J'ai beau ne jamais pleurer, je me sens encore plus mal qu'à la fin de *Charlie, tous les chiens vont au paradis.*

J'appelle Tiny après les cours, mais je tombe sur sa messagerie et lui envoie un SMS : « Le Will Grayson d'Origine a le plaisir de t'inviter à lui passer un coup de fil dès que possible. » Il ne me rappelle pas avant 21 h 30. Je me trouve alors sur le canapé, à mater une comédie romantique neuneu avec mes parents. La table basse est jonchée des restes de notre dîner-chinois-du-traiteur-mangé-dans-de-vraies-assiettes-pour-faire-genre-cuisiné-à-la-maison. Mon père est en train de piquer de nez, comme toujours lorsqu'il ne travaille pas, et ma mère est un peu trop collée contre moi.

Tout en regardant le film, je ne peux m'empêcher de penser que j'aurais adoré aller dans ce foutu jardin botanique avec Jane. Juste me balader avec elle et son fameux sweat à capuche, faire des blagues sur les noms latins des plantes et l'écouter m'expliquer que *Ficaria verna* serait un nom excellent pour un groupe de hip-hop intello qui raperait exclusivement en latin, et ainsi de suite. Je visualise parfaitement la scène et je suis tellement au désespoir que je me sens à deux doigts de tout raconter à ma mère, sauf que cela risque de me valoir un interrogatoire sur Jane pendant les sept ou dix prochaines années. Mes parents en savent si peu sur ma vie privée que dès qu'ils tombent sur une miette d'info, ils la décortiquent pendant des siècles. J'aimerais qu'ils fassent un peu moins étalage de leur regret de voir ma vie sociale si peu remplie.

Mais donc, bref: Tiny me rappelle. Je lui dis: « Ah, salut » et je monte m'isoler dans ma chambre mais j'ai droit à un silence radio total au bout du fil, si bien que je finis par sortir:

– Allô ?

– Ouais, salut, marmonne-t-il distraitement tandis que j'entends cliqueter son clavier d'ordinateur.

– Tiny, tu ne serais pas sur ton ordi, par hasard ?

Au bout d'un moment, il répond :

– Juste une minute. Laisse-moi finir cette phrase.

– Tiny, c'est *toi* qui m'as appelé.

Silence. Cliquetis. Puis, enfin :

– Ouais, je sais. Mais il faut… *pff*, il faut que je modifie la dernière chanson. Je ne veux pas que ça parle de moi. Il faut que ça parle d'amour.

– Je n'aurais jamais dû l'embrasser. Son histoire d'ex me ronge le cerveau.

Là-dessus, je ne dis plus rien pendant un moment. Tiny finit par rompre le silence.

– Désolé, je viens de recevoir un message de Will sur msn. Il me raconte son déjeuner avec son nouvel ami gay. Je sais que ça n'a rien d'un rencard puisque c'est à la cafète du lycée, mais quand même. Gideon. Rien qu'à son prénom, je *sens* que ce mec est canon. Cela dit, je trouve ça super que Will assume sa sexualité. Il a fait son coming out à tout le monde. C'est limite s'il n'a pas écrit au président des États-Unis pour lui dire : « Cher Monsieur le Président, je suis gay. Salutations, Will Grayson. » C'est si beau, Grayson !

– Tu as entendu ce que je viens de dire ?

– Jane et son mec t'ont mangé le cerveau, répond-il d'un ton absent.

– Tiny, je te jure que des fois… (Je m'interromps à temps, avant de dire quelque chose de pathétique, et je recommence.) Tu veux qu'on fasse un truc après les cours, demain ? Genre jouer aux fléchettes chez toi ?

– Répétitions puis séance de réécriture puis Will au téléphone puis dodo. Mais tu peux venir assister aux répètes, si tu veux.

– Nan, dis-je. Ça ira.

Après avoir raccroché, j'essaie de lire *Hamlet* un moment, mais je ne comprends pas grand-chose et passe mon temps à chercher l'explication des mots compliqués dans la marge, ce qui n'est guère flatteur pour mon QI.

Pas vraiment intelligent. Pas vraiment sexy. Pas vraiment sympa. Pas vraiment drôle. C'est tout moi : je ne suis vraiment rien.

Je reste allongé sur mon lit, encore tout habillé, avec le bouquin posé sur ma poitrine, paupières closes et cerveau turbinant à toute allure. Je repense à Tiny. Et à ce truc pathétique que j'ai failli lui sortir au téléphone et que voici : lorsqu'on est petit, on a toujours un doudou ou un jouet préféré. Moi, c'était un chien de prairie en peluche que j'avais eu pour Noël genre à trois ans. J'ignore où mes parents avaient dégoté un chien de prairie en peluche, mais là n'est pas la question. Je l'asseyais droit sur son postérieur, je l'appelais Marvin et je le trimballais absolument partout en le traînant par ses oreilles en peluche, jusqu'à l'âge de dix ans environ.

Et puis, alors que je n'avais rien contre lui, Marvin a commencé à se retrouver au fond du placard avec mes autres jouets, de plus en plus souvent et de plus en plus longtemps, jusqu'au moment où il y est resté pour toujours.

Malgré ça, pendant des années, il m'arrivait encore de ressortir Marvin de temps à autre pour passer un moment en sa compagnie – pas pour moi, mais pour lui. Je savais que c'était dingue, mais je le faisais quand même.

Et voilà ce que j'ai failli dire à Tiny tout à l'heure : parfois, j'ai l'impression d'être son Marvin.

Des souvenirs de notre amitié me reviennent par flashes : Tiny et moi au collège, en cours de gym, lui toujours boudiné dans ses fringues de sport sous prétexte que la société qui fournissait les survêtements scolaires ne faisait pas de modèle assez large pour lui. Tiny champion incontesté de la balle au prisonnier, malgré sa corpulence, et me laissant toujours finir deuxième en faisant écran pour me protéger et en ne me prenant pour cible qu'à la fin de la partie. Tiny et moi au défilé de la Gay Pride au Boys Town, pendant l'année de troisième, lorsqu'il m'a annoncé : « Grayson, je suis gay » et que je lui ai répondu : « Non ! Tu as d'autres scoops à m'annoncer ? Le ciel est bleu ? Le soleil se lève à l'est ? Le pape est catholique ? » et qu'il a poursuivi : « Tiny Cooper est fabuleux ? Les oiseaux pleurent des larmes de bonheur en l'écoutant chanter ? »

Je repense à tout ce qui dépend de votre meilleur ami, dans la vie. Un peu comme de se réveiller le matin, de poser les pieds par terre et de se lever de son lit. On ne regarde pas sous son matelas pour vérifier que le sol est bien là. Le sol est *toujours* là. Jusqu'au jour où il n'y est plus.

C'est idiot de ma part d'en vouloir à l'autre Will Grayson pour quelque chose qui s'est produit bien avant son arrivée. Et pourtant...

Pourtant, je ne peux pas m'empêcher de lui en vouloir et de revoir sa tête ahurie, l'autre soir chez *Frenchy's*, alors qu'il attendait quelqu'un qui n'existait pas. Dans mon souvenir, ses yeux s'élargissent de plus en plus façon personnage de manga. Puis je repense à Isaac, ce garçon qui était en réalité une fille : leurs mots échangés, ces conversations qui ont poussé Will à se rendre chez *Frenchy's* pour le rencontrer, ont bien eu lieu. Pour de vrai.

Sans réfléchir, je saisis mon téléphone sur ma table de nuit pour appeler Jane. Messagerie. Je vérifie l'heure sur l'écran de mon portable : 21 h 42. J'appelle Gary. Il décroche au bout de la cinquième sonnerie.

– Will ?

– Salut, Gary. Dis, tu connais l'adresse de Jane ?

– Euh... oui ?

– Tu peux me la donner ?

Petit silence.

– C'est du harcèlement ou quoi ?

– Non, dis-je, c'est pour un problème de sciences physiques.

– Tu as un problème de sciences physiques le mardi soir à 21 h 42 ?

– Exact.

– 1712, Wesley.

– Et où est située sa chambre ?

– Écoute, vieux : l'aiguille de mon radar antiharcèlement s'affole dans la zone rouge, là. (Je ne dis rien, j'attends. Il finit par capituler.) Fenêtre de gauche.

– Super. Merci.

Je traverse la cuisine pour sortir, récupérant au passage les clés de voiture sur le plan de travail, quand mon père me demande où je vais. Je tente d'esquiver sa question par un simple : « Oh, dehors », mais tout ce que j'obtiens, c'est qu'il coupe la télé. Il s'avance vers moi, comme pour me rappeler qu'il me dépasse légèrement, et me lance d'un ton sévère :

– Dehors *où ça* et avec *qui* ?

– Tiny veut que je l'aide pour son spectacle à la noix.

– Permission de 23 heures, me lance ma mère depuis le canapé.

– OK.

Je marche dehors pour rejoindre la voiture. Mon haleine forme un petit nuage visible mais je ne ressens pas le froid, excepté sur mes mains nues, et je reste immobile une seconde à observer le ciel, la lueur orangée qui irradie du centre-ville de Chicago, un peu plus au sud, et les arbres dénudés qui bordent le trottoir, parfaitement immobiles dans le vent. J'ouvre la portière, qui grince dans le silence, et roule environ trois minutes pour me rendre à l'adresse de Jane. Je dépasse son numéro, trouve à me garer un peu plus loin et termine le trajet à pied pour m'arrêter devant une vieille demeure à un seul étage munie d'un large porche. Clairement, ce n'est pas une maison de pauvres. La lumière est allumée dans la pièce de gauche mais, au bout de quelques pas, j'hésite à m'avancer plus près. Et si elle était en train de se changer ? Et si, couchée dans son lit, elle voyait soudain un visage patibulaire derrière sa vitre ? Et si elle était en train de jouer au docteur avec Randall McChochotteux ? Prudence oblige, j'opte pour l'envoi d'un SMS : « Surtout ne me prends pas pour un harceleur fou, mais je suis juste devant chez toi. » Il est 21 h 47. J'attendrai jusqu'à 21 h 50 et je m'en irai si je n'ai pas de réponse. J'enfonce une main dans ma poche et, de l'autre, presse le bouton du volume sur mon téléphone chaque fois que l'écran se met en veille. Il est 21 h 49 depuis dix secondes quand je vois la porte d'entrée s'ouvrir et la tête de Jane apparaître dans l'entrebâillement.

Je lui adresse un signe discret de la main. Jane presse son index contre ses lèvres puis, détachant soigneusement chacun de ses gestes, sort sur la pointe des pieds avant de refermer la porte derrière elle. Lorsqu'elle descend les marches du perron à la lumière du porche, je m'aperçois qu'elle porte son fameux sweat à capuche par-dessus un pyjama rouge, et une simple paire de chaussettes aux pieds. Sans chaussures.

Elle me rejoint et me chuchote :

– Quelle délicieuse visite surprise de psychopathe !

– J'avais un problème de sciences physiques, dis-je.

Elle sourit en hochant la tête.

– Je comprends. Tu te demandes comment il est scientifiquement possible de t'intéresser autant à moi maintenant que j'ai un mec alors qu'avant, tu ne me voyais même pas. Hélas, la science est impuissante pour décrypter les mystères de la psyché masculine.

Pourtant, j'ai vraiment un problème de sciences physiques – il y est question de Tiny et moi, d'elle et de chats, aussi.

– Tu veux bien m'expliquer l'histoire du chat de Schrödinger ?

– Viens, soupire-t-elle en me prenant par le bras pour m'entraîner sur le trottoir.

Nous marchons côte à côte et je garde le silence tandis qu'elle marmonne : « Oh non non non non ! » et je finis par lui demander : « Quoi, qu'est-ce qui se passe ? » et elle me répond : « Toi. Toi, Grayson – il se passe toi » et je lui fais : « Hein ? » et elle me fait : « Tu sais très bien » et je lui fais : « Pas du tout » et elle – sans cesser de marcher et toujours sans me regarder – me sort : « Il y a sûrement des filles qui n'ont aucune envie de voir surgir un mec devant chez elles le mardi soir pour leur poser des questions sur Erwin Schrödinger. Je suis sûre que ça existe. Mais ce n'est pas mon cas. »

Nous parcourons quelques dizaines de mètres, nous rapprochant de l'endroit où j'ai garé ma voiture, quand Jane bifurque soudain vers une maison avec un panneau À VENDRE planté sur la pelouse et gravit les marches du perron, sur lequel trône une balancelle. Elle s'y assoit et me fait signe de la rejoindre.

– Personne n'habite ici ? dis-je.

– Non. C'est en vente depuis un an.

– Je suis sûr que le Connardo et toi êtes sortis ensemble sur cette balancelle.

– C'est possible, répond-elle. Alors voilà, Schrödinger s'était lancé dans une expérience compliquée. Genre, un scientifique venait de publier une théorie comme quoi si un électron peut potentiellement, à un moment déterminé, se trouver à quatre endroits différents, alors on peut dire qu'il occupe ces quatre endroits à la fois jusqu'au moment où l'on détermine son emplacement avec certitude. Ça te paraît clair ?

– Non.

Elle porte de toutes petites socquettes blanches, si bien que je vois sa cheville chaque fois qu'elle heurte le sol pour relancer la balancelle.

– Tu as raison. C'est complètement vaseux. Limite tordu. Donc bref, Schrödinger essaie de prouver cette théorie. Il dit: «Enfermez un chat dans une boîte avec une petite quantité de bidules radioactifs susceptibles de faire réagir ou non – selon l'emplacement des particules subatomiques – un détecteur de radiations qui entraînera le déclenchement d'un marteau qui répandra dans la boîte un poison qui tuera le chat.» Tu me suis?

– Je crois, dis-je.

– Bref, d'après la théorie affirmant que les électrons se trouvent partout à la fois jusqu'à ce qu'on vérifie leur emplacement, le chat est supposé être mort et vivant à la fois jusqu'à ce qu'on ouvre la boîte. Le but de Schrödinger n'était pas de tuer des chats ou quoi. Il voulait juste montrer qu'il était difficile d'affirmer qu'un chat puisse être en même temps mort et vivant.

Mais ça ne me paraît pas si improbable que ça. Pour moi, tout ce qu'on garde soigneusement enfermé dans des boîtes est *à la fois* mort et vivant jusqu'à ce qu'on ouvre la boîte. De même que ce qu'on ne voit pas est à la fois là et pas là. Peut-être est-ce la raison pour laquelle je ne peux m'empêcher de penser à l'autre Will Grayson et à ses grands yeux écarquillés chez *Frenchy's*: parce qu'il venait de découvrir que le chat était mort. D'un coup, je comprends pourquoi je me mets volontairement en situation d'avoir *vraiment* besoin de Tiny, et aussi pourquoi je me suis raccroché à mes règles d'or au lieu d'embrasser cette fille quand je pouvais encore le faire: j'ai choisi de ne pas ouvrir la boîte.

– OK, dis-je à Jane sans la regarder. Je crois que j'ai compris.

– À vrai dire, ce n'est pas tout. C'est un peu plus compliqué que ça.

– Je ne pense pas être assez intelligent pour suivre.

– Ne te sous-estime pas, me rétorque-t-elle.

Je tente de réfléchir à tout ça. La balancelle grince dans le silence. Je me tourne vers Jane.

– Pour finir, dit-elle, ils ont conclu que le fait de ne pas ouvrir la boîte ne voulait pas dire que le chat était à la fois mort et vivant. Même si personne ne vérifie l'état du chat, l'air à l'intérieur de la boîte sait tout, lui. Conclusion : si tu n'ouvres pas la boîte, tu restes juste dans l'ignorance d'une réponse que l'univers connaît déjà.

– Pigé, dis-je. Mais le fait de ne pas ouvrir la boîte... ne *tue* pas le chat pour autant.

Il n'est clairement plus question de sciences physiques, là.

– Non, dit Jane. Le chat était déjà mort – ou vivant, selon le cas.

– Le problème, dis-je, c'est surtout que le chat a déjà un mec.

– Peut-être que ça arrange bien le scientifique, au fond.

– Possible, dis-je.

– Potes ?

– Potes.

Et on se serre la main.

. 14

ma mère exige qu'avant d'aller où que ce soit avec tiny, je l'invite à dîner à la maison. je suis sûr qu'elle est déjà en train de checker tous les sites qui publient les profils de prédateurs sexuels en liberté. ça ne la rassure pas trop de savoir que je l'ai rencontré sur internet, mais étant donné les circonstances, je ne peux pas vraiment lui en vouloir. elle est un peu surprise que j'accepte sans broncher, même si je lui précise quand même :

moi : juste, ne lui pose aucune question sur ses quarante-trois anciens petits amis, ok ? et évite de lui demander pourquoi il se balade avec une hache, aussi.

ma mère : ...

moi : c'était pour rire, la hache.

grosso modo, rien de ce que je lui dis ne suffit à la calmer. c'est dingue. elle enfile une paire de gants jaunes en caoutchouc et se met à tout briquer avec une intensité qu'on déploie habituellement quand quelqu'un a vomi partout. je lui explique qu'elle n'est pas obligée de faire tout ça, vu qu'a priori tiny ne va pas manger par terre, mais elle me chasse d'un geste de la main et me dit d'aller ranger ma chambre.

c'était bien mon intention, je le jure. mais tout ce que je réussis à faire, c'est de vider l'historique de mes consultations internet, ce qui m'épuise totalement. ce n'est pas comme si je n'époussetais pas mon lit le matin pour virer les morceaux de crottes de nez. je suis plutôt du genre soigneux, comme garçon. tout mon linge sale est sagement roulé en boule au fond du placard. aucun risque que tiny le voie.

enfin, l'heure du rendez-vous approche. au bahut, gideon me demande si j'ai le trac que tiny vienne chez moi et je lui réponds que non, pas du tout. mais, ouais, c'est un gros mensonge. je suis surtout nerveux à cause de ma mère et de l'attitude qu'elle aura.

j'attends tiny dans la cuisine pendant qu'elle s'agite comme une parfaite cinglée.

ma mère : je devrais m'occuper de la salade.

moi : pourquoi veux-tu t'occuper de la salade ?

ma mère : tiny n'aime pas la salade ?

moi : je t'ai déjà expliqué que tiny mangerait des bébés phoques s'il le fallait. non, la question, c'est : pourquoi veux-tu t'occuper de la salade ? elle s'ennuie ? il faut lui chanter une berceuse ? à mon avis, la salade n'a besoin de personne. mais si tu as peur qu'elle s'embête, alors oui, VA T'OCCUPER DE LA SALADE !

je dis ça pour rigoler, mais elle n'a pas l'air de trouver ça drôle. pourtant, *n'est-ce pas moi qui devrais être le plus flippé de nous deux ?* tiny est le premier p-p-p (j'y arrive pas) p-p-petit (allez, will) petit a-a-a (on y est presque) petit ami que je présente à ma mère. mais si elle continue sa fixette sur la salade, je vais peut-être devoir l'enfermer dans sa chambre avant qu'il arrive.

ma mère : tu es sûr qu'il n'a pas d'allergies alimentaires ?
moi : du. calme.

comme si j'étais soudain doté de super pouvoirs auditifs, j'entends une voiture s'arrêter devant la maison. avant que ma mère me dise d'aller me coiffer et d'enfiler une paire de chaussures, je me précipite au-dehors et vois tiny couper le moteur.

moi : vite ! enfuis-toi !

mais le volume de la radio est tellement fort qu'il ne m'entend pas. il me sourit, juste. c'est uniquement lorsqu'il ouvre sa portière que je remarque sa voiture.

moi : la vache. mais…

c'est une mercedes gris argent, le genre de bagnole qu'on imagine plutôt entre les mains d'un chirurgien esthétique – et pas le genre de chirurgien esthétique qui soigne les bébés africains défigurés par la famine, plutôt celui qui explique aux femmes que leur vie sera foutue si elles semblent avoir plus de douze ans.

tiny : salutations, humanoïde ! je suis venu en paix. conduis-moi jusqu'à ton chef !

ça devrait me faire bizarre de le voir devant chez moi alors que c'est seulement la deuxième fois qu'on se voit depuis qu'on sort ensemble. et je devrais me sentir tout content à l'idée qu'il s'apprête à me serrer entre ses gros bras, aussi. mais à vrai dire, je reste scotché sur sa bagnole.

moi : dis-moi que tu l'as volée, s'il te plaît.

visiblement interloqué, il me désigne le paquet qu'il tient à la main.

tiny : quoi, ça ?
moi : non. la bagnole.
tiny : ah ! eh bien oui, en effet, je l'ai volée.
moi : sérieux ?
tiny : ouais. à ma mère. j'avais presque plus d'essence dans la mienne.

c'est trop bizarre. chaque fois qu'on s'écrivait sur msn, qu'on se parlait ou qu'on s'échangeait des sms, je partais du principe que tiny avait une maison comme la mienne, un lycée comme le mien ou une voiture comme celle que j'aurais peut-être un jour – un tas de boue presque aussi âgé que moi, sans doute racheté à une vioque qui n'aurait plus le droit de conduire. mais là, je réalise que je me suis bien gouré.

moi : tu vis dans une villa immense, je parie ?
tiny : assez grande pour me contenir, en tout cas !
moi : ce n'est pas ce que je voulais dire.

je ne sais plus ce que je veux dire. parce que j'ai un peu plombé l'ambiance. tiny a beau se tenir là, juste devant moi, rien ne semble se dérouler comme prévu.

tiny : approche, toi.

il pose son paquet par terre pour écarter les bras et son sourire est si immense que je serais vraiment un sale con de ne pas m'exécuter. une fois pressé contre lui, il se penche pour m'embrasser, délicatement.

tiny : salut.

je lui rends son baiser.

moi : salut.

ok : ceci est donc bien la réalité. il est ici. il existe. nous sommes là pour de vrai. je ne devrais même pas me soucier de sa voiture.

quand on entre, ma mère a enlevé son tablier. j'ai beau l'avoir prévenue que tiny faisait la taille de l'himalaya, elle a quand même une seconde de stupéfaction en l'apercevant. il doit avoir l'habitude, à moins qu'il s'en foute, car il s'élance vers elle d'un pas léger et se met à lui dire absolument tout ce qu'il faut, à quel point il était impatient de la connaître, que c'est formidable qu'elle nous ait préparé un bon petit dîner et que la maison est ra-vis-sante.

ma mère l'invite à prendre place sur le canapé et lui demande s'il souhaite boire quelque chose.

ma mère : nous avons du coca, du coca light, de la citronnade, du jus d'orange…

tiny : oooh, j'adore la citronnade !

moi : c'est pas de la vraie. c'est juste de l'eau gazeuse parfumée au citron.

ils me fusillent tous les deux du regard comme si j'étais le grinch.

moi : je ne voulais pas que tu te fasses une joie à l'idée de boire de la vraie citronnade !

c'est plus fort que moi – je vois notre maison à travers ses yeux – notre vie entière à travers ses yeux – et la vision que j'en ai est totalement… minable. les auréoles au plafond, le tapis moche, la télé vieille d'au moins trente ans. tout chez nous sent la dette.

ma mère : si tu t'installais à côté de tiny pendant que je vais vous chercher un coca ?

j'ai pris mes cachets ce matin, je le jure. mais ils ont dû atterrir directement dans mes jambes au lieu de monter jusqu'à mon cerveau, parce que je n'arrive pas à me sentir heureux. je m'assois sur le canapé. à peine ma mère sortie de la pièce, tiny me caresse la main.

tiny : relax, will. je suis hyper content d'être ici.

je sais qu'il vient de passer une sale semaine. je sais que les choses n'avancent pas comme il l'espérait et qu'il a peur que son spectacle fasse un bide. il le récrit tous les jours. (« qui aurait cru que ce serait si compliqué d'introduire de l'amour dans quatorze chansons ? ») je sais qu'il se faisait une joie de venir – et je m'en faisais une joie, moi aussi. mais maintenant qu'il est là, il faut que j'arrête de me projeter dans l'avenir pour me concentrer sur le présent. et c'est pas facile.

je m'appuie contre sa grosse épaule dodue.

je n'arrive pas à croire que je trouve sexy un truc « dodu ».

moi : c'est juste la partie délicate, ok ? reste avec moi pour la suite. je te promets que ça ira mieux après.

quand ma mère revient, je suis toujours appuyé contre l'épaule de tiny. elle ne tressaille pas, ne se fige pas, elle ne semble même pas faire attention. elle pose nos verres sur la table et repart illico s'affairer dans la cuisine. j'entends la porte du four s'ouvrir et se refermer, puis une spatule gratter une plaque d'aluminium. une minute plus tard, elle revient avec un plateau de mini hot dogs et de petits nems apéritifs. il y a même deux bols, l'un rempli de ketchup et l'autre de moutarde.

tiny : miam miam !

nous grignotons les hors-d'œuvre pendant que tiny raconte à ma mère comment s'est passée sa semaine, mais avec une telle profusion de détails concernant la production de *dans tes bras* que je sens bien que ma mère est complètement perdue. pendant qu'il parle, elle reste debout près du canapé jusqu'à ce que je me décide à lui proposer de se joindre à nous. elle tire une chaise pour s'asseoir et écoute parler tiny, allant même jusqu'à piocher un ou deux nems sur le plateau.

je commence tout juste à m'habituer à la situation. tiny, ici, dans notre salon. nous deux ensemble devant ma mère. moi assis de telle manière qu'il y a toujours au moins une partie de mon corps en contact étroit avec le sien. c'est un peu comme si on était de retour au millenium park, à reprendre notre toute première conversation comme si elle ne s'était jamais interrompue et que les choses suivaient leur cours naturel. comme d'habitude, l'unique question est de savoir à quel moment je vais tout faire foirer.

une fois les amuse-gueules terminés, ma mère ramasse le plateau et déclare que le dîner sera bientôt prêt. dès qu'elle est sortie, tiny se tourne vers moi.

tiny : je l'adore.

oui, il est du genre à adorer les gens en cinq minutes.

moi : elle s'en sort pas trop mal.

quand ma mère revient nous annoncer que le dîner est prêt, tiny se lève d'un bond du canapé.

tiny : oups ! j'allais oublier.

il prend son paquet et le tend à ma mère.

tiny : pour vous remercier de votre accueil !

ma mère le regarde d'un air ébahi. elle ouvre le sac pour en sortir une boîte, emballée avec du ruban autour et tout le tralala. tiny se rassoit, histoire qu'elle ne se sente pas mal à l'aise de se rasseoir pour l'ouvrir. délicatement, elle défait le ruban. puis elle soulève le couvercle de la boîte, en sort d'abord un coussinet en mousse noire suivi d'un objet enveloppé dans du papier bulle. avec encore plus de précautions, elle défait l'emballage, révélant une espèce de grosse coupelle en verre.

au début, j'avoue que je comprends pas. après tout, c'est juste une coupelle en verre. mais ma mère retient son souffle. elle cligne des yeux pour retenir ses larmes. parce qu'il ne s'agit pas juste d'une coupelle en verre. c'est parfait. je veux dire, c'est si lisse, si beau, si parfait, que nous restons assis sans bouger à regarder la coupelle en verre pendant un long moment pendant que ma mère la fait tourner lentement entre ses doigts. même dans notre salon minable, elle attrape merveilleusement la lumière.

personne ne lui a offert un truc pareil depuis des années. depuis jamais, si ça se trouve. personne ne lui offre jamais rien d'aussi beau.

tiny : je l'ai choisie personnellement.

il ne sait pas. il n'a pas idée de ce qu'il vient de faire.

ma mère : oh, tiny…

elle n'arrive plus à trouver les mots. mais je sais, moi. rien qu'à la manière dont elle tient cet objet entre ses mains. rien qu'à la manière dont elle le regarde.

je sais ce que sa raison lui ordonne de faire : protester, dire que c'est trop, qu'elle ne peut pas accepter, même si elle meurt d'envie de le garder. même si elle est déjà folle de ce cadeau.

c'est donc moi qui déclare :

moi : c'est magnifique. merci beaucoup, tiny.

je le prends dans mes bras pour mieux le remercier. ma mère repose le vase sur la table basse qu'elle a lustrée deux cents fois. elle se relève, ouvre les bras et tiny vient s'y lover.

moi qui m'étais toujours interdit d'avoir envie de ça.

dire que c'était justement tout ce dont j'avais besoin.

pour être honnête, tiny mange l'essentiel du plat de résistance – un poulet au parmesan – à lui tout seul et monopolise les trois quarts de la conversation. dans l'ensemble, on ne parle que de sujets idiots : pourquoi les mini hot dogs ont meilleur goût que les vrais, pourquoi les chiens sont mieux que les chats ou pourquoi *cats* a remporté un tel succès dans les années 1980 alors que sondheim* était mille fois plus talentueux que lloyd-webber (ma mère et moi n'avons pas grand-chose à dire sur ce point, pour être honnête). à un moment donné, tiny aperçoit la carte postale de léonard de vinci collée sur la porte du frigo et demande à ma mère si elle est déjà allée en italie. elle lui raconte alors le voyage qu'elle avait fait avec trois copines pendant sa première année de fac, et pour une fois c'est intéressant à écouter. tiny lui explique qu'il préfère naples à rome parce que les napolitains sont liés viscéralement à leur ville. il ajoute qu'il avait écrit une chanson sur le voyage pour sa comédie musicale avant de l'écarter, au final, mais nous en chante quand même quelques couplets :

quand on revient de naples
on ne veut plus faire ses courses chez staples,
et quand on revient de milan
c'est dur de manger du pain blanc.

quand on revient de venise
on voudrait refaire sa valise
et on trouve que tout sent le rance
quand on a goûté l'air de florence.

je suis un gay transatlantique
mais c'est une existence à risques
car dire « arrivederci Roma »,

---

* Compositeur de comédies musicales, notamment de *West Side Story*.

c'est tourner le dos à la dolce vita.

pour la première fois depuis aussi longtemps que je me souvienne, ma mère paraît absolument enchantée. elle va même jusqu'à fredonner l'air. quand tiny termine sa chanson, elle l'applaudit avec sincérité. je me dis qu'il est temps de mettre fin à leurs roucoulades, sans quoi ils vont finir par fuguer ensemble pour monter un groupe.

je propose de faire moi-même la vaisselle, et ma mère fait comme si elle n'en croyait pas ses oreilles.

moi : je fais tout le temps la vaisselle.

elle jette un regard plein de sous-entendu à tiny.

ma mère : c'est vrai, il fait la vaisselle.

puis elle éclate de rire.

je ne trouve pas ça très drôle, mais je reconnais que ça aurait pu être pire.

tiny : j'ai envie de voir ta chambre !

ça n'a rien d'une façon détournée de dire : hey !-j'ai-la-braguette-qui-me-démange ! quand tiny vous dit qu'il a envie de voir votre chambre, c'est qu'il a envie de voir… votre chambre.

ma mère : allez-y. je m'occupe de la vaisselle.
tiny : merci, mrs. grayson.
ma mère : tu peux m'appeler anne.

tiny : merci, anne !
moi : ouais ! merci, anne.

tiny me tape sur l'épaule. j'imagine qu'il voulait juste me tapoter délicatement, mais j'ai impression de m'être fait percuter par une volkswagen.

je l'emmène dans ma chambre et me fends même d'un *ta-daaa !* en ouvrant la porte. tiny marche jusqu'au milieu de la pièce et jette un regard circulaire, tout sourires.

tiny : oh, des poissons rouges !

il se jette sur l'aquarium. je lui explique que si un poisson rouge devient un jour leader du monde et décide d'intenter des procès pour crimes de guerre, je risque de passer un sale quart d'heure, vu que mon aquarium connaît un taux de mortalité bien plus élevé que n'importe quel restaurant chinois.

tiny : c'est quoi, leurs noms ?

oh non !

moi : samson et dalila.
tiny : sérieux ?
moi : la femelle est une traînée.

il se penche vers l'aquarium.

tiny : tu les nourris de cachetons ?
moi : euh, non. ça, c'est pour moi.

ma seule manière de ne pas oublier de nourrir mes poissons et de prendre mes médocs, c'est de ranger les boîtes ensemble. mais je réalise que j'aurais dû faire un peu mieux le ménage vu que maintenant, tiny est tout rouge et qu'il ne va plus oser me poser de questions, et bien que je n'aie aucune envie d'en parler, je ne voudrais pas qu'il s'imagine que c'est un traitement contre la gale ou je ne sais quoi.

moi : ce sont des antidépresseurs.
tiny : oh, moi aussi je suis déprimé, parfois.

nous nous rapprochons dangereusement de la conversation que j'ai déjà eue avec maura, le jour où elle m'a sorti qu'elle savait exactement ce que je traversais et où j'ai dû lui expliquer que non, elle n'en savait rien du tout, parce que sa tristesse à elle ne serait jamais aussi profonde que la mienne. je ne doute pas une seconde que tiny *s'imagine* parfois se sentir déprimé, mais c'est sans doute parce qu'il n'a aucun point de comparaison. n'empêche, que suis-je censé lui dire ? que je ne me *sens* pas juste déprimé – que j'ai plutôt l'impression que la dépression me ronge de l'intérieur, centimètre par centimètre, depuis le fond de mon âme jusqu'au creux de mes os ? que quand lui voit tout en gris, je vois tout en noir foncé ? que je hais mes médocs car je sais à quel point j'en ai besoin pour vivre ?

non, je ne peux pas dire ces choses. parce qu'en réalité, personne n'a envie de les entendre. quels que soient la tendresse ou l'amour qu'ils ont pour vous, les gens n'ont juste pas envie d'entendre ça.

tiny : lequel est samson et laquelle est dalila ?
moi : honnêtement ? j'ai oublié.

tiny passe mes bouquins en revue, effleure mon clavier, fait tourner le globe terrestre que j'ai reçu en cadeau pour mon passage en CM2.

tiny : oh, un lit !

l'espace d'un instant, j'ai peur qu'il se jette dessus, ce qui ne manquerait pas d'entraîner la mort assurée de mon cadre de lit. mais avec un petit sourire presque timide, il s'assoit délicatement tout au bord.

tiny : trop confortable !

comment ai-je pu me retrouver à sortir avec ce donut à la confiture multicolore sur pattes ? je pousse un gros soupir de résignation consentante et viens m'asseoir à côté de lui. le matelas penche sérieusement de son côté.

mais juste avant que ne se produise l'inévitable étape suivante, mon téléphone se met à vibrer sur mon bureau. je décide de passer outre, mais il se remet à vibrer une seconde fois et tiny me dit d'aller voir.

j'ouvre mon téléphone et lis le message inscrit sur l'écran.

tiny : c'est qui ?
moi : juste gideon. il veut savoir comment ça se passe.

tiny : gideon, *hmm* ?

je décèle une pointe de suspicion dans le ton de sa voix. je referme mon téléphone et le rejoins sur le lit.

moi : tu ne serais pas un peu jaloux de gideon, par hasard ?

tiny : hein, juste parce qu'il est mignon, gay, et qu'il te voit tous les jours ? en quoi serais-je jaloux ?

je l'embrasse.

moi : tu n'as aucune raison d'être jaloux. c'est juste un pote.

tout à coup, je réalise un truc et je pouffe de rire.

tiny : quoi ?

moi : il y a un garçon dans mon lit !

quelle réflexion stupide. trop cucul la praline. il faudra que je me grave « JE HAIS LE MONDE » au moins cent fois sur le bras pour compenser.

mon lit n'est pas assez grand pour nous. à deux reprises, j'atterris par terre. nous gardons tous nos vêtements – mais ça ne fait aucune différence, en fait. parce qu'on est totalement scotchés l'un à l'autre. tiny est plutôt costaud, certes, mais je me défends aussi bien que lui au catch sur matelas, si bien que ça tourne vite au n'importe quoi.

au bout d'un moment, on est tellement crevés qu'on

se contente de rester immobiles sur le lit. les battements de son cœur sont énormes.

on entend ma mère allumer la télé. les inspecteurs commencent à parler. tiny passe sa main sous mon tee-shirt.

tiny : et ton père, où est-il ?

je ne suis absolument pas préparé à répondre à cette question. je me sens tout crispé, d'un seul coup.

moi : j'en sais rien.

la caresse de sa main se fait encore plus tendre, comme pour me rassurer. sa voix se veut apaisante.

tiny : ce n'est rien.

mais c'est au-dessus de mes forces. je me rassois sur le lit, m'arrachant brutalement à notre petite bulle et obligeant tiny à se décaler légèrement pour me voir. la pulsion qui me titille est on ne peut plus claire : là, tout de suite, je ne peux plus jouer à ça. pas à cause de mon père – je m'en fiche pas mal, au fond – mais à cause de cette manie des gens de vouloir tout savoir.

je m'engueule avec moi-même.

arrête.

reste là.

parle-lui.

tiny attend. tiny m'observe. tiny est gentil avec moi parce qu'il n'a pas encore compris qui j'étais. je ne pourrai jamais lui rendre sa gentillesse. le mieux que je puisse faire, c'est de lui donner des raisons pour jeter l'éponge.

tiny : vas-y. dis-moi ce que tu cherches à me dire.

ne m'encourage pas, ai-je envie de le prévenir. mais la seconde d'après, je déballe tout.

moi : écoute, tiny – je fais de mon mieux, là, mais il faut que tu comprennes… que je suis toujours à deux doigts du précipice. et que parfois, quelqu'un comme toi peut me faire tourner la tête de l'autre côté si bien que je ne vois plus le bord de l'abîme. mais je finis toujours par tourner la tête dans l'autre sens. toujours. et par basculer dans le précipice. voilà le bordel avec lequel je me débats tous les jours, et ça n'est pas près de s'arranger. c'est vraiment génial de t'avoir ici, avec moi, mais tiens-tu vraiment à tout savoir ? tiens-tu vraiment à ce que je sois honnête ?

il devrait interpréter ces paroles comme un avertissement, mais non. il hoche la tête.

moi : c'est comme d'être en vacances. je ne pense pas que tu puisses connaître ça. et c'est tant mieux pour toi. si tu savais à quel point je hais tout ça. parce que je suis en train de gâcher notre soirée. de tout gâcher…

tiny : tu te trompes.

moi : non.

tiny : qui es-tu pour en juger ?

moi : moi-même.

tiny : et moi, je n'ai pas mon mot à dire ?
moi : non. je viens de tout gâcher. tu n'as rien à dire.

il me caresse l'oreille, tout doucement.

tiny : tu sais, je te trouve très sexy quand tu es dans ton trip autodestructeur.

il laisse courir son doigt le long de mon cou. sous l'encolure de mon tee-shirt.

tiny : je sais que je ne pourrai jamais changer ton père, ta mère ou ton passé. mais tu sais ce que je peux faire ?

son autre main remonte lentement le long de ma jambe.

moi : quoi donc ?
tiny : autre chose. voilà ce que je peux t'apporter. *autre chose.*

j'ai tellement l'habitude de faire ressortir la souffrance des autres. mais tiny, lui, refuse de jouer à ça. quand on s'envoie des sms, ou qu'on est ensemble pour de vrai, comme en ce moment, il essaie toujours d'atteindre le cœur des choses. ce qui prouve que pour lui, il y a bien un cœur à atteindre. je trouve ça à la fois ridicule et admirable. j'ai envie de cet autre chose qu'il veut m'offrir, même si j'ai conscience que je ne pourrai jamais le garder.

je sais que ce n'est pas aussi simple qu'il l'affirme. mais il se donne beaucoup de mal. alors je m'incline. je m'abandonne à autre chose.

même si mon cœur n'y croit pas à 100 %.

. 15

Le lendemain, Tiny n'est pas en cours de maths. Je l'imagine recroquevillé dans un coin, en train de griffonner de nouvelles chansons dans un carnet trop petit. Grand bien lui fasse. Un peu plus tard dans la matinée, entre deux cours, je l'aperçois en passant devant son casier: il a les cheveux sales et les yeux ronds comme des soucoupes.

– Alors, trop forcé sur le Red Bull ? dis-je.

En guise de réponse, il me lance une tirade frénétique.

– La première a lieu dans neuf jours et Will Grayson est trop chou et tout est comme dans un rêve. Écoute, Grayson, il faut que je file à l'auditorium. On se voit au déjeuner.

– L'autre Will Grayson, rectifié-je.

– Hein, quoi ? dit-il en refermant la porte de son casier.

– *L'autre* Will Grayson est trop chou.

– Oui oui, bien sûr.

Il n'est pas là au moment du déjeuner. Ni lui. Ni Gary. Ni Jane. Ni qui que ce soit d'autre. N'ayant aucune envie de manger seul à cette grande table, j'emporte mon plateau à l'auditorium en me disant que je retrouverai sûrement tout le monde là-bas. Tiny se tient au milieu de la scène, un carnet dans une main et son téléphone dans l'autre, en train de gesticuler dans tous les sens. Nick est assis au premier rang. Sur l'estrade, Tiny est en pleine conversation avec Gary et, grâce à la formidable acoustique de la salle, j'entends absolument tout ce qu'il dit de là où je me tiens, c'est-à-dire tout au fond.

– Le truc qu'il ne faut pas oublier à propos de Phil Wrayson, c'est que c'est un flippé de la vie. Il fait comme s'il se foutait de tout, mais en réalité c'est le personnage le plus vulnérable de cette pièce. Je veux entendre le tremblement dans sa voix quand il chante, le sentiment de *dépendance* qu'il espère cacher au reste du monde. Parce que c'est justement ce qui le rend insupportable, tu vois ? Il n'est pas agaçant à cause de ce qu'il dit, mais de la MANIÈRE dont il le dit. Donc bref, quand Tiny affiche ses posters pour la Gay Pride et que Phil pleurniche à cause de ses problèmes de cœur débiles qu'il a provoqués par sa faute, il faut qu'on *entende* ce qui est agaçant chez lui. Mais n'en fais pas trop non plus. Tout est dans le détail, chouchou. Pense au petit caillou dans ta chaussure.

Je reste là une bonne minute sans me manifester, jusqu'à ce que Tiny finisse par me voir.

– Ce n'est qu'un PERSONNAGE, Grayson, me hurle-t-il. Un PERSONNAGE FICTIF !

Mon plateau toujours entre les mains, je pivote sur

mes talons et je ressors. Je vais m'asseoir dans le couloir non loin de l'auditorium, à même le carrelage, adossé à la vitrine à trophées, et je commence à manger.

J'attends qu'il sorte de là. Qu'il vienne s'excuser. Ou me hurler dessus en me traitant de fiotte. J'attends de voir s'ouvrir cette double porte en bois sombre, de voir surgir Tiny et de l'écouter parler.

Je sais que c'est immature, mais je m'en fous. Parfois, vous avez besoin de voir votre meilleur ami franchir la porte. Sauf qu'il ne le fait pas. Pour finir, me sentant à la fois misérable et imbécile, c'est moi qui retourne dans la salle. Tiny est joyeusement occupé à chanter sa chanson sur Oscar Wilde. Je reste là un moment dans l'espoir qu'il m'aperçoive et je ne me rends même pas compte que je suis en train de pleurer, jusqu'à ce que ma gorge émette un son rauque quand je respire. Je referme la porte. Si Tiny m'a vu, il a fait semblant de ne pas me remarquer.

Je repars dans le couloir, la tête basse au point que je vois mes larmes goutter du bout de mon nez. Je sors par l'entrée principale du lycée – vent glacé, soleil chaud – et descends les marches du perron. Je longe le trottoir jusqu'au portail, puis m'enfonce entre les buissons. J'ai comme un truc qui me noue le fond de la gorge. Je m'éloigne à toute vitesse comme Tiny et moi l'avions fait en troisième le jour où nous avions séché les cours pour aller au Boys Town assister à la Pride Parade et où il m'avait fait son coming out.

Je marche jusqu'au terrain de base-ball situé à mi-chemin entre le lycée et chez moi. Il se trouve juste à côté du collège. Quand j'étais plus jeune, je m'y rendais souvent seul après les cours, pour réfléchir. Parfois, j'emportais un carnet de croquis mais la plupart du temps, j'y allais juste pour le plaisir d'être là. Je contourne le grillage et vais m'asseoir sur le banc de touche, adossé contre le mur en aluminium chauffé par le soleil, et je pleure.

Voilà pourquoi j'aime ce banc : il est à proximité de la troisième base. De là où je suis, je vois d'un côté le diamant en terre battue et les quatre rangées de gradins en bois et, de l'autre, le champ extérieur et le second diamant ; puis, derrière, une immense pelouse, et enfin la rue. Je vois des passants promener leurs chiens, un couple avancer face au vent. Mais moi, protégé par l'auvent en aluminium, personne ne peut me voir si je ne le vois pas.

La rareté de cette situation est typiquement le genre de truc qui vous arrache des larmes.

Tiny et moi étions inscrits à la Little League*, quand nous étions en CE2 – pas sur ce terrain mais dans un autre club, encore plus près de chez nous. C'est comme ça qu'on est devenus amis, d'ailleurs. Tiny était déjà très costaud, bien sûr, mais pas très doué avec la batte. En revanche, il n'avait pas son pareil pour se faire toucher par la balle et tout le monde l'adorait pour ça. Avec sa corpulence, il faut dire qu'il y avait de quoi viser.

De mon côté, j'étais une première base tout à fait respectable, mais c'était là mon seul talent et personne ne m'adorait.

J'appuie mes coudes sur mes genoux, comme je le faisais du temps où j'assistais aux matchs de mon

---

* Little League : organisation américaine à but non lucratif proposant l'apprentissage du base-ball aux jeunes de cinq à dix-huit ans. (N.d.T.)

équipe. Tiny venait toujours s'asseoir à côté de moi. Et même s'il devait uniquement sa présence sur le terrain au fait que l'entraîneur était censé faire jouer tout le monde, il se montrait toujours super enthousiaste. Il chantait: «Lanceur, si t'es champion, fais une balle papillon!» ou bien criait des trucs comme: «Hé, on veut un lanceur, pas une danseuse du ventre!»

Et puis, un jour, en sixième: Tiny jouait troisième base, moi première. Il était encore tôt dans la partie, et l'une des deux équipes menait légèrement au score – nos adversaires ou nous, je ne sais plus trop. Honnêtement, je ne regardais même pas le tableau des points quand je jouais. Pour moi, le base-ball faisait juste partie de ces choses étranges et abominables que les parents vous obligent à faire pour des raisons obscures, comme les vaccins antigrippe ou le catéchisme. Bref, le batteur a frappé la balle, qui a volé en direction de Tiny. Il l'a récupérée avec son gant pour la relancer vers la première base à l'aide de son bras bionique, et j'ai sauté en l'air pour la rattraper, en veillant à bien garder un pied sur le marbre, mais la balle a atterri pile au creux de mon gant pour rebondir aussi sec, car j'avais oublié de refermer la main. Le coureur était sauf, et ma bourde nous a juste coûté un point de pénalité ou quelque chose dans ce goût-là. À la fin de cette manche, j'ai regagné le banc. Le coach – Mr. Frye, je crois – s'est penché vers moi. J'ai pris conscience de la taille énorme de sa tête, la visière de sa casquette relevée bien haut sur sa grosse figure, et il a déclaré: «Ton boulot, c'est de te CONCENTRER sur la BALLE pour la RATTRAPER. RATTRAPER la BALLE, OK? Nom de Dieu!» J'ai rougi comme une tomate et, avec cette voix tremblante dont Tiny parlait à Gary, j'ai bafouillé: «D-d-d-désolé, coach» et il m'a répondu: «Moi aussi, Will. Moi aussi.»

Alors, Tiny a surgi pour cogner Mr. Frye en plein nez. Comme ça, sans crier gare. Et c'est ainsi qu'a pris fin notre carrière dans le base-ball.

Ce serait moins douloureux si Tiny avait complètement tort – si je n'avais pas conscience que ma faiblesse l'horripile. Si ça se trouve, il pense peut-être comme moi, à savoir qu'on ne choisit pas ses amis et qu'il est donc coincé avec un chochotteux pénible de mon espèce, incapable de faire trois pas tout seul, de refermer son gant pour retenir la balle, de supporter les remontrances du coach ou d'assumer une lettre écrite au rédac chef pour défendre son meilleur ami. Je ne me suis pas retrouvé coincé avec Tiny. C'est lui qui est coincé avec moi.

À défaut d'autre chose, je peux au moins le soulager de ce fardeau.

C'est long, d'arrêter de pleurer. Je me sers de mon gant en guise de mouchoir tout en regardant l'ombre du toit recouvrir mes jambes à mesure que le soleil poursuit sa trajectoire dans le ciel. Je finis par avoir trop froid aux oreilles, alors je me lève pour traverser le parc et rentrer chez moi. En chemin, je parcours la liste de contacts de mon répertoire téléphonique et j'appelle Jane. J'ignore pourquoi. J'ai besoin de parler à quelqu'un. Comme si, bizarrement, j'avais encore besoin que *quelqu'un* ouvre les portes de l'auditorium. Je tombe sur sa boîte vocale.

« Désolée, Tarzan, Jane pas disponible. Laisser message. »

– Salut Jane, c'est Will. J'avais juste envie de te parler. Je... OK, honnête? Je viens de passer cinq bonnes minutes à parcourir la liste des gens que je pourrais appeler et tu étais la seule personne à qui j'avais envie de parler parce que je t'aime bien. Vraiment bien. Je te trouve incroyable. Tu es plus... tout. Plus intelligente, plus drôle, plus jolie, plus... tout. Bon, ben voilà. À plus, quoi.

Arrivé chez moi, j'appelle mon père. Il décroche au bout de plusieurs secondes.

– Tu peux prévenir le lycée que je suis malade? J'ai dû rentrer, dis-je.

– Tu te sens bien, mon grand?

– Ouais. Ça va.

Mais j'ai toujours la voix qui tremblote et je me sens à deux doigts de me remettre à chialer jusqu'à ce que mon père déclare:

– OK, OK. Je vais les appeler.

Quinze minutes plus tard, me voilà affalé sur le canapé, pieds posés sur la table basse. Je mate fixement la télé, sauf qu'elle n'est pas allumée. Je tiens la télécommande dans ma main gauche, mais je n'ai même pas l'énergie suffisante pour appuyer sur le foutu bouton de mise en marche.

J'entends la porte du garage s'ouvrir. Mon père entre par la cuisine et vient s'asseoir à côté de moi. Tout près.

– Cinq cents chaînes et rien à voir, soupire-t-il.

– T'as pris ta journée?

– Il y aura toujours quelqu'un pour me remplacer, dit-il. Toujours.

– Je vais bien.

– Je sais. Je voulais juste rentrer pour être avec toi, c'est tout.

Je cligne des yeux pour chasser mes larmes, mais il a l'élégance de ne pas faire la moindre remarque. Alors, seulement, j'allume la télé. On tombe sur un programme intitulé *Les Plus Beaux Yachts du monde* où défilent des images de yachts équipés de terrains de golf ou je ne sais quoi, et chaque fois qu'un nouveau détail luxueux est montré à l'écran, mon père s'exclame : « Haaaan, incroyable ! » d'un ton hyper sarcastique, même si tout ça est quand même incroyable d'une certaine manière. Disons que ça l'est et que ça ne l'est pas.

Au bout d'un moment, il coupe le son de la télé et me demande :

– Tu connais le Dr Porter ?

Je hoche la tête. C'est un collègue de ma mère.

– Ils n'ont pas d'enfants, donc ils sont pleins aux as. (Je ricane.) Mais ils ont un bateau amarré à Belmont Harbor, l'un de ces mastodontes avec cabines en bois de merisier importé d'Indonésie, lit king-size rotatif rembourré de plumes d'aigle à l'espèce menacée et tout le bazar. Ta mère et moi avons dîné à bord avec eux, il y a des années. Eh bien, en l'espace de deux heures, ce yacht, qui incarnait pour nous le top du luxe, a fini par nous faire l'effet d'un simple bateau.

– J'imagine qu'il y a une morale à cette histoire ?

Il rit.

– Tu es notre yacht, mon pote. Tout cet argent qu'on aurait pu investir dans l'achat d'un yacht, tout ce temps qu'on aurait pu passer à voguer autour du monde… À la place, nous t'avons eu toi. Au final, ce yacht n'était rien de plus qu'un bateau. Mais toi – tu ne t'achètes pas à crédit, et tu n'es pas déductible des impôts. (Il se tourne à nouveau vers la télé et marque une pause avant de reprendre.) Je suis tellement fier de toi que ça me rend fier de moi. J'espère que tu le sais.

Je hoche la tête, la gorge nouée, les yeux rivés sur l'écran où passe silencieusement une publicité pour du détergent. Au bout de quelques instants, mon père marmonne entre ses dents :

– Crédit, investissement, consumérisme... Je suis sûr qu'il y aurait un jeu de mots à faire.

– Dis, que se passerait-il si je ne voulais pas m'inscrire à ce cursus à la Northwestern ? Ou si je n'étais pas accepté ?

– C'est simple, dit-il. Je ne t'aimerais plus.

Il reste impassible une seconde, puis lâche un petit rire et remet le son de la télé.

Un peu plus tard, nous décidons de faire une surprise à ma mère et de lui préparer un chili à la dinde pour le dîner. Je suis en train de couper les oignons quand on sonne à la porte. Aussitôt, je sais que c'est Tiny et une bouffée de soulagement m'irradie de l'intérieur. « J'y vais », dis-je à mon père. Je me glisse derrière lui pour sortir de la cuisine et me précipite vers la porte.

Il ne s'agit pas de Tiny, mais de Jane. Elle lève les yeux vers moi, un plissement agacé au coin des lèvres.

– Quelle est la combinaison de mon casier ?

– 25-2-11, dis-je.

Elle me donne une bourrade légère.

– J'en étais sûre ! Pourquoi tu ne m'as rien dit ?

– Parce que je n'arrivais pas à faire le tri entre plusieurs vérités, dis-je.

– Il faut qu'on ouvre la boîte.

– Hum... (Je fais un pas en avant, histoire de refermer la porte derrière moi, mais elle ne se recule pas, si bien qu'on se touche presque.) Je te rappelle que le chat a un petit ami, dis-je.

– Ce chat, ce n'est pas moi. C'est nous. Je suis la scientifique. Tu es le scientifique. Nous sommes le chat.

– D'accord... Alors la scientifique a un petit ami.

– Faux. La scientifique n'a pas de petit ami. Elle l'a largué au jardin botanique parce qu'il lui tapait sur le système à force de lui répéter qu'il participerait aux JO de 2016 et que pendant tout ce temps, la scientifique avait dans la tête une petite voix nommée Will Grayson qui chuchotait : « Et aux JO, tu comptes représenter les États-Unis ou la principauté de Grokonardo ? » Par conséquent la scientifique a plaqué son petit ami et elle insiste pour qu'on ouvre la boîte, vu qu'elle n'arrête pas de penser au chat. Pour la scientifique, peu importe si le chat est mort. Elle a juste besoin de savoir.

Là-dessus, on s'embrasse. Ses mains sont glacées sur mes joues. Sa bouche a un goût de café. Je sens encore les oignons. J'ai les lèvres gercées par ce long hiver. Et c'est fantastique.

– Alors, conclusion de la scientifique ? dis-je.

Elle me sourit.

– Je dirais que le chat est vivant. Mais qu'en pense mon très estimé confrère ?

– Vivant, dis-je.

Et c'est l'absolue vérité. Ce qui rend encore plus bizarre le fait qu'à l'instant même où je prononce ce mot, je sens comme une dernière plaie minuscule me titiller de l'intérieur. J'avais cru trouver Tiny sur le pas de la porte – un Tiny dégoulinant d'excuses que j'aurais acceptées lentement. Mais c'est la vie. Nous grandissons tous. Les planètes comme lui se trouvent de nouveaux satellites, et les satellites comme moi se trouvent de nouvelles planètes. Jane recule légèrement la tête.

– Il y a un truc qui sent bon, dit-elle. En plus de toi, je veux dire.

– On prépare un chili. Est-ce que... ça te dirait d'entrer faire la connaissance de mon père ?

– Je ne voudrais surtout pas m'impo...

– Non, non. Il est gentil. Un peu bizarre, mais sympa. Reste dîner avec nous, si tu veux.

– Euh... OK. Laisse-moi juste prévenir mes parents.

Je reste là à claquer des dents pendant qu'elle passe un coup de fil à sa mère : « Je vais rester dîner chez Will Grayson... Oui, son père est là... Ils sont médecins... Ouais... OK, bisous. »

Nous entrons tous les deux.

– P'pa, je te présente mon amie Jane.

Mon père émerge de la cuisine, affublé de son tablier *CHIRURGIEN EXPERT EN DÉCOUPE DU POULET* par-dessus sa chemise et sa cravate. « À leur crédit, les gens investissent dans le consumérisme ! » s'exclame-t-il, tout fier d'avoir enfin trouvé son jeu de mots.

Jane lui tend la main, l'image même de la classe absolue.

– Bonsoir, Dr Grayson. Jane Turner, enchantée.

– Tout le plaisir est pour moi, Miss Turner.

– C'est OK si Jane reste dîner avec nous ?

– Mais bien sûr. Jane, vous nous excusez une seconde ?

Il m'entraîne dans la cuisine et me dit tout bas :

– C'était donc ça, la cause de tous tes problèmes ?

– Bizarrement, non. Mais on est… Disons, ouais.

– Vous êtes disons ouais, marmonne-t-il d'un air pensif. Vous êtes disons ouais. Jane ? lance-t-il tout haut.

– Oui, Mr. Grayson ?

– Quelle est votre moyenne générale ?

– Euh… B+ ?

Mon père me regarde d'un air espiègle et hoche la tête.

– Acceptable, déclare-t-il en souriant.

– Je n'ai pas besoin de ton approbation, marmonné-je.

– Je sais. Mais j'ai pensé que ça te ferait plaisir quand même.

. 16

quatre jours avant la première de son spectacle, tiny m'appelle et m'explique qu'il a besoin de faire un break d'une journée pour préserver sa santé mentale. et pas seulement parce que les répètes sont catastrophiques. l'autre will grayson ne lui adresse plus la parole. enfin, pour être précis, il lui parle mais ne lui dit plus rien. et quelque part, tiny est à la fois furieux que l'autre w.g. lui « fasse un coup pareil juste avant le lever de rideau », et très inquiet à l'idée qu'il se passe un truc grave.

moi : que veux-tu que je fasse ? je ne suis pas le bon will grayson.

tiny : j'ai juste besoin d'une bonne dose de will grayson. je serai devant ton lycée d'ici une heure. je suis déjà en route.

moi : tu es déjà en quoi ?

tiny : il faut juste que tu me donnes l'adresse exacte. j'ai cherché le plan sur google map, mais leurs indications sont merdiques. et le dernier truc dont j'ai besoin pour mon break santé mentale, c'est que google map m'envoie dans l'iowa à 10 heures du mat.

d'après moi, l'idée d'une « journée de break pour préserver sa santé mentale » est un concept inventé par les gens qui n'ont pas la moindre idée de ce qu'est un problème de santé mentale. l'idée qu'on puisse guérir son esprit en l'aérant pendant vingt-quatre heures est aussi stupide que d'affirmer qu'on peut soigner ses problèmes cardiaques en mangeant telle marque de céréales au petit déj. le concept de break santé mentale n'existe que pour ceux qui peuvent se payer le luxe de déclarer : « j'ai envie de ne penser à rien aujourd'hui » et de s'offrir une petite journée peinarde pendant que nous autres restons coincés avec tous nos problèmes sans que personne ne s'intéresse à nous, sauf si on décide de se pointer en cours armé d'un fusil ou de gâcher le bulletin d'info matinal du lycée avec l'annonce de son suicide.

je ne dis rien de tout ça à tiny. je fais semblant d'avoir envie qu'il vienne. je me garde bien de lui montrer que je suis totalement flippé de lui ouvrir un pan supplémentaire de mon existence. à mon avis, il s'emmêle un peu entre ses deux will grayson. je ne pense pas être celui capable de l'aider.

entre nous, ça devient super intense – bien plus qu'avec isaac. et pas seulement parce que tiny existe pour de vrai. j'ignore ce qui me stresse le plus : le fait que je compte pour lui, ou qu'il compte pour moi.

je vais tout raconter à gideon, vu qu'il est grosso

modo la seule personne dans ce bahut à être vraiment au courant pour tiny.

gideon : waouh ! c'est trop mignon qu'il ait envie de te voir.

moi : j'avais pas vu ça comme ça.

gideon : la plupart des mecs feraient une heure de bagnole pour tirer un coup. mais peu de gens font une heure de bagnole juste pour voir quelqu'un.

moi : comment tu sais ça ?

c'est un peu bizarre que gideon soit devenu mon « mentor » gay, vu que de son propre aveu, sa seule expérience des garçons remonte à un séjour en camp de boy-scouts l'été avant la troisième. mais j'imagine qu'il a dû pas mal traîner sur des blogs, des tchats ou des forums. oh ! et il regarde les séries de la chaîne hbo* en boucle, aussi. j'ai beau lui dire qu'à mon humble avis, les principes de *sex and the city* ne s'appliquent pas vraiment s'il n'y a ni sexe ni « *city* », il me regarde chaque fois comme si je venais d'envoyer des flèches empoisonnées pour crever les petits ballons roses en forme de cœur qui lui flottent dans le cerveau, donc je laisse tomber.

le plus drôle, c'est que la plupart des gens au bahut – ceux qui s'intéressent à la question, en tout cas, ce qui ne fait pas des masses de gens au final – pensent qu'on sort ensemble, gideon et moi. juste parce que je suis gay, comme lui, et qu'on marche côte à côte dans les couloirs, ils se font des films.

---

* Home Box Office : chaîne américaine dédiée aux série cultes.

pour être tout à fait honnête… j'avoue que ça ne me dérange pas. gideon est mignon, sympa, et ceux qui ne l'agressent pas semblent beaucoup l'apprécier. question petit ami hypothétique, on a vu pire.

n'empêche, c'est bizarre de penser que gideon et tiny vont se rencontrer pour de vrai. que tiny va marcher dans les couloirs avec moi. c'est un peu comme inviter godzilla au bal de la promo.

je n'arrive pas à me faire à l'idée. mais au même moment, je reçois un SMS annonçant qu'il arrive dans deux minutes, alors je dois bien affronter la réalité.

je sors du cours de chimie, littéralement en plein milieu d'une expérience. mr. jones, le prof, ne me voit jamais de toute manière, donc tant que ma voisine de paillasse – lizzie – camoufle mon absence, je ne crains rien. je lui dis même la vérité, à savoir que mon petit ami débarque incognito pour me voir, et elle accepte aussitôt de devenir ma complice car même si elle ne le fait pas pour moi, elle le fait assurément au nom de l'AMOUR (enfin, de l'AMOUR et des droits des homosexuels – dieu bénisse les filles hétéro qui défendent la cause gay).

la seule à réagir méchamment, c'est maura, qui crache de petits jets de fumée noire par les narines en m'entendant raconter toute l'histoire à lizzie. elle essaie de bousiller mon vœu de silence en épiant mes conversations dès qu'elle le peut. J'ignore si elle ricane derrière moi parce qu'elle croit que j'ai tout inventé ou parce qu'elle désapprouve le fait que je sèche le cours de chimie. à moins qu'elle soit juste jalouse de lizzie, ce qui est amusant vu que lizzie a de gros boutons d'acné sur la tronche au point qu'on croirait des piqûres d'abeilles.

mais je m'en fous. maura peut soupirer et cracher de la fumée tant qu'elle veut jusqu'à ce que tout son mucus cérébral lui soit sorti par les trous de nez pour former une petite flaque à ses pieds. je ne lui répondrai pas.

je n'ai aucun mal à retrouver tiny devant l'entrée, en train de se dandiner d'un pied sur l'autre. comme il est hors de question que je lui roule une pelle dans l'enceinte du lycée, je lui donne une accolade virile (deux points de contact ! pas plus !) et lui explique que si on lui pose la question, il vient d'emménager en ville cet automne et vient voir à quoi ressemble le lycée.

il est un peu différent depuis la dernière fois qu'on s'est vus – fatigué, j'imagine. à part ça, sa santé mentale semble intacte.

tiny : alors, c'est donc ici, ce lieu magique ?

moi : si tu trouves que la soumission forcée aux tests standardisés et aux formulaires d'inscription universitaire a quelque chose de magique, oui.

tiny : ça reste encore à prouver.

moi : comment va le spectacle ?

tiny : le chœur manque de voix, mais il compense grâce à son énergie.

moi : j'ai hâte de voir ça.

tiny : j'ai hâte que *tu* voies ça.

l'heure du déjeuner sonne alors que nous sommes en route vers la cafète. tout à coup, il y a un tas de gens autour de nous, et tous fixent tiny du regard comme on dévisagerait quelqu'un se déplaçant à cheval dans les couloirs. l'autre jour encore, on plaisantait avec gideon en disant que la raison pour laquelle les casiers étaient gris, c'était pour permettre aux gens comme moi de se fondre dans le décor et de se déplacer incognito dans les couloirs. mais avec tiny, c'est mission impossible. toutes les têtes se retournent sur son passage.

moi : tu attires toujours autant l'attention, où que tu ailles ?

tiny : pas autant. j'imagine qu'ici, mon surdimensionnement naturel saute un peu plus aux yeux qu'ailleurs. ça t'embête si je te tiens par la main ?

à vrai dire, oui. ça m'embête. mais puisqu'on sort ensemble, je sais que la réponse devrait être : non, pas du tout. lui n'hésiterait sans doute pas à me porter en cours si je lui demandais gentiment.

je lui prends la main, sa grosse main moite. mais je dois mal dissimuler l'appréhension sur mon visage, parce qu'il me jette un coup d'œil et me lâche aussi sec.

tiny : oublie.

moi : ce n'est pas à cause de toi. je ne suis pas le genre de mec qui tient la main dans les couloirs, voilà tout. même si t'étais une fille. même si t'étais une pom-pom girl à gros seins.

tiny : mais *j'ai été* une pom-pom girl à gros seins.

je m'arrête net.

moi : tu plaisantes.

tiny : c'était juste pour quelques jours. mais j'ai totalement fait foirer la pyramide.

on se remet en marche.

tiny : j'imagine que glisser ma main dans ta poche arrière de jean est exclu ?

moi : *grosse quinte de toux*

tiny : je disais ça pour rire.

moi : je peux t'inviter à déjeuner, au moins ? il y aura peut-être même du ragoût !

je dois faire un effort pour me rappeler que c'est ce dont j'ai toujours rêvé – ce dont *tout le monde* a *toujours* rêvé. voilà un garçon qui veut me montrer de l'affection. un garçon prêt à prendre sa voiture pour venir me voir. un garçon qui n'a pas peur de ce que penseront les autres en nous voyant ensemble. un garçon persuadé que ma présence est bénéfique à sa santé mentale.

l'une des employées de la cantine éclate de rire quand tiny s'extasie devant les *empanadas* au menu à cause de la semaine de célébration de la culture latino (la semaine ou le mois, je ne sais plus). elle l'appelle mon chou en lui tendant son assiette, ce qui est quand même amusant quand on sait que ça fait trois ans que j'essaie en vain de l'amadouer pour ne pas qu'elle me serve systématiquement la plus petite part de pizza.

quand on arrive à la table, derek et simon sont déjà là. il ne manque plus que gideon. je ne les avais pas prévenus qu'on aurait un invité surprise au déjeuner, et ils ouvrent des yeux exorbités en nous voyant arriver.

moi : derek, simon, voici tiny. tiny, je te présente derek et simon.

tiny : enchanté !

simon : euh…

derek : enchanté, également. qui es-tu ?

tiny : le petit ami de will. j'arrive d'evantson.

ok. maintenant, ils le dévisagent tous comme une créature magique de world of warcraft. derek semble amusé, mais accueillant. le regard de simon se braque sur tiny, puis à nouveau sur moi, puis à nouveau sur tiny, comme s'il était en train de se demander comment un mec aussi gros et un mec aussi maigre pouvaient avoir des rapports sexuels ensemble.

je sens une main sur mon épaule.

gideon : vous voilà !

gideon semble être le seul dans tout ce lycée à ne pas être surpris par le physique de tiny. sans sourciller, il lui tend son autre main.

gideon : tu dois être tiny.

tiny regarde la main de gideon posée sur mon épaule avant de serrer l'autre. il n'a pas l'air très jouasse lorsqu'il lui rétorque :

tiny : … et tu dois être gideon.

sa poignée de main doit être un peu plus ferme que d'habitude, car gideon tressaille légèrement. puis il part chercher une autre chaise, laissant la sienne à tiny.

tiny : si ce n'est pas cosy comme tout !

pas vraiment, en fait. les émanations de son *empanada* au bœuf me donnent l'impression d'être enfermé dans un cagibi surchauffé rempli de nourriture pour chiens. simon, je le crains, s'apprête à sortir une bourde énorme, et derek semble décidé à faire comme si de rien n'était. gideon commence à lui poser des questions, histoire de faire la conversation, mais tiny lui répond exclusivement par monosyllabes.

gideon : t'as pas eu trop de bouchons pour venir jusqu'ici ?

tiny : nan.

gideon : tu trouves que notre lycée ressemble au tien ?

tiny : hmm.

tiny : il paraît que tu montes une comédie musicale ?

tiny : yep.

au bout d'un moment, gideon se lève pour aller s'acheter un cookie et j'en profite pour glisser à l'oreille de tiny :

moi : pourquoi tu le traites comme un ex qui t'aurait plaqué ?

tiny : qui, moi ! ?

moi : tu ne le connais même pas.

tiny : je connais bien les mecs dans son genre.

moi : quel genre ?

tiny : le genre trop-mignon-trop-sympa. ce sont des *poisons.*

il doit sentir qu'il est allé trop loin, parce qu'il ajoute aussitôt :

tiny : mais il a l'air très gentil, cela dit.

il balaie la cafétéria du regard.

tiny : où est maura ?

moi : deuxième table à gauche en partant de la porte. assise toute seule, pauvre petit agneau. en train de gribouiller dans son carnet.

comme si elle sentait le poids de nos regards braqués sur elle, maura lève les yeux vers nous avant de se remettre à écrire encore plus frénétiquement.

derek : c'est comment, l'*empanada* au bœuf? depuis que je suis dans ce lycée, tu es la première personne que je vois finir son assiette.

tiny : pas mal, si on aime bien le salé. disons que c'est comme une friandise au bon goût de bœuf industriel.

simon : et ça fait combien de temps que vous êtes, genre, ensemble ?

tiny : bonne question… quatre semaines, deux jours et dix-huit heures, je dirais.

simon : alors, c'est toi.

tiny : qui ça ?

simon : le mec qui a failli nous faire perdre le concours des mathlétiques.

tiny : si c'est le cas, j'en suis désolé.

simon : bah, tu sais ce qu'on dit…

derek : heu, simon ?

simon : … les pédés placent toujours la bite avant les maths.

moi : de toute l'histoire du monde entier, je crois que jamais personne n'a dit une chose pareille.

derek : ouais, t'es juste dég à cause de la meuf de naperville…

simon : la ferme !

derek : … qui a refusé de s'asseoir sur tes genoux.

simon : je lui ai juste proposé parce que le bus était blindé de monde !

gideon revient, avec des cookies pour tout le monde.

gideon : c'est jour de fête, aujourd'hui. j'ai raté quelque chose ?

moi : la bite avant les maths.

gideon : ça ne veut rien dire.

moi : exactement.

tiny commence à s'agiter et ne fait même pas mine de s'intéresser à son cookie. c'est pourtant un cookie moelleux. avec pépites choco. il aurait déjà dû atterrir dans son système digestif.

si tiny a perdu l'appétit, nous ne survivrons jamais

jusqu'à la fin de cette journée de cours. en plus, ce n'est pas comme si je mourais d'envie de retourner en classe – pourquoi tiny voudrait-il y retourner, lui ? s'il veut rester avec moi, je devrai rester avec lui. mais ici, c'est impossible.

moi : barrons-nous d'ici.

tiny : mais je viens juste d'arriver !

moi : tu as rencontré les seules personnes dignes d'intérêt. tu as goûté notre délicieuse cuisine. si tu veux, je peux te montrer notre vitrine à trophées sur le chemin de la sortie, histoire que tu puisses admirer les exploits de nos anciens élèves qui, à l'heure actuelle, sont sans doute assez vieux pour souffrir de troubles érectiles, de perte de la mémoire, ou de mort. il est hors de question que je m'adonne à la moindre manifestation d'affection à ton égard tant que nous resterons ici. ailleurs, dans l'intimité, ce sera une autre histoire.

tiny : la bite avant les maths.

moi : oui. la bite avant les maths. j'ai déjà eu maths ce matin, mais je veux bien sécher rétrospectivement pour être avec toi.

derek : allez-y ! foncez !

tiny semble très satisfait par la tournure que prennent les événements.

tiny : je t'aurai pour moi tout seul ?

c'est limite mortifiant de l'avouer en public. je me contente de faire oui de la tête.

on ramasse nos plateaux, et on dit au revoir aux autres. gideon a l'air un peu vexé, mais il semble sincère en disant à tiny qu'il espère avoir l'occasion de passer plus de temps avec lui une prochaine fois. tiny répond qu'il l'espère, lui aussi, mais sur un ton nettement moins sincère.

on s'apprête à sortir de la cafétéria quand tiny m'explique qu'il a un petit arrêt à faire en route.

tiny : j'ai comme une envie irrésistible.

moi : les toilettes sont dans ce couloir, à gauche.

mais ce n'est là qu'il veut aller.

il met le cap sur la table de maura.

moi : qu'est-ce que tu fais ? on ne lui adresse pas la parole !

tiny : toi, peut-être. moi, j'ai deux mots à lui dire.

elle regarde dans notre direction, à présent.

moi : arrête !

tiny : laisse-moi passer, grayson. je sais ce que je fais.

d'un geste théâtral, elle pose son stylo et referme son cahier.

moi : non, tiny !

mais il avance jusqu'à sa table et se plante devant elle. la montagne a télescopé maura, et elle a un message à lui adresser.

juste avant qu'il prenne la parole, un tic nerveux lui parcourt le visage et il inspire un grand coup. elle le dévisage avec un détachement feint.

tiny : je tenais juste à te remercier. mon nom est tiny cooper et je sors avec will grayson depuis exactement quatre semaines, deux jours et dix-huit heures. si tu n'avais pas été une telle garce égoïste, manipulatrice, hargneuse et passive-agressive, on ne se serait jamais rencontrés, lui et moi. tu vois, lorsqu'on s'acharne à gâcher la vie de quelqu'un, on lui porte chance. sauf qu'on n'est plus son ami pour en profiter.

moi : tiny, ça suffit.

tiny : je crois qu'elle a besoin de savoir ce qu'elle a raté, will. je crois qu'elle a besoin d'être informée du bonheur…

moi : ASSEZ !

beaucoup de gens m'entendent crier. tiny m'entend, c'est certain, parce qu'il se tait aussi sec. et maura m'entend aussi, parce que son regard absent se pose à présent sur moi. en cet instant précis, je suis fou de rage contre eux deux. je prends tiny par la main, mais cette fois pour l'éloigner. à la vue de mon geste, maura esquisse un petit sourire et ouvre son cahier pour se remettre à écrire. je me dirige vers la porte, lâche la main de tiny, reviens sur mes pas et prends le cahier de maura pour arracher la page sur laquelle elle était en train d'écrire. je ne la lis même pas. je l'arrache, la roule en boule et jette le cahier sur la table, renversant son coca light au passage. puis, toujours sans un mot, je m'en vais.

tiny : quoi ? qu'est-ce que j'ai fait ?

j'attends qu'on soit dehors. j'attends qu'on soit sur le parking. j'attends qu'il m'emmène jusqu'à sa voiture. j'attends qu'on soit à l'intérieur. j'attends de pouvoir ouvrir la bouche sans hurler. et je lui dis :

moi : tu n'aurais jamais dû faire ça.

tiny : pourquoi ?

moi : POURQUOI ? parce que je ne lui adresse plus la parole. parce que j'ai réussi à l'éviter depuis un mois, et que tu viens de m'obliger à venir jusqu'à elle et de lui donner le sentiment qu'elle comptait dans ma vie.

tiny : elle méritait qu'on lui donne une bonne leçon.

moi : quelle leçon ? que si elle s'acharne contre quelqu'un, elle contribue à son bonheur ? bien joué, tiny. maintenant, elle peut continuer à gâcher la vie des autres avec la satisfaction de se dire qu'elle leur rend service. elle devrait peut-être lancer un club de rencontres. clairement, ça a bien marché pour nous.

tiny : arrête ça.

moi : arrêter quoi ?

tiny : arrête de me parler comme si j'étais stupide. je ne suis pas stupide.

moi : je sais. mais ce que tu viens de faire, là, ça l'était.

il n'a même pas mis le contact. nous sommes encore sur le parking.

tiny : ce n'est pas comme ça que j'avais imaginé cette journée.

moi : non ? eh bien, tu sais quoi ? la plupart du temps, rien ne se passe comme on l'avait prévu.

tiny : arrête ça. s'il te plaît. je veux qu'on passe un bon moment ensemble.

il démarre. à mon tour d'inspirer un grand coup. personne n'a envie d'être celui qui explique à un môme que le père noël n'existe pas. pourtant, quand on le fait, on passe pour un monstre.

tiny : emmène-moi dans un endroit que tu aimes. s'il te plaît. un lieu secret qui compte pour toi.

moi : genre quoi ?

tiny : genre… j'en sais rien. moi, par exemple, quand j'ai le moral dans les chaussettes, je vais faire un tour au magasin super target. je ne sais pas pourquoi, mais la vision de ces rayonnages me rend heureux. c'est peut-être l'aménagement intérieur. le fait de voir tous ces gens ensemble, toutes ces choses que je *pourrais* acheter – toutes ces couleurs, allée après allée… parfois, j'ai besoin de ça. pour jane, c'est le disquaire indépendant où on va ensemble et où elle regarde les vieux vinyles pendant que je mate les CD de boysbands pour élire le plus mignon. quant à l'autre will grayson… il y a un parc, là où on habite, avec un terrain de base-ball. et il adore s'installer sur le banc de touche parce que c'est hyper tranquille quand il n'y a personne. les jours où il n'y a pas match, on peut s'asseoir là et la seule chose qui existe, c'est le passé. je crois que tout le monde a un endroit perso comme ça. tu dois forcément en avoir un.

je me creuse la tête un long moment. mais je réalise que si j'avais un endroit comme ça, je le saurais tout de suite. je n'ai aucun endroit secret, magique ou réconfortant. je ne savais même pas que j'étais censé en avoir un.

je fais non la tête.

moi : aucun.

tiny : allez. il y a forcément un endroit qui te tient à cœur.

moi : eh bien non, ok ? juste ma maison. ma chambre. point barre.

tiny : très bien. où est la balançoire la plus proche ?

moi : tu veux rire ?

tiny : pas du tout. il doit bien y avoir une balançoire quelque part.

moi : à l'école primaire, j'imagine. mais les mômes y sont encore à cette heure-ci. si on se fait choper là-bas, on nous prendra pour des kidnappeurs. à la limite, je m'en sortirai, mais toi, tu risques de passer devant un tribunal pour adultes.

tiny : ok. alors ailleurs.

moi : je crois que mes voisins ont un portique dans leur jardin.

tiny : les parents bossent pendant la journée ?

moi : je crois, oui.

tiny : et les gamins sont encore à l'école… parfait ! montre-moi le chemin.

c'est comme ça qu'on se retrouve garés devant chez moi et qu'on s'incruste sur la pelouse de mon voisin d'à côté. la balançoire est plutôt minable, dans son genre, mais au moins c'est un modèle pour grands enfants, pas pour bébés.

moi : ne me dis pas que tu vas t'asseoir là-dessus ?

mais si. il le fait. et je jure que la structure en métal vacille légèrement sous son poids. d'un geste, il m'invite à prendre place sur la deuxième balançoire.

tiny : viens.

ça doit bien faire dix ans que je ne me suis pas assis sur une balançoire. j'accepte uniquement pour le faire taire, rien qu'une seconde. aucun de nous ne se balance – je ne suis pas sûr que le portique y survivrait. on reste immobiles, en suspension au-dessus du sol. tiny pivote dans l'autre sens pour être face à moi. je me retourne, moi aussi, les deux pieds posés par terre pour empêcher la chaîne de se désentortiller.

tiny : alors, on n'est pas mieux, comme ça ?

et là, c'est plus fort que moi. je lui réponds :

moi : mieux que quoi ?

tiny lâche un petit rire en secouant la tête.

moi : quoi ? pourquoi tu ricanes comme ça ?
tiny : pour rien.
moi : dis-moi.
tiny : rien. c'est juste rigolo.
moi : QUOI, qu'y a-t-il de si rigolo ?
tiny : toi. et moi.
moi : content que ça t'amuse.
tiny : j'aimerais que ça t'amuse un peu, toi aussi.

je ne sais même plus de quoi on parle, là.

tiny : tu sais quelle est l'une des meilleures métaphores de l'amour ?
moi : non, mais je suis sûr que tu vas me le dire.

il se retourne et prend de l'élan pour se balancer, mais le portique émet un grognement si sonore qu'il s'arrête aussi sec et se replace face à moi.

tiny : la belle au bois dormant.
moi : la… belle au bois dormant ?
tiny : oui. parce qu'il faut franchir une forêt de ronces impitoyables pour atteindre la beauté qui sommeille. et même là, encore faut-il parvenir à la réveiller.
moi : donc, je suis une forêt de ronces ?
tiny : et la beauté qui sommeille n'est pas encore réveillée.

je m'abstiens de lui rétorquer que tiny cooper n'est pas tout à fait l'image qu'ont les petites filles en tête lorsqu'elles rêvent du prince charmant.

moi : ça ne m'étonne pas que tu voies les choses comme ça.

tiny : pourquoi ?

moi : eh bien ! ta vie est une comédie musicale. littéralement.

tiny : tu m'entends chanter, en ce moment ?

à vrai dire, presque. j'adorerais vivre dans son monde musical imaginaire, là où il suffit d'une seule parole héroïque pour abattre les sorcières comme maura, où toutes les créatures de la forêt se réjouissent quand deux homos traversent le marécage main dans la main, et où gideon serait le chevalier servant trop mignon que la princesse ne pourra bien sûr jamais épouser car son cœur appartient à la bête. je suis sûr que c'est un univers merveilleux où toutes ces choses arrivent pour de vrai. un monde plein aux as, gâté pourri et plein de jolies couleurs. peut-être même que je le visiterai, un jour, mais j'en doute. ces mondes-là ne délivrent pas de visas pour les cas sociaux de mon espèce.

moi : ça me scie que quelqu'un comme toi puisse faire tout ce trajet pour venir voir quelqu'un comme moi.

tiny : ah non, ne recommence pas !

moi : pardon ?

tiny : nous avons sans arrêt la même conversation. si tu te concentres en permanence sur ce qui va mal, tu ne verras jamais ce qui peut t'arriver de bien.

moi : facile à dire, pour toi !

tiny : qu'est-ce que tu veux dire par là ?

moi : exactement ce que je viens de dire. laisse-moi t'expliquer. *facile* – qui ne présente aucune difficulté. *à dire* : exprimer à voix haute, parfois jusqu'à la nausée. *pour toi* – le contraire de « pour moi ». tout se passe tellement bien pour toi que quand ça se passe mal, tu oublies que ce n'est pas parce que tu l'as choisi.

tiny : je sais. je ne voulais pas dire que…

moi : que quoi ?

tiny : je te comprends, tu sais.

moi : non, tu ne me comprends pas. parce que la vie n'est qu'une partie de plaisir pour toi.

cette fois, je l'ai vraiment énervé. il se lève et se tient devant moi. je vois même une veine palpiter dans son cou. il est incapable d'avoir l'air en colère sans aussi avoir l'air triste en même temps.

tiny : ARRÊTE DE ME DIRE QUE J'AI UNE VIE FACILE ! tu ne sais pas de quoi tu parles. je suis une personne, moi aussi. j'ai des problèmes, moi aussi. ce ne sont peut-être pas les tiens, mais ce sont des problèmes quand même.

moi : genre ?

tiny : tu ne l'as peut-être pas remarqué, mais je n'ai pas ce qu'on appelle un physique de rêve. on pourrait même dire que c'est tout le contraire. *dire*, tu sais – exprimer à voix haute, parfois jusqu'à la nausée ? sais-tu que chaque minute de chaque jour qui passe, j'ai conscience de mon poids ? que chaque minute de chaque jour qui passe, j'ai conscience du regard des autres sur moi ? et que je n'ai aucun moyen de le contrôler ? soyons clairs : j'aime mon corps. mais je ne suis pas idiot au point de m'imaginer que tout le monde l'aime aussi. ce qui me chagrine le plus – ce qui me *dérange* le plus – c'est l'idée que les gens ne voient que ça. depuis que je suis gamin ou presque, j'ai droit aux mêmes refrains. *hey, tiny, pourquoi tu ferais pas du rugby ? hey, tiny, combien de hamburgers t'as mangés aujourd'hui ? hey, tiny, tu ne perds jamais ta bite, là-dessous ? hey, tiny, tu vas jouer au basket, que ça te plaise ou non. évite juste de nous mater dans les vestiaires !* tu trouves ça facile à vivre, toi ?

je m'apprête à répondre, mais il m'interrompt d'un geste.

tiny : tu sais quoi ? je suis totalement en paix avec mon physique. et j'étais gay bien avant de savoir ce qu'était le sexe. c'est ce que je suis, et c'est génial. je n'ai envie d'être ni mince, ni beau au sens classique du terme, ni hétéro ou brillant en classe. non, ce que je voudrais vraiment – et qui ne m'arrive jamais – c'est qu'on m'*apprécie*. tu sais ce que c'est, de faire des efforts en permanence pour s'assurer que tout le monde est heureux et de voir que personne n'en est conscient ? je me démène comme un dingue pour brancher l'autre will grayson avec jane – pas un remerciement, que des reproches. j'écris une comédie musicale qui parle d'amour et dont le personnage principal – excepté moi, bien sûr – est un certain phil wrayson qui cherche à comprendre certains trucs à propos de sa vie, mais qui dans l'ensemble est quand même un type super. tu crois que will y serait sensible ? non. il me tape un scandale. je fais tout ce que je peux pour être un petit ami idéal avec toi – zéro remerciement, que des reproches. j'essaie de monter cette comédie musicale pour créer quelque chose, pour montrer qu'on a tous quelque chose à chanter – zéro remerciement, que des reproches. ce spectacle est un cadeau, will. mon cadeau au reste du monde. il ne s'agit pas de moi, mais de ce que j'ai à partager. il y a une différence – je le vois bien. mais j'ai peur d'être le seul à le voir. tu crois que je mène une vie facile, will ? ça te dirait d'essayer mes fringues taille XXXXL ? parce que tous les matins, quand je me lève, je dois me convaincre que oui, d'ici la fin de la journée, j'aurai accompli quelque chose de bien. c'est tout ce que je demande. pas pour moi, espèce de sale petit geignard – même si je t'aime beaucoup – mais pour mes amis. pour les autres.

moi : mais… pourquoi moi ?

tiny : tu as un cœur, will. tu le laisses même entrevoir de temps en temps. je le vois bien. et je sais aussi que tu as besoin de moi.

je secoue la tête.

moi : tu ne comprends pas ? je n'ai besoin de personne.

tiny : ça veut juste dire que tu as encore plus besoin de moi.

pour moi, tout est clair.

moi : tu n'es pas amoureux de moi. tu es amoureux de ma dépendance.

tiny : qui parle d'être amoureux de quoi que ce soit ? j'ai juste dit que je t'aimais « beaucoup ».

il marque une pause.

tiny : c'est toujours pareil. il faut toujours qu'il y ait une merde, à un moment ou à un autre.

moi : désolé.

tiny : ils disent toujours « désolé », aussi.

moi : je ne suis pas la bonne personne, tiny.

tiny : tu pourrais l'être. c'est juste que tu refuses de faire cet effort.

au fond, je n'ai même pas besoin de rompre avec lui, vu qu'il a déjà préparé toute la scène dans sa tête. je devrais me sentir soulagé de n'avoir rien à dire. mais au contraire, c'est pire.

moi : ce n'est pas ta faute. c'est juste que je ne ressens rien.

tiny : vraiment ? et là, tout de suite, tu n'éprouves rien ? rien du tout ?

je voudrais lui dire : personne ne m'a jamais appris à gérer les choses de cette façon. est-ce que le lâcher-prise ne devrait pas être un truc sans douleur quand on n'a jamais appris à s'accrocher ?

tiny : je vais y aller.

et moi, je vais rester. rester là, sur cette balançoire, pendant qu'il s'éloigne. rester là sans rien dire pendant qu'il remonte en voiture. rester là sans bouger pendant que le moteur démarre et qu'il repart. je vais rester dans mon tort, parce que j'ignore comment franchir la forêt de ronces tout seul pour atteindre ce que je suis censé atteindre. je vais rester égal à moi-même et ne plus bouger jusqu'à ma mort.

plusieurs minutes s'écoulent avant que j'admette que oui, même si je ne ressens rien, c'est un mensonge. je voudrais pouvoir dire que j'éprouve du remords, des regrets, de la culpabilité. mais aucun de ces mots ne semble à la hauteur. ce que je ressens, c'est de la honte. une honte à vif, méprisable. je ne veux pas être la personne que je suis. je ne veux pas être la personne qui vient de faire ce que *j'ai* fait.

il ne s'agit même pas de tiny, à vrai dire.

je suis un être horrible.

sans cœur.

j'ai peur que tout ça soit vrai.

je rentre chez moi en courant. les larmes commencent à couler – je n'y pense même pas, mais mon corps est en train de craquer. ma main tremble tellement que je lâche ma clé avant de pouvoir l'introduire dans la serrure. la maison est vide. je me sens vide. j'essaie de manger. je me réfugie dans mon lit. rien ne marche. j'éprouve des sentiments. je ressens absolument tout et j'ai besoin de savoir que je ne suis pas seul. alors je sors mon téléphone. je ne réfléchis même pas. j'appuie sur des touches et j'entends sonner et dès que ça décroche, je hurle :

moi : JE T'AIME TRÈS FORT, TU M'ENTENDS ? JE T'AIME !

je crie ces mots dans le combiné d'un ton rageur et effrayant et pathétique et désespéré. à l'autre bout du fil, ma mère me demande ce qui ne va pas, où je suis, qu'est-ce qui se passe, et je lui explique que je suis à la maison et que c'est la cata et elle me répond qu'elle sera là dans dix minutes, est-ce que je tiendrai le coup encore dix minutes ? et j'ai envie de lui répondre que ça va, parce que c'est ce qu'elle a envie d'entendre, mais je réalise qu'elle a peut-être surtout envie d'entendre la vérité, alors je lui dis que j'éprouve des sentiments, pour de vrai, et elle me rétorque mais oui, bien sûr que tu éprouves des sentiments, tu en as toujours eu, et c'est même ce qui me rend la vie si difficile.

rien que d'entendre le son de sa voix, je me sens un peu mieux et je réalise que j'apprécie ce qu'elle me dit, j'apprécie ce qu'elle fait pour moi et qu'il faut absolument que je lui dise. sauf que je ne le dis pas tout de suite, vu que ça ne ferait que l'inquiéter davantage, mais seulement lorsqu'elle rentre à la maison, et elle me répond qu'elle sait tout ça.

je lui parle un peu de tiny. elle me dit qu'à son avis, on s'est mis trop de pression et que personne n'est obligé de tomber amoureux tout de suite, ni même de tomber amoureux tout court. j'ai envie de lui demander comment c'était pour elle, avec mon père, et à quel moment leur histoire a basculé dans la haine et la rancœur. mais peut-être n'ai-je pas vraiment envie de savoir, au fond. pas maintenant.

ma mère : la dépendance n'est jamais une bonne base pour construire une relation. pour que ça marche, il faut autre chose.

ça me fait du bien de lui parler. mais ça me fait tout drôle, aussi. parce que c'est ma mère et que je n'ai pas envie de devenir comme tous ces gens qui voient leur mère comme leur meilleure copine. le temps que je retrouve mon calme, les cours sont terminés depuis bien longtemps et je me dis que je devrais peut-être aller sur le net voir si gideon est rentré du bahut. puis je réalise que je peux tout aussi bien lui envoyer un sms. puis je réalise que je peux tout aussi bien l'appeler et lui proposer qu'on se voie. parce que c'est mon ami, et que c'est normal de se comporter comme ça avec ses amis.

je l'appelle, et il est là. j'ai besoin de lui, et il est là. je me rends chez lui, je lui raconte tout, et il est là. rien à voir avec maura, qui voyait toujours les choses sous l'angle le plus glauque et le plus négatif possible. rien à voir non plus avec tiny, parce qu'avec lui, je ressentais cette pression incroyable pour être le petit ami idéal, même si j'ignore ce que ça signifie. non, gideon est prêt à m'accepter avec mes bons et mes mauvais côtés. en d'autres termes : avec ma vérité.

à la fin de notre conversation, il me demande si j'ai l'intention d'appeler tiny. je lui réponds que j'en sais rien.

je finis par me décider, mais beaucoup plus tard. je suis sur msn et je vérifie s'il est là.

je ne crois pas pouvoir sauver notre relation, mais je tiens au moins à lui dire qu'il se trompait juste sur moi-même, et non sur lui. il a raison : quelqu'un devrait essayer d'accomplir de bonnes choses, dans ce monde.

alors j'essaie.

20 h 15
willupleasebequiet : bluejeanbaby ?
willupleasebequiet : tiny ?

20 h 18
willupleasebequiet : t'es là ?

21 h 33
willupleasebequiet : t'es là ?

22 h 10
willupleasebequiet : s'il te plaît ?

23 h 45
willupleasebequiet : t'es là ?

1 h 03
willupleasebequiet : t'es là ?
willupleasebequiet : t'es là ?
willupleasebequiet : t'es là ?
willupleasebequiet : t'es là ?
willupleasebequiet : t'es là ?

. 17

Trois jours avant la première, Tiny et moi échangeons à nouveau quelques phrases en attendant le début du cours de maths, mais nos mots sont vides de sens. Il s'assoit à côté de moi et me dit : « Salut, Grayson », je lui réponds : « Salut », il me demande : « Quoi de neuf ? », je lui dis : « Pas grand-chose, et toi ? », il me répond : « Pas grand-chose. Ce spectacle me tue, vieux », je lui fais : « Tu m'étonnes », il me demande : « Tu sors avec Jane, hmm ? », je lui fais : « Ben ouais », il me dit : « C'est génial », je lui dis : « Oui. Comment va l'autre Will Grayson ? », il me répond : « Ça va » et voilà, fin de l'échange. Honnêtement, le fait de lui parler est pire que de ne pas lui parler du tout. Ça me donne l'impression de me noyer dans de l'eau tiédasse.

À la fin du cours, Jane m'attend près de mon casier, les mains derrière le dos et quand je m'avance vers elle, il se passe un petit flottement bizarre mais pas déplaisant, genre est-ce-qu'on-doit-s'embrasser-ou-pas, ou du moins est-ce le sentiment qui domine un instant jusqu'à ce qu'elle me sorte :

– Ça craint pour Tiny, hein ?

– Quoi donc ?

– Lui et l'autre Will Grayson. Kaputt.

Je la regarde, stupéfait.

– Mais non, il vient de me dire que tout allait bien. Je lui ai posé la question en maths.

– C'est arrivé hier, d'après Gary, Nick et les vingt-trois autres personnes qui m'en ont parlé. Sur une balançoire, apparemment. Oh, résonance métaphorique !

– Pourquoi est-ce qu'il ne m'a rien dit ?

J'ai la voix qui tremble un peu en disant cela. Jane me prend la main, s'approche de mon oreille pour me chuchoter : « Hé, toi » et je la regarde en m'efforçant de faire comme si de rien n'était.

– Hé, toi, répète-t-elle.

– Hé, toi.

– Tâchez de repasser en mode normal tous les deux, OK ? Parle-lui, Will. Je ne sais pas si tu as remarqué, mais tout glisse plus facilement quand on parle aux gens.

– Tu veux passer chez moi après les cours ?

– Absolument.

Elle me sourit et s'éloigne. Au bout de quelques pas, elle se retourne.

– Va. Parler. À. Tiny.

Je reste planté devant mon casier. Même après la sonnerie. Je sais pourquoi il ne m'a rien dit : ce n'est pas parce que pour la toute première fois de notre vivant, il est célibataire et pas moi, et que ça lui fait bizarre. Il m'a dit que ça allait bien avec l'autre Will Grayson parce que je ne vaux plus rien pour lui.

Tiny peut ignorer les autres quand il est amoureux. Mais quand Tiny Cooper vous ment sur ses problèmes de cœur, c'est que le compteur Geiger a déclenché l'abaissement du marteau. La radiation a été propulsée dans l'air. Votre amitié est morte.

Après les cours, Jane est chez moi et nous faisons une partie de Scrabble. J'écris *obscurité*, un mot génial non seulement pour moi mais aussi pour elle, puisqu'il lui ouvre une case mot compte triple. « Oh, merci ! Tu sais que je t'aime, toi ? » s'exclame-t-elle, et ce ne doit pas être très loin de la vérité car si elle l'avait dit il y a encore une semaine, je n'aurais sans doute pas fait attention alors qu'aujourd'hui, sa phrase déclenche un petit silence gêné entre nous jusqu'à ce que Jane crève l'abcès en disant :

– Oups, pas du tout le truc bizarre à dire quand on commence une relation avec quelqu'un ! Ambiance ! (Un autre silence.) Tiens, puisque c'est la minute des gaffes, est-ce qu'on est dans une relation, toi et moi ?

Mon estomac fait un double 8 et je lui réponds :

– Est-ce qu'on pourrait ne pas avoir une non-relation ?

Elle me sourit et place le mot *déconfit*, qui lui rapporte trente-six points. C'est incroyable – tout est incroyable. Ses épaules sont incroyables. Son amour obsessionnel et au second degré pour les feuilletons télé des années 1980 est incroyable. Sa façon de rire à gorge déployée à mes blagues est incroyable – ce qui ne contribue qu'à rendre encore plus incroyable le fait qu'elle ne remplisse nullement l'espace laissé vacant par l'absence de Tiny.

Pour être parfaitement honnête, j'avais déjà ressenti ça l'an dernier, lorsqu'il était devenu président de l'AGH et que j'avais rejoint le Groupe d'Amis. C'était sans doute la raison pour laquelle j'avais écrit cette lettre au rédacteur en chef et que je l'avais signée. Non pour montrer à tout le lycée que j'en étais l'auteur, mais juste pour le montrer à Tiny.

Le lendemain, ma mère me conduit au lycée de bonne heure. Je vais glisser un petit mot dans le casier de Jane – c'est devenu une habitude –, juste quelques vers dénichés dans l'énorme anthologie de poèmes qu'on étudiait en seconde. Je lui ai dit que je ne serais pas du genre à lui lire de la poésie, et c'est vrai. Je dois plutôt être le genre de crétin romantique à lui glisser des extraits de poèmes le matin dans son casier.

Ma sélection du jour : « *Je te vois mieux dans le noir/ Nul besoin de lumière* » – Emily Dickinson

Là-dessus, je m'installe à ma place en classe de maths avec vingt minutes d'avance. J'essaie de réviser un peu pour le cours de chimie mais au bout de vingt secondes, je sors mon téléphone pour consulter mes e-mails. Rien. Je regarde fixement sa chaise vide, cette chaise qu'il remplit avec une complétude inimaginable pour le reste d'entre nous.

Je décide de lui envoyer un message et pianote sur mon clavier minuscule. Je ne fais que tuer le temps, à vrai dire. J'utilise exprès des mots longs, histoire que la rédaction du message dure un peu plus longtemps.

ce n'est pas que je ressens l'envie urgente qu'on soit amis, mais j'aimerais qu'on puisse être l'un ou l'autre. même si, rationnellement parlant, je sais que ton départ hors de mon existence est une bénédiction, que la plupart du temps tu n'es qu'un boulet de 150 kg accroché à mes basques et que tu ne m'as clairement jamais apprécié. j'ai toujours eu tendance à me plaindre de la place énorme que tu prenais, mais maintenant, ça me manque. typique de la mentalité masculine, me dirais-tu: ils ne savent pas ce qu'ils perdent jusqu'au moment où ils l'ont perdu. et peut-être que tu as raison, tiny. je suis désolé pour will grayson – les deux.

La sonnerie retentit, enfin. J'enregistre mon message comme brouillon.

Tiny vient s'asseoir à côté de moi. Il me fait: « Salut, Grayson » et je lui fais: « Salut, comment ça va ? », il me fait:« Ça va, répétition en costumes, aujourd'hui » et je lui fais: « Génial » et il me fait: « Et toi, quoi de neuf ? » et je lui fais: « J'ai une disserte horrible en anglais ! » et il me fait: « Ouais, ma moyenne est en chute libre » et je lui fais: « Ouais » et sur ce, la deuxième sonnerie retentit et notre attention est monopolisée par Mr. Jiminez.

Quatre heures plus tard: je sors avec les autres en file indienne de la salle de physique quand je vois Tiny passer derrière la vitre. Il s'arrête, opère une rotation théâtrale en direction de la porte, et reste là à m'attendre.

– On a rompu, m'annonce-t-il de but en blanc.

– Il paraît, oui. Merci de m'en informer en dernier après tout le monde.

– Ouais, ouais. (Autour de nous, les gens s'écartent comme si nous étions un caillot sanguin obstruant l'artère du couloir.) Les répètes vont se finir assez tard – il faut qu'on refasse un filage après l'essai en costumes – mais ça te dirait d'aller manger un morceau en fin de soirée ? Au Hot Dog Palace ou autre ?

Je réfléchis à sa proposition tout en repensant à mon brouillon sauvegardé. À l'autre Will Grayson. À Tiny balançant ses quatre vérités sur scène dans mon dos. Et je finis par lui répondre :

– Non merci. Tu vois, j'en ai marre d'être ta roue de secours.

Ça ne lui fait ni chaud ni froid, évidemment.

– OK. On se verra au spectacle.

– Je ne sais pas encore si je pourrai venir, mais j'essaierai d'être là.

Bizarrement, j'ai du mal à déchiffrer l'expression de son visage mais il me semble quand même saisir un truc au vol. J'ignore au juste pourquoi j'avais envie de le vexer, mais c'est réussi.

J'attends Jane devant son casier lorsqu'elle surgit derrière moi.

– Je peux te parler une minute ?

On s'isole dans une salle d'espagnol déserte. Elle retourne une chaise pour s'asseoir, le dossier pressé devant elle comme un bouclier. Elle porte un simple tee-shirt sous son caban, qu'elle est d'ailleurs en train d'enlever, et je la trouve *terriblement* jolie au point de lui demander si on ne pourrait pas plutôt aller discuter chez moi.

– Il y a trop de distractions quand on est chez toi. (Elle me regarde d'un air espiègle, mais je vois bien qu'elle se force.) Écoute, tu as dit hier que nous n'étions pas dans une non-relation, alors je ne veux pas faire un psychodrame, après tout ça fait une semaine qu'on sort ensemble, mais je n'ai pas envie de ne pas être dans une non-relation : je veux être ta copine officiellement, ou pas du tout. Et il me semble que tu es désormais en mesure de prendre une décision temporaire sur ce point car moi, je sais que je le suis.

Elle regarde par terre quelques secondes. Je note que la raie de ses cheveux forme un zigzag sur le sommet de sa tête, et je m'apprête à lui répondre lorsqu'elle reprend aussitôt :

– Tu sais, je ne me sentirais pas *dévastée* ni quoi que ce soit. Ce n'est pas mon style. Je crois juste que lorsqu'on ne *dit* pas la vérité à quelqu'un, cette vérité finit par s'éteindre d'elle-même et je...

Je lève un doigt pour l'interrompre parce que j'ai besoin de laisser résonner ce qu'elle vient de me dire et qu'elle parle trop vite pour que je puisse la suivre. Je garde le doigt en l'air, tout en me répétant mentalement : *Si on ne dit pas honnêtement les choses, cette vérité finit par s'éteindre d'elle-même.*

Je la prends par les épaules.

– Je viens de réaliser un truc. Je t'aime vraiment, vraiment beaucoup. Tu es incroyable et je veux être ton petit ami, à cause de ce que tu viens de dire, et aussi à cause de ce tee-shirt qui me donne juste envie de t'emmener chez moi, là maintenant tout de suite, et de me livrer à des actes indescriptibles sur ta personne devant des vidéos de *Sailor Moon*. Mais tu as tout à fait raison quand tu parles de dire la vérité à quelqu'un. Je crois que si on garde la boîte fermée trop longtemps, on finit par tuer le chat. Et... mon Dieu, ne le prends pas mal mais j'aime mon meilleur ami plus que tout au monde!

Elle me dévisage d'un air ahuri.

– Eh oui! dis-je. C'est vrai. Je l'aime, ce petit enfoiré.

– Hum, OK... bredouille Jane. Tu es en train de me demander d'être ta meuf ou tu es en train de m'annoncer que tu es gay?

– Réponse n° 1 un. Que tu sois ma meuf. Il faut que j'aille parler à Tiny.

Je me lève, l'embrasse sur sa raie en zigzag et me précipite hors de la salle.

Tout en traversant le terrain de foot au pas de course, j'appelle Tiny en rappuyant sans arrêt sur le bouton du numéro préféré. Il ne décroche pas, mais je crois savoir où il se trouve. Alors j'y vais.

Quand j'aperçois enfin le parc sur ma gauche, je ralentis en mode marche rapide, le souffle pantelant, les épaules broyées par les lanières de mon sac à dos. Tout dépend de sa présence sur le banc – présence franchement improbable, trois jours avant la première de son spectacle, et je commence à me sentir un peu idiot. Si son téléphone est éteint, c'est sans doute parce qu'il est en répète, et voilà que j'accours *ici* au lieu de foncer à l'auditorium, ce qui signifie qu'il ne me reste plus qu'à faire demi-tour en courant sachant que mes poumons ne sont pas équipés pour un usage aussi intensif.

Je ralentis encore d'un cran en atteignant la pelouse du parc. D'abord parce que je suis à bout de souffle, mais aussi parce que tant que je ne verrai pas le banc, Tiny s'y trouvera et ne s'y trouvera pas. Je regarde un couple traverser l'étendue de verdure en songeant que de là où ils trouvent, ils peuvent voir le banc, et j'essaie de lire dans leurs yeux s'ils ont la vision d'un gros adolescent assis sur le banc de touche du terrain de base-ball. Mais leurs yeux ne me disent rien et je les regarde s'éloigner, main dans la main.

Enfin, le banc entre dans mon champ de vision. Et oui, il est là, assis pile au milieu.

Je m'avance vers lui.

– Et ta répète en costume ?

Il ne dit rien jusqu'à ce que je me sois assis à côté de lui, sur le banc en bois glacé.

– Ils avaient besoin de faire un filage sans moi. Sinon, il y avait risque de mutinerie. On fera la répète en costumes plus tard dans la soirée.

– Alors, qu'est-ce qui t'amène sur ce banc ?

– Tu te souviens, après mon coming out, tu me disais toujours que j'aimais les White Sox parce qu'ils ont des petits pantalons moulants et rayés ?

– Ouais, dis-je. C'est homophobe, tu crois ?

– Nan. Enfin, si, peut-être, mais je m'en foutais. Enfin bref, je tiens à m'excuser.

– Pour quoi ?

Apparemment, j'ai prononcé les mots magiques car Tiny prend une grande inspiration avant de me répondre, comme si – trop dingue – la liste de ses excuses était longue.

– Pour ne pas t'avoir dit en face ce que j'ai dit à Gary. Je ne m'excuse pas pour ce que j'ai dit, parce que c'est la vérité. Toi et tes règles d'or à la con. Et oui, tu as tendance à te comporter comme un petit chien-chien parfois, à jouer les pleurnichards à force d'expliquer que tu n'es pas un pleurnichard, et je sais que je suis dur à supporter mais tu l'es, toi aussi, et sache que tu agaces tout le monde à jouer constamment les martyrs et que tu es un vrai égocentrique, aussi.

– C'est le camembert qui dit au roquefort: « Tu pues », dis-je en tâchant de ne pas m'énerver.

Tiny a le chic pour toujours me dégoûter de l'aimer autant. C'est peut-être pour ça qu'il se fait larguer sans arrêt.

– Ah ! C'est vrai, dit-il. Je ne plaide pas innocent. Je dis juste que tu es coupable, toi aussi.

Le couple sort de mon champ de vision. Alors, enfin, je réussis à maîtriser ce tremblement dans ma voix, celui que Tiny interprète comme un signe de faiblesse. Je me lève, histoire de l'obliger à lever les yeux vers moi, et je le regarde de haut, pour une fois.

– Je t'aime, tu sais.

Il incline son adorable grosse tête, comme un chiot perplexe.

– Tu es le pire meilleur ami qui puisse exister, dis-je. Le pire ! Tu me laisses tomber chaque fois que tu as un nouveau mec avant de revenir en rampant dès que tu as le cœur brisé. Tu ne m'écoutes jamais. Tu ne me donnes même pas l'impression de *m'apprécier* plus que ça. Tu es obsédé par ton spectacle, tu m'ignores superbement sauf pour m'insulter dans mon dos, et tu exploites la vie des gens que tu prétends aimer pour que les gens t'aiment et te trouvent génial grâce à ton spectacle, qu'ils s'extasient de voir à quel point tu es libéré et fabuleusement gay, mais tu sais quoi ? Être gay n'est pas une excuse pour se comporter comme un porc.

« Mais ton numéro est enregistré en VIP sur mon portable et je ne veux pas que tu t'en ailles et je m'excuse d'être un meilleur ami aussi merdique, moi aussi, et je t'aime beaucoup.

Il garde la tête penchée sur le côté.

– Grayson, tu ne serais pas en train de me faire ton coming out, dis ? Parce que surtout, ne le prends pas mal, mais je préfère devenir hétéro que de rester gay avec toi.

– NON. Non non ! Je n'ai pas envie de te *sauter*. Je t'aime *d'amour*, voilà tout. Depuis quand est-ce que tout se résume à qui on a envie de sauter ? Depuis quand n'a-t-on le droit d'aimer que la personne qu'on a envie de sauter ? C'est ridicule, Tiny ! Je veux dire, merde ! On s'en fout du sexe, non ? ! Les gens se comportent comme si c'était l'activité la plus importante de la vie... mais c'est des conneries. Comment nos intelligences humaines pourraient-elles tourner uniquement autour d'un truc que même les *limaces* font entre elles ? Bien sûr, savoir qui on a envie de sauter et parvenir ou non à ses fins, c'est important, sans doute. Mais ce n'est pas *l'essentiel*. Tu sais ce qui compte vraiment ? Savoir pour qui on serait prêt à donner sa vie. Pour *qui* se réveillerait-on à 5 h 45 du mat sans se poser de questions ? De *qui* serait-on prêt à essuyer la morve quand il gît ivre mort par terre ?

Je crie, je gesticule, et c'est seulement arrivé au bout de ma tirade que je vois que Tiny est en train de pleurer. Alors, tout bas, de la voix la plus basse que je l'aie jamais entendu employer, il murmure :

– Si tu pouvais écrire une comédie musicale sur une seule personne…

Mais sa voix se brise.

Je me rassois à côté de lui et passe mon bras autour de ses épaules.

– Est-ce que ça va ?

Dieu sait comment, Tiny Cooper parvient à se contorsionner de manière à poser son énorme tête sur mon épaule pour sangloter. Au bout d'un moment, il déclare :

– J'ai eu une longue semaine. Un long mois. Une longue vie.

Puis il se ressaisit et s'essuie les yeux avec le col du polo qu'il porte sous son sweat rayé.

– Quand on sort avec quelqu'un, il y a une série d'étapes précises qu'on franchit au fur et à mesure : Le Premier Baiser, La Déclaration, La Scène De La Balançoire et enfin, La Rupture. On pourrait même en faire un graphique. Et tout du long, on se livre à des négociations tacites avec l'autre : puis-je passer à l'étape suivante ? Si je te dis ça, me donneras-tu la réponse que j'attends ?

« Mais en amitié, rien de tout ça. Sortir avec quelqu'un, c'est un truc qu'on choisit. Être ami avec quelqu'un, c'est juste un truc qu'on est.

Je garde les yeux longuement rivés sur le terrain de base-ball désert pendant que Tiny renifle.

– Oui, je te choisirais, dis-je enfin. Et merde, *je te choisis*. Je veux que tu viennes chez moi dans vingt ans avec l'homme de ta vie et vos gamins adoptés et que nos enfants grandissent ensemble et qu'on boive du vin en débattant de la situation au Moyen-Orient ou de ce qu'on fera quand on sera vieux. On est amis depuis trop longtemps pour se choisir, mais s'il fallait le faire, alors oui, je le ferais.

– Ouh là ! Tu commences à devenir sentimental, Grayson. C'est un peu flippant.

– OK.

– Pour commencer, ne me dis plus jamais que tu m'aimes.

– Mais c'est la vérité. Et je n'ai pas honte de le dire !

– Sérieusement, Grayson, arrête ça ! Je te jure, j'ai un peu la gerbe, là.

J'éclate de rire.

– Je peux t'aider pour ton spectacle ?

Il sort de sa poche une page de cahier soigneusement pliée en quatre, et me la tend.

– J'ai bien cru que tu ne me le demanderais jamais, dit-il avec un petit rictus.

Will (et, dans une moindre mesure, Jane)

Merci de me proposer vos services pour la première de Dans tes bras. *Je vous serais très reconnaissant si vous pouviez tous les deux être présents dans les coulisses le soir de la première afin de faciliter les changements de costumes et d'apaiser le stress des comédiens. (OK : le mien surtout.) En plus, vous aurez une vue imprenable sur la scène.*

J'ajoute que le costume de Phil Wrayson est déjà parfait

tel qu'il est, mais qu'il le serait encore plus avec un ou deux éléments empruntés à la garde-robe du vrai Will Grayson.

Enfin, je voulais concocter une play-list spéciale à diffuser dans la salle avant le lever de rideau : des morceaux punk pour les numéros impairs et des extraits de comédie musicale pour les numéros pairs. Mais hélas, je n'aurai pas le temps. Si vous pouviez vous en charger, ce serait top.

Vous formez un couple adorable, tous les deux. Je suis très heureux de vous avoir branchés ensemble, et sachez que je ne vous en veux pas du tout d'avoir oublié de me remercier pour mon rôle indispensable dans l'éclosion de votre amour.

Je reste votre fidèle serviteur…

Et dévoué conseiller du cœur…

Navigateur infatigable – et fraîchement célibataire – sur un océan de douleur afin d'apporter un peu de lumière dans les ténèbres de notre existence.

…

Tiny Cooper

Je m'esclaffe à mesure que je lis son message et Tiny rigole, lui aussi, hochant la tête et savourant son propre génie.

– Je suis désolé pour l'autre Will Grayson, dis-je.

Son sourire s'estompe aussitôt. Sa réponse semble davantage adressée à mon homonyme qu'à moi-même.

– Je n'ai connu personne d'autre comme lui.

J'avoue douter un peu de la sincérité de ces paroles, mais il soupire à travers ses lèvres closes, son regard triste perdu dans le lointain, et là, je le crois.

– Bon, dis-je. Je devrais peut-être m'y mettre, non ? Merci pour l'invitation backstage.

Tiny se lève et se met à opiner du chef comme il le fait parfois – et ça, je le sais – lorsqu'il a besoin de se convaincre lui-même.

– Ouais, dit-il. Il est temps que je retourne harceler mon équipe avec mes instructions tyranniques.

– On se voit demain, dis-je.

– Et tous les autres jours aussi, répond-il en m'assenant une claque juste un peu trop forte entre les omoplates.

. 18

je commence à retenir mon souffle. pas comme on le fait en passant devant un cimetière ou ce genre de choses. non, j'essaie de voir combien de temps je peux tenir avant de tomber dans les pommes ou de claquer. c'est très pratique, comme passe-temps. ça peut se pratiquer n'importe où : en cours. à la cafète. aux toilettes. dans l'inconfort de ma propre chambre.

le seul problème, c'est qu'il arrive toujours un moment où je reprends mon souffle. je n'arrive pas à me pousser assez loin.

je n'essaie plus de rentrer en contact avec tiny. je lui ai fait du mal, il me déteste – point final. maintenant qu'il ne m'envoie plus de sms, je réalise que personne d'autre ne le fait. personne ne m'écrit. tout le monde s'en fout.

depuis qu'il ne s'intéresse plus à moi, je réalise que personne d'autre ne s'intéresse vraiment à moi non plus.

ok, bien sûr, il y a gideon. il n'est pas trop du genre à échanger des sms ou à passer des heures sur msn mais au lycée, il me demande toujours comment je vais. et j'interromps toujours mes séances d'apnée volontaire pour lui répondre. parfois, même, je lui dis la vérité.

moi : sérieusement, ça va être comme ça, le reste de ma vie ? je n'aurais jamais signé si j'avais su.

je sais que j'ai l'air d'un ado tourmenté à deux balles – oh, les aiguilles ! dans mon cœur ! dans mes yeux ! – mais le schéma de mon existence semble tout tracé d'avance. je ne progresserai jamais pour devenir quelqu'un de bien. je serai toujours le même pou merdique.

gideon : respire.

et je me demande comment il a deviné.

la seule fois où je fais semblant d'être en totale maîtrise de moi-même, c'est quand maura est dans les parages. je ne veux pas qu'elle me voie en train de me briser en mille morceaux. pire scénario n° 1 : elle piétinerait chacun des morceaux. pire scénario n° 2 encore pire que le n° 1 : elle essaierait de les recoller. je réalise soudain que j'en suis là où elle en était avec moi : de l'autre côté du silence. on croit que le silence est un truc apaisant. en réalité, c'est rempli de souffrances.

à la maison, ma mère me surveille de près. ce qui me fait culpabiliser encore plus car maintenant, je l'embarque dans mes problèmes.

ce fameux soir – le soir où j'ai tout foutu en l'air avec

tiny – elle a planqué le vase qu'il lui avait offert. pendant que je dormais. elle l'a juste rangé quelque part. et comme un imbécile, à mon réveil, mon premier réflexe a été de me dire qu'elle avait peur que je le casse. avant de comprendre qu'elle avait fait ça pour me protéger, pour ne pas m'imposer la vision de ce vase.

au bahut, je demande à gideon :

moi : pourquoi dit-on dépression ? pourquoi pas plutôt sous-pression ?

gideon : je porterai plainte contre le dictionnaire à la première heure demain matin. on s'attaquera d'abord au *larousse*, puis au *petit robert*.

moi : ce que tu peux être bête.

gideon : seulement les bons jours.

je ne lui dis pas que je culpabilise de passer du temps avec lui, car au fond… et si la menace que ressentait tiny s'avérait justifiée ? et si je l'avais trompé avec gideon sans le savoir ?

moi : c'est possible de tromper quelqu'un sans le savoir ?

je ne pose pas cette question à gideon. je la pose à ma mère.

elle a pris des gants avec moi. elle a fait attention de ne pas me brusquer, de jongler délicatement entre mes humeurs en faisant comme si tout allait bien. mais là, elle se fige net.

ma mère : pourquoi me poses-tu cette question ? as-tu trompé tiny ?

et merde. je n'aurais jamais dû aborder ce sujet-là avec elle.

moi : non. jamais. pourquoi est-ce que tu réagis au quart de tour ?
ma mère : pour rien.
moi : non, dis-moi. papa t'a trompée, c'est ça ?

elle secoue la tête.

moi : alors c'est toi qui l'as trompé ?

elle soupire.

ma mère : non. ce n'est pas ça. je… je ne veux pas que tu deviennes quelqu'un d'infidèle. que tu triches en amour. parfois, on a le droit de tricher pour certaines choses – mais jamais avec les gens. parce qu'une fois qu'on a commencé, c'est trop dur de faire machine arrière. de renoncer à cette facilité.
moi : euh… m'man ?
ma mère : c'est tout ce que j'ai à dire. pourquoi m'as-tu posé cette question ?
moi : pour rien. je me demandais juste, comme ça.

j'y ai beaucoup réfléchi, ces derniers temps. parfois, quand je dépasse une minute en apnée, en plus d'imaginer ma propre mort, je me demande aussi ce que tiny est en train de faire. il m'arrive même de m'imaginer l'autre will grayson. le plus souvent, ils sont ensemble sur scène. mais pas moyen de comprendre ce qu'ils chantent.

le plus étrange, c'est que je me remets à penser à isaac. et à maura. et à quel point c'est bizarre de se dire qu'un mensonge ait pu me rendre aussi heureux.

tiny ne répond à aucun de mes messages sur msn. alors, la veille de la première, je me décide à contacter will grayson. et il est là. je ne suis pas sûr qu'il comprendra tout. certes, on s'appelle pareil lui et moi, mais ça ne veut pas dire qu'on est reliés par un lien télépathique secret non plus. ce n'est pas comme s'il allait se tordre de douleur quand je me brûle ou je ne sais quoi. mais ce fameux soir, à chicago, j'ai eu le sentiment qu'il me comprenait, du moins en partie. et oui, j'avoue : j'ai aussi envie de prendre des nouvelles de tiny.

willupleasebequiet : hello.

willupleasebequiet : ici will grayson.

willupleasebequiet : l'autre.

WGrayson7 : ça alors. hello.

willupleasebequiet : ça te dérange pas que je t'écrive ?

WGrayson7 : bien sûr que non. qu'est-ce que tu fais debout à 1 h 33 min et 48 s ?

willupleasebequiet : j'attends de voir si ce sera mieux à 1 h 33 min et 49 s et toi ?

WGrayson7 : eh bien ! je viens d'assister via webcam interposée à une performance vocale nouvelle version faisant intervenir le fantôme d'oscar wilde en direct live depuis la chambre du metteur en scène/auteur/premier rôle, etc. etc. de la comédie musicale.

willupleasebequiet : c'était comment ?

willupleasebequiet : non !

willupleasebequiet : je veux dire, il va comment ?

WGrayson7 : honnête ?

willupleasebequiet : oui ?

WGrayson7 : je crois que je ne l'avais jamais vu aussi nerveux. et pas parce qu'il est le metteur en scène/auteur/premier rôle, etc., mais parce que c'est hyper important pour lui, tu vois ? il espère vraiment changer le monde.

willupleasebequiet : ça ne m'étonne pas.

WGrayson7 : désolé, il est tard. et je ne sais même pas si c'est une bonne idée de parler de lui avec toi.

willupleasebequiet : je viens de vérifier le règlement de la société internationale des will grayson, et il n'est rien précisé à ce sujet. nous naviguons à vue sur un océan inconnu.

WGrayson7 : exact. attention aux baleines tueuses.

willupleasebequiet : will ?

WGrayson7 : oui, will ?

willupleasebequiet : est-ce qu'il sait que je suis désolé ?

WGrayson7 : aucune idée. de par mon expérience récente, je dirais que le chagrin a tendance à écraser les excuses.

willupleasebequiet : je ne pouvais pas être la personne qu'il cherchait.

WGrayson7 : c'est-à-dire ?

willupleasebequiet : celui qu'il attend.

willupleasebequiet : j'aurais préféré que ça se termine pas du premier coup genre DÉSOLÉ : GAME OVER.

willupleasebequiet : parce que c'est toujours comme ça, en vérité.

willupleasebequiet : à la moindre embrouille entre deux personnes…

willupleasebequiet : DÉSOLÉ.

willupleasebequiet : GAME OVER.

willupleasebequiet : GAME OVER.

willupleasebequiet : euh… t'es toujours là ?

WGrayson7 : oui.

WGrayson7 : si tu m'avais dit ça il y a deux semaines, j'aurais été à fond d'accord avec toi.

WGrayson7 : mais aujourd'hui, je ne sais plus trop.

willupleasebequiet : pourquoi ?

WGrayson7 : eh bien, je suis d'accord qu'en amour, on a tendance à se dire GAME OVER dès le moindre petit problème, sans accorder à l'autre une seconde chance.

WGrayson7 : mais je crois qu'on a tort d'être aussi fataliste.

WGrayson7 : parce que, en réalité, ce n'est pas GAME OVER dès la fin de la première partie.

WGrayson7 : souvent, on devrait s'accorder une deuxième chance.

WGrayson7 : s'accrocher, recommencer.

WGrayson7 : il n'y a que comme ça qu'on peut espérer gagner à la fin.

willupleasebequiet : je vois.

willupleasebequiet : genre…

willupleasebequiet : erreur/mêmes joueurs : nouvel essai.

WGrayson7 : voilà, oui.

WGrayson7 : ou plutôt : erreur/mêmes joueurs : nouvel essai… erreur/mêmes joueurs : nouvel essai… erreur/mêmes joueurs : nouvel essai… erreur/mêmes joueurs : nouvel essai… quinze fois de suite… jusqu'à erreur/mêmes joueurs : nouvel essai… ok, *next level.*

willupleasebequiet : tiny me manque. mais sans doute pas comme il le voudrait.

WGrayson7 : tu viens demain soir ?

willupleasebequiet : je ne crois pas que ce serait une bonne idée. qu'est-ce que t'en dis ?

WGrayson7 : à toi de voir. tu risques d'avoir un nouveau message d'erreur. ou bien de passer au niveau suivant. mais si tu viens, tâche juste de m'appeler pour que je le prévienne, ok ?

ça me paraît logique. on s'échange nos numéros de téléphone et j'enregistre le sien avant de l'oublier. quand l'écran de mon portable me demande « nom », je tape : *will grayson.*

willupleasebequiet : quel est le secret de ta grande sagesse, will grayson ?

WGrayson7 : sans doute le fait d'être bien entouré, will grayson.

willupleasebequiet : merci de ton aide, en tout cas.

WGrayson7 : no problemo. je suis toujours dispo pour les ex de mon meilleur ami.

willupleasebequiet : c'est du sport, d'aimer tiny cooper.

WGrayson7 : tu m'étonnes.
willupleasebequiet : bonne nuit, will grayson.
WGrayson7 : bonne nuit, will grayson.

j'aimerais pouvoir dire que cet échange m'a apaisé. j'aimerais pouvoir dire que je m'endors comme une masse. mais toute la nuit, je cogite.

erreur : même joueurs, nouvel essai... ???
erreur : même joueurs, nouvel essai... ???
erreur : même joueurs, nouvel essai... ???

le lendemain matin, je suis une loque. je me réveille en me disant *ça y est, c'est le grand jour* avant de réaliser *mais non, ça ne me concerne pas.* ce n'est même pas comme si je l'avais aidé à préparer son spectacle. je n'y assisterai même pas. je sais que c'est normal, mais ce n'est pas une consolation. j'ai doublement l'impression d'avoir tout fait foirer.

au petit déj, ma mère remarque mon état d'auto-haine aggravée. sans doute à ma manière de noyer mes chocopops sous le lait jusqu'à ce que mon bol déborde.

ma mère : will, ça ne va pas ?
moi : pourquoi est-ce que ça irait ?
ma mère : will...
moi : si, ça va.
ma mère : je vois bien que c'est faux.
moi : comment tu peux dire ça ? c'est à moi d'en juger, non ?

elle s'assoit en face de moi et pose sa main sur la mienne, malgré la flaque de lait couleur chocopops dans laquelle baigne mon poignet.

ma mère : sais-tu combien je hurlais, autrefois ?

je ne vois pas du tout de quoi elle parle.

moi : tu ne hurles pas. tu t'enfermes dans le silence.

ma mère (secouant la tête) : quand tu étais bébé, parfois, mais surtout quand ton père et moi avions nos problèmes… il m'arrivait de sortir de la maison, de prendre la voiture, d'aller jusqu'au coin de la rue et de hurler à m'en briser les cordes vocales. je hurlais encore et encore et encore. parfois juste des bruits. parfois des jurons – toutes les pires insultes que tu puisses imaginer.

moi : hmm, la liste est longue. tu as déjà hurlé « bâton merdeux » ?

ma mère : non, mais…

moi : « baiseur de nains » ?

ma mère : will…

moi : tu devrais essayer « baiseur de nains ». c'est très satisfaisant.

ma mère : ce que je veux dire, c'est qu'à certains moments, il faut savoir évacuer certaines choses de soi. la colère. la douleur.

moi : tu n'as jamais pensé à consulter quelqu'un ? j'ai des cachets qui pourraient te dépanner, mais je crois que c'est sur ordonnance. ne t'inquiète pas : ça ne prend qu'une heure pour établir un diagnostic.

ma mère : will.

moi : désolé. c'est juste que… je n'ai ni colère ni douleur à évacuer. je suis juste furieux contre moi-même.

ma mère : ça n'en reste pas moins de la colère.

moi : mais ça ne devrait pas compter pareil, non ? pas comme d'être en colère contre quelqu'un d'autre.

ma mère : pourquoi ce matin ?

moi : comment ça ?

ma mère : pourquoi es-tu particulièrement en colère contre toi ce matin ?

je n'avais pas l'intention de crier ma rage sur tous les toits. disons qu'elle m'a un peu tendu un piège. et que je suis le premier à respecter ça. donc, je lui explique que c'est aujourd'hui qu'a lieu la première du spectacle de tiny.

ma mère : tu devrais y aller.

cette fois, à mon tour de secouer la tête.

moi : sûrement pas.

ma mère : oh que si. et, will ?

moi : hmm ?

ma mère : tu devrais aussi parler à maura.

j'avale mes chocopops en quatrième vitesse avant qu'elle ait le temps d'en remettre une couche. quand j'arrive au bahut, je passe devant maura et m'efforce de vivre cette journée comme une distraction pour penser à autre chose. j'essaie d'être attentif en cours, mais c'est d'un tel ennui ! à croire que les profs se sont tous donné le mot pour m'obliger à me replonger dans mes pensées. j'ai peur de ce que gideon va me dire si je me confie à lui. je fais donc comme si c'était une journée ordinaire et que je n'étais pas du tout occupé à dresser la liste de tout ce que j'ai foiré ces derniers temps. ai-je vraiment accordé une chance à tiny ? ai-je vraiment accordé une chance à maura ? n'aurais-je pas dû le laisser me calmer ? n'aurais-je pas dû la laisser m'expliquer pourquoi elle avait fait ça ?

bref. à la fin de la journée, le poids de toutes ces réflexions est bien trop lourd à porter et gideon est la seule personne vers laquelle j'ai envie de me tourner. au fond de moi, je ne peux m'empêcher d'espérer qu'il va me dire que tout va bien et que je n'ai aucune raison de culpabiliser. je vais le retrouver devant son casier.

moi : tu veux entendre un truc drôle ? ma mère m'a dit que je devrais aller au spectacle de tiny *et* parler à maura.

gideon : je suis d'accord avec elle.

moi : ta sœur s'est servie de toi comme pipe à crack, hier soir ? t'es malade ?

gideon : je n'ai pas de sœur.

moi : peu importe. tu vois très bien ce que je veux dire.

gideon : je t'accompagne.

moi : quoi ?

gideon : j'emprunterai la caisse de ma mère. tu sais où se trouve le lycée de tiny ?

moi : tu plaisantes.

et là, paf : c'est presque stupéfiant, à vrai dire, mais gideon se métamorphose un peu – rien qu'un peu – en moi.

gideon : tu peux laisser tomber les « tu plaisantes » et « tu veux rire » ? hein, tu veux bien ? je ne te dis pas que tiny et toi devriez rester ensemble jusqu'à la fin de vos jours et avoir plein d'enfants obèses et dépressifs, mais je trouve que votre rupture était complètement idiote et je serais prêt à papier vingt dollars – si je les avais, bien sûr – qu'il se sent aussi mal que toi. ou qu'il a un nouveau mec. qui, peut-être, s'appelle lui aussi will grayson. quoi qu'il en soit, tu continueras à pleurnicher et à faire chier le monde jusqu'à ce que quelqu'un te prenne par la peau des fesses pour t'emmener lui parler, et il se trouve qu'aujourd'hui, ou n'importe quel autre jour d'ailleurs, ce quelqu'un, c'est moi. Ton chevalier sans peur et sans reproche. je suis ton fidèle destrier, bordel.

moi : gideon, j'ignorais que…

gideon : ta gueule.

moi : redis-moi ça !

gideon (riant) : la ferme !

moi : mais pourquoi ?

gideon : pourquoi je te demande de la fermer ?

moi : non – pourquoi es-tu *mon fidèle destrier, bordel* ?

gideon : parce que tu es mon ami, imbécile. parce que sous cette couche de déni, tu es un être profondément gentil. et parce que depuis que tu m'en as parlé la première fois, je meurs d'envie de voir cette comédie musicale.

moi : ok, ok, ok.

gideon : et pour l'autre truc aussi ?

moi : quel autre truc ?

gideon : parler à maura.

moi : tu rigoles, j'espère.

gideon : pas du tout. tu as un quart d'heure, le temps que j'aille chercher la voiture.

moi : je ne veux pas faire ça.

il me fusille du regard.

gideon : t'as trois ans, ou quoi ?

moi : pourquoi devrais-je me forcer à faire un truc pareil ?

gideon : je suis sûr que tu peux répondre toi-même à cette question.

je lui dis qu'il est complètement à côté de ses pompes. il m'envoie promener d'un geste, me dit que je n'ai pas le choix et qu'il me klaxonnera quand il sera prêt.

le pire, c'est que je sais qu'il a raison. tout ce temps, j'ai cru que ma stratégie du silence fonctionnerait avec elle. non pas parce qu'elle me manquait – elle ne me manquait pas *du tout.* mais j'ai fini par comprendre que ça n'avait aucune importance. l'idée, c'est que je continue à trimballer le poids de ce qui nous est arrivé, autant qu'elle. or il faut que je m'en débarrasse. et même si ce n'est pas moi qui ai trahi l'autre en lui inventant un petit ami imaginaire, j'ai sans doute commis pas mal d'erreurs, moi aussi. jamais nous n'atteindrons le *next level,* elle et moi. mais il doit quand même y avoir un moyen de garder les mêmes joueurs sans planter la partie.

je sors et la trouve exactement là où je pensais, toujours au même endroit, le matin comme le soir. assise sur son petit bout de muret avec son carnet de poèmes, occupée à regarder tout le monde de haut – moi y compris, sans doute.

j'aurais dû préparer un petit speech. mais pour ça, il aurait fallu que je sache quoi lui dire. or je n'en ai pas la moindre idée. tout ce que je trouve à lui sortir, c'est :

moi : salut.

et elle me répond :

maura : salut.

elle me fixe, le regard vide. je baisse le nez vers mes chaussures.

maura : que me vaut cet honneur ?

c'est toujours comme ça qu'on s'est parlé, elle et moi. toujours. mais je n'ai plus l'énergie de jouer à ce petit jeu. je n'ai plus envie de communiquer comme ça avec mes amis. plus jamais.

moi : maura, arrête ça.

maura : arrêter ? tu rigoles ? tu ne me parles plus pendant un mois, et quand tu te décides à ouvrir la bouche, c'est pour me dire de m'arrêter ?

moi : ce n'est pas pour ça que je suis venu…

maura : alors pourquoi, au juste ?

moi : j'en sais rien, là. t'es contente ?

maura : tu te fous de moi ? bien sûr que tu sais pourquoi.

moi : écoute. je veux juste que tu saches que même si je continue à penser que ce que tu as fait était dégueulasse, je sais que j'ai été un peu dégueulasse avec toi aussi. pas dégueulasse de manière aussi machiavélique que toi, mais dégueulasse quand même. j'aurais dû être honnête avec toi et te dire que je n'avais pas envie de te parler, ni de sortir avec toi ni d'être ton super pote ou je ne sais quoi. j'ai essayé – je le jure. mais tu refusais de m'entendre, et je me suis servi de ça comme d'une excuse pour ne rien changer.

maura : ça ne te dérangeait pas quand j'étais isaac. quand on était sur msn tous les soirs.

moi : mais c'était un mensonge ! une invention totale !

cette fois, elle me regarde droit dans les yeux.

maura : c'est faux, will. tu sais que les vrais mensonges n'existent pas. qu'il y a toujours une part de vérité quand même.

j'ignore comment réagir à ça. je dis simplement la première chose qui me passe par la tête.

moi : ce n'était pas toi que j'aimais. c'était isaac. j'aimais *beaucoup* isaac.

son regard n'est plus vide. il exprime juste de la tristesse, à présent.

maura : … et isaac t'aimait beaucoup, lui aussi.

je voudrais pouvoir lui dire que j'ai juste envie d'être moi-même. et d'être avec quelqu'un qui est lui-même. point final. je veux voir au-delà des faux-semblants et des mensonges pour atteindre la vérité. et peut-être elle et moi n'atteindrons-nous jamais la vérité davantage qu'en cet instant précis où nous reconnaissons l'existence du mensonge et des sentiments qui se cachaient derrière.

moi : pardonne-moi, maura.
maura : toi aussi. pardonne-moi.

c'est pour ça que le mot « ex » se termine par un *x*, j'imagine – parce que les chemins qui se croisent finissent toujours par se séparer à la fin. ce serait trop facile de voir le *x* uniquement comme le symbole de la négation, du zéro. c'est faux. il est impossible de rayer quelque chose en le barrant d'un *x*. le *x* symbolise la croisée des chemins et leur séparation inévitable.

j'entends un coup de klaxon et je me retourne. gideon m'attend au volant de la voiture de sa mère.

moi : il faut que j'y aille.
maura : alors va.

je la laisse là. je monte dans la voiture et je raconte à

gideon tout ce qui vient de se passer. il me dit qu'il est fier de moi, et je me demande comment je suis censé le prendre.

moi : pourquoi ça ?

et il me répond :

gideon : parce que tu lui as dit que tu étais désolé. je n'étais pas sûr que tu en serais capable.

je lui rétorque que je n'en étais pas très sûr moi-même. mais au moment où je l'ai dit, c'était sincère. et je tenais à être honnête.

tout à coup, genre comme d'un coup de baguette magique, nous voilà en route. j'ignore si on arrivera à temps pour le spectacle de tiny. je ne sais même pas si c'est une bonne idée que j'y aille. je ne sais même pas si j'ai vraiment envie de le voir lui. j'ai juste envie de voir à quoi ressemble le spectacle.

gideon sifflote par-dessus la musique de son autoradio. en temps normal, ça m'horripile, mais pour une fois, ça ne me dérange pas.

moi : j'aimerais pouvoir lui dire la vérité.

gideon : à qui, tiny ?

moi : ouais. on n'est pas obligé de sortir avec quelqu'un pour le trouver génial, non ?

on continue à rouler. gideon se remet à siffloter. je m'imagine tiny en train de s'agiter backstage. puis soudain, gideon s'arrête de siffler et, sourire aux lèvres, donne un coup sur son volant.

gideon : nom d'un petit bonhomme, ça y est !

moi : je n'ai pas rêvé. tu viens de dire « nom d'un petit bonhomme » ?

gideon : avoue que tu adores secrètement cette expression.

moi : c'est vrai.

gideon : écoute, j'ai une idée.

il m'explique. et je n'arrive pas à croire que je voyage à côté d'un individu aussi tordu, pervers et brillantissime.

mais surtout, je n'arrive pas à croire que je m'apprête à faire ce qu'il vient de suggérer.

. 19

Jane et moi passons les dernières heures avant l'ouverture du spectacle à concocter une play-list parfaite comportant – comme l'exigeaient les instructions – des chansons punk en nombres impairs et des extraits de comédies musicales en nombres pairs. *Annus miribalis* figure sur notre liste ; nous incrustons même le morceau le plus punk du groupe le moins punk qui soit, à savoir Neutral Milk Hotel. Quant aux extraits de comédies musicales, nous optons pour neuf versions différentes d'*Over the Rainbow* dont une reprise reggae.

Une fois que nous avons fini de débattre et de télécharger, Jane rentre chez elle pour se changer. Il me tarde d'arriver à l'auditorium, mais je trouve injuste envers Tiny de me pointer en jean et tee-shirt Willy le Cougarou à l'événement le plus important de sa vie. J'enfile donc une des vestes sportswear de mon père par-dessus mon tee-shirt et je me coiffe vaguement. Voilà : prêt.

J'attends que ma mère rentre du travail, je lui arrache ses clés de voiture avant même qu'elle ait fini d'ouvrir la porte et je mets le cap sur le lycée.

Quand je pénètre dans l'auditorium, l'endroit est quasi désert – le lever de rideau est prévu pour dans plus d'une heure – et je suis accueilli par Gary, qui arbore une chevelure légèrement plus claire, coupée court et en pagaille, comme la mienne. Il porte aussi les fringues que je lui ai apportées hier : un pantalon Dockers, une chemise à manches courtes que j'adore, et mes Chucks noires. Cette vision me semblerait parfaitement surréaliste si les vêtements n'étaient pas froissés.

– Tiny n'a pas été fichu de trouver un fer à repasser ? dis-je.

– Grayson. Regarde ton futal, mec.

Je baisse les yeux. Hmm. J'ignorais que même un jean pouvait être froissé à ce point. Gary me prend par les épaules et déclare :

– J'ai toujours pensé que ça faisait partie intégrante de ton look.

– Ça en fait partie, à compter d'aujourd'hui. Alors, comment va ? Le trac ?

– Un peu, mais pas autant que Tiny. D'ailleurs, tu ne voudrais pas venir en coulisses et, hum... nous filer un coup de main ? Ça, explique-t-il en désignant sa tenue, c'était pour la répète en costumes. Il faut que j'aille enfiler ma panoplie des White Sox.

– Pas de problème, dis-je. Où est-il ?

– Aux toilettes, me répond Gary.

Je lui passe le CD avec la play-list, descends l'allée

centrale au petit trot et me glisse derrière l'épais rideau rouge. Là, je tombe sur un troupeau de gens, techniciens, assistants ou comédiens à divers stades d'habillage. Pour une fois, le silence règne et tous sont occupés à se maquiller. Les acteurs masculins sont habillés aux couleurs des White Sox, avec crampons et pantalons serrés enfoncés dans des chaussettes hautes. Je salue Ethan, le seul que je connaisse vraiment, et je commence à me diriger vers les toilettes quand j'aperçois le plateau. À ma vive surprise, le décor, ultra réaliste, représente le banc de touche d'un terrain de base-ball.

– C'est ça, le décor pour toute la pièce? dis-je à Ethan.

– Seigneur, non! Il y en a un différent pour chaque acte.

Au loin résonne un grondement retentissant, suivi d'un effroyable SPLASH, et ma première pensée est *mon Dieu, Tiny a rajouté un éléphant dans son spectacle et cet éléphant vient de vomir* avant de réaliser que l'éléphant n'est autre que Tiny lui-même.

À mon corps défendant, je me guide au bruit jusqu'aux toilettes et vois ses pieds dépasser sous l'une des portes.

– Tiny!

– BLLLLAAAARRRGGGGHH, me répond-il, reprenant désespérément son souffle avant l'éruption suivante.

L'odeur me prend à la gorge, mais je vais quand même ouvrir la porte. Tiny, vêtu du plus gros uniforme des White Sox que j'aie jamais vu, se tient agrippé à la cuvette des toilettes.

– C'est le trac, ou tu es vraiment malade ?

– BLLLLAAAAAOOOOO.

On ne peut qu'être stupéfié par le volume de ce qui jaillit hors de sa bouche béante. J'aperçois au passage quelques morceaux de salade verte et je le regrette aussitôt, car je ne peux m'empêcher de me demander – *tacos* ? sandwich à la dinde ? – et je me sens à deux doigts de suivre son exemple.

– OK, vieux, laisse tout sortir et ça ira mieux.

Au même moment, Nick fait irruption dans les toilettes.

– Ça schlingue, ça schlingue ! gémit-il. Cooper, je t'interdis de bousiller ta coiffure ! Tu m'entends ? Garde la tête hors de la cuvette ! On a passé des heures à te coiffer !

Tiny tousse et crachote avant de marmonner d'une voix rocailleuse :

– J'ai la gorge sèche. Ça me flingue.

Et la même pensée nous frappe en même temps : le premier rôle du spectacle n'a plus de voix.

Je le prends par un bras, Nick par l'autre, et nous le soulevons pour le sortir de là. Je tire la chasse d'eau en m'efforçant de ne pas regarder la vision d'horreur au fond de la cuvette.

– Mais enfin, t'as mangé *quoi* ?

– Un *burrito* de poulet et un steak *burrito* du Burrito Palace, dit-il.

Sa voix est bizarre, et il en est conscient. Il se met à chanter :

– *Savoir manier la batte, c'est*... Et merde et merde et merde ma voix est foutue ! Et merde !

Nick le soutenant toujours d'un côté et moi de l'autre, nous partons tous les trois rejoindre le reste de l'équipe.

– Un thé bien chaud avec des tonnes de miel et un flacon de Pepto-Bismol*, dis-je, vite !

Jane accourt, vêtue d'un tee-shirt blanc portant l'inscription VOTEZ PHIL WRAYSON.

– Je m'en charge, dit-elle. Tiny, est-ce qu'il te faut autre chose ?

Il lève la main pour nous intimer le silence, et grogne soudain :

– Qu'est-ce que c'est que ça ?

– Quoi donc ?

– Ce bruit. Au loin. On dirait... on dirait... nom de Dieu, Grayson, tu as mis *Over the Rainbow* sur la play-list ?

– Oh oui, dis-je. En boucle.

– TINY COOPER DÉTESTE *OVER THE RAINBOW* ! (Sa voix déraille.) Merde, ma voix est vraiment bousillée. C'est la cata !

– À partir de maintenant, dis-je, tais-toi. On va te remettre sur pied. Juste, arrête de vomir.

– Je n'ai plus aucun *burrito* à vomir, dit-il.

– TAIS-TOI !

Il hoche la tête. L'espace de quelques instants, pendant que tous s'agitent en s'éventant pour protéger leur maquillage et en se chuchotant entre eux à quel point ils vont être fabuleux, je reste seul au chevet d'un Tiny Cooper silencieux.

---

* Pepto-Bismol : sirop en vente libre soulageant les malaises gastriques.

– J'ignorais que tu pouvais avoir le trac. Ça t'arrive aussi, avant les matchs de foot? (Il me fait non la tête.) OK, contente-toi d'acquiescer si j'ai raison. Tu as peur que le spectacle ne soit pas si bon que ça. (Oui.) Tu as peur pour ta voix. (Oui.) Quoi d'autre? C'est tout? (Non.) Hmm, voyons. Tu as peur que ça ne change pas les esprits homophobes. (Non.) Tu as peur de gerber sur scène. (Non.) Écoute, j'en sais rien, Tiny, mais quelle que soit la raison de ton angoisse, dis-toi que tu vaux plus que ta peur. Tu vas *déchirer*, là-bas. L'ovation du public va durer des *heures*. Encore plus longtemps que la pièce elle-même.

– *Will*, murmure-t-il.

– Économise ta voix, vieux.

– Will, répète-t-il.

– Oui?

– Non. *Will*.

– L'autre Will? dis-je.

Il me regarde avec un petit sourire en coin.

– Je vais voir, dis-je.

Plus que vingt minutes avant le lever de rideau. L'auditorium est presque plein. Debout sur le côté de la scène, je scrute le public en me se sentant presque célèbre. Puis je descends les marches et commence à remonter l'allée latérale de droite. Je voudrais qu'il soit là, moi aussi. Je voudrais qu'il soit possible pour deux êtres comme Tiny et Will d'être amis, et pas seulement une série de «game over».

J'ai beau avoir le sentiment de le connaître, j'ai du mal à me souvenir de la tête qu'il a. J'essaie de procéder par élimination en étudiant chaque visage de chaque rangée.

Un bon millier de spectateurs occupés à lire le programme dans lequel, comme je le découvrirai par la suite, Jane et moi sommes remerciés spécialement en tant qu'amis « trop géniaux ». Un millier de spectateurs attendant de voir Gary jouer mon rôle pendant deux heures, et n'ayant pas la moindre idée de ce qui les attend. Ni moi non plus, du reste – je sais que la pièce a subi pas mal de modifications depuis que je l'ai lue, mais c'est tout.

Tous ces gens, que je m'efforce de regarder l'un après l'autre. J'aperçois Mr. Fortson, le superviseur de l'AGH, accompagné de son ami. Je vois également deux des principaux adjoints du lycée. Puis, vers le milieu de la salle, alors que je continue à scanner la foule à la recherche de potentiels sosies de Will Grayson, je reconnais deux personnes assises à l'extrémité de la rangée et tournées dans ma direction : mes parents.

– Qu'est-ce que vous faites là ?

Mon père a un haussement d'épaules.

– Tu seras surpris d'apprendre que ce n'était pas mon idée.

Ma mère lui donne un coup de coude.

– Tiny m'a écrit un très gentil message sur Facebook pour nous inviter *personnellement* à son spectacle, et j'ai trouvé ça adorable de sa part.

– Tu es amie avec Tiny sur Facebook ?

– Oui. Il m'a envoyé une proposition d'amitié, me rétorque ma mère, totalement nulle en jargon Facebook.

– Merci d'être venus, en tout cas. Je vais être occupé en coulisses, mais, hum… on se verra après.

– Salue Jane pour nous, me lance ma mère en souriant d'un air de conspiratrice.

– D'ac.

Je termine ma tournée d'inspection de l'allée de droite et redescends par celle de gauche. Pas de Will Grayson en vue. De retour dans les coulisses, je retrouve Jane, munie d'une bouteille géante de Pepto-Bismol.

Elle la renverse tête en bas et m'annonce :

– Il a tout bu.

Surgissant de derrière le décor, Tiny se met à chanter : « Et maintenant, je me sens en suuuuper forme ! » Sa voix semble tenir le coup, pour l'instant.

– Rock'n roll, dis-je.

Il s'avance vers moi d'un air interrogateur.

– Il y a douze mille personnes dans la salle, Tiny, dis-je.

– Tu ne l'as pas vu, répond-il en hochant lentement la tête. OK. Ouais. OK. Pas de problème. Merci de m'avoir obligé à me taire.

– Et d'avoir tiré la chasse sur tes dix mille litres de vomi.

– Oui, ça aussi. (Il inspire à fond et gonfle ses joues, donnant à son visage l'aspect d'une grosse boule presque parfaite.) Bien, je crois que le grand moment est arrivé.

Il réunit toute son équipe, comédiens et assistants compris, autour de lui, et s'agenouille au centre de ce magma humain, tous collés serrés les uns autour des autres car l'une des lois immuables de la nature stipule que les gens de théâtre adorent se tripoter. Les comédiens occupent le premier cercle autour de Tiny, tous habillés – les garçons comme les filles – en joueurs des White Sox. Viennent ensuite les choristes, pour l'instant vêtus de noir. Jane et moi nous penchons dans le cercle, nous aussi. Tiny commence :

– Je voulais juste remercier chacun d'entre vous car vous êtes tous formidables et l'important, c'est de tomber. Et désolé d'avoir gerbé tout à l'heure. Si j'ai gerbé, c'est parce que j'ai été intoxiqué par tant de génie à force de vous fréquenter. (Quelques rires nerveux se font entendre.) Je sais que vous êtes morts de trouille, mais croyez-moi : vous êtes fabuleux. Et de toute manière, l'enjeu, ce n'est pas vous. Allons, partons exaucer ensemble quelques rêves !

Tout le monde se met à pousser des cris, à se taper dans les mains et grosso modo à en faire des tonnes. Sous le rideau, la lumière est éteinte. Trois costauds de l'équipe de foot américain font pivoter le décor en place. Je m'écarte sur le côté, dans la pénombre des coulisses aux côtés de Jane, et nos doigts s'entrelacent. Je sens mon cœur cogner et j'imagine ce que ça doit être pour Tiny, priant pour que le quart de flacon de sirop suffise à apaiser ses cordes vocales, pour qu'il ne rate pas une phrase, qu'il ne tombe pas dans les pommes ou ne vomisse pas tripes et boyaux en direct. C'est déjà assez éprouvant rien qu'en coulisses, et je prends conscience du courage qu'il faut pour monter sur scène et clamer sa vérité. Pire, la clamer en *chantant.*

Une voix anonyme déclare : « Pour éviter toute interruption de fabulosité, merci d'éteindre vos téléphones portables. » Je fouille dans ma poche et règle le mien sur vibreur. Je chuchote à Jane : « Je crois que c'est *moi* qui vais gerber », elle me fait : « Chut ! », je lui murmure : « Au fait, c'est vrai que mes fringues sont toujours froissées ? »

et elle me redit: « Chut ! » en serrant ma main très fort dans la sienne. Le rideau s'ouvre. Applaudissements polis dans la salle.

Tous les comédiens sont assis sur le banc à l'exception de Tiny, qui fait les cent pas devant eux en disant: « Allons, Billy. Un peu de patience. Attends ton tour. » Je comprends alors que Tiny ne joue pas son propre rôle, mais celui du coach.

C'est un petit grassouillet de troisième qui l'incarne. Il ne cesse de remuer les jambes, et j'ai du mal à déterminer si c'est un tic nerveux ou si cela fait partie du personnage. D'un ton ultra efféminé, il chantonne: « Batteur, si t'es champion, etc., etc. ! » comme pour draguer et encourager le batteur sur le terrain.

– Imbécile, lance l'un des joueurs. C'est au batteur adverse de jouer, là.

Gary intervient:

– Tiny est en caoutchouc. Toi, tu es comme la colle. Tout ce que tu dis rebondit contre lui pour *te* coller à la peau.

À en juger par ses épaules voûtées et son regard pleutre, il n'y a aucun doute: Gary joue bien mon rôle.

– Tiny est gay, lance un autre joueur.

Le coach se retourne d'un air mécontent.

– Hé ! HÉ, LÀ ! Pas d'insultes entre coéquipiers, c'est compris ?

– Ce n'est pas une insulte, rétorque Gary. (Sauf que ce n'est plus lui qui parle. Gary n'est plus Gary. Il est moi.) C'est un simple détail. Certaines personnes sont gays. D'autres ont les yeux bleus.

– Silence, Wrayson, lui ordonne le coach.

Le petit gros qui interprète Tiny jette un regard reconnaissant au faux moi, et l'une des brutes de l'équipe lâche tout bas mais suffisamment fort pour qu'on l'entende :

– Elles sont trop mignonnes, toutes les deux !

– Pas juste *mignonnes*, rétorque Gary. Carrément *bonasses*, oui.

(Ceci est une réplique véridique. J'avais complètement oublié cette scène mais en la voyant rejouée devant moi, tout me revient en mémoire.)

L'autre contre-attaque :

– Vous vous ASTIQUEZ bien la batte dans les vestiaires, j'espère ?

Le faux moi roule des yeux exaspérés. Le faux Tiny se lève et fait un pas vers le coach en chantant : « Oui, les gays manient la batte. » Alors le coach – Tiny – fait un pas vers lui, lui aussi, en fredonnant la mélodie, et ils se lancent tous deux dans la meilleure chanson de comédie musicale que j'aie jamais entendue. Le refrain donne :

Oui, les gays manient la batte,
Sur le terrain comme dans la vie.
J'vois pas pourquoi ça vous épate.
C'est vous qui n'avez rien compris.

Entre les deux Tiny chantant bras dessus, bras dessous, les choristes – dont Ethan – se lancent dans une sorte de french cancan décalé et hilarant, usant de leurs battes de base-ball en guise de cannes et soulevant leurs casquettes comme des chapeaux hauts de forme. À un moment donné, ils font mine de se donner des coups de batte sur la tête et j'ai beau voir que c'est du chiqué, je ne peux m'empêcher de retenir mon souffle avec le public quand la moitié d'entre eux s'écroulent et que la musique s'arrête. Quelques instants plus tard, ils se relèvent comme un seul homme et la chanson reprend. À la fin, les deux Tiny sortent de scène en dansant sous l'ovation de la foule. La lumière s'éteint et Tiny m'atterrit quasiment entre les bras, trempé de sueur.

– Pas mal, commente-t-il.

Je secoue la tête, émerveillé. Jane l'aide à enlever ses chaussures en disant: «Tu sais que t'es un genre de *génie*?» et Tiny arrache sa tenue de base-ball, révélant une chemisette violette et un bermuda kaki résolument tinyesques.

– N'est-ce pas, hein? OK, c'est parti pour le coming out devant les parents! s'exclame-t-il avant de repartir sur scène.

Jane me prend la main et m'embrasse dans le cou.

C'est une scène très calme. Tiny explique à ses parents qu'il est «probablement, genre, gay» et son père reste assis sans dire un mot pendant que sa mère chante son amour inconditionnel pour son fils. La chanson est drôle, mais uniquement parce qu'à chaque fois que sa mère proclame: «Nous aimerons toujours notre Tiny», il lui fait une nouvelle révélation fracassante du style: «J'ai triché en maths, aussi», «Devinez qui planque de la vodka sous son lit» ou «Je déteste ton poulet aux salsifis».

À la fin de la séquence, la scène est de nouveau plongée dans le noir mais Tiny ne bouge pas. Quand la lumière se rallume, le décor a disparu mais à en juger par les costumes excentriques des comédiens, j'en déduis que nous sommes à un cortège de la Gay Pride. Tiny et Phil Wrayson se tiennent au centre tandis que la foule passe devant eux en chantant et en agitant les bras. Gary me ressemble tellement que c'en est flippant. Il est plus convaincant en moi version troisième que ne l'est le petit gros de troisième qui joue Tiny.

Ils papotent une minute ou deux jusqu'à ce que Tiny déclare :

– Phil, je suis gay.

– Non, dis-je (stupéfait).

– Si.

Je secoue la tête, incrédule.

– T'es gay, genre... heureux, c'est ça ?

– Non. Plutôt, genre, tu vois ce mec là-bas ? dit-il en désignant Ethan et son marcel blanc ultra moulant. Eh bien, je le trouve sexy et si on discutait ensemble et que je lui trouvais de la personnalité et qu'il me respectait en tant qu'individu, je le laisserais m'embrasser sur la bouche.

– Tu es gay ? dis-je, toujours aussi ahuri.

– Ouais. Je sais, c'est un choc. Mais je voulais que tu sois le premier à l'apprendre. En dehors de mes parents, bien sûr.

Là-dessus, Phil Wrayson se met à chanter, reprenant plus ou moins ce que j'ai vraiment dit à Tiny ce jour-là :

– Sans blague ! Ne me dis pas que le ciel est bleu, que tu aimes te maquiller les yeux, que cinq moins trois font deux ? Sans blague ! Ne me dis pas que mon look fait *cheap*, que le Coyote poursuit Bip-Bip, qu'Elton John aime faire des OUPS !

Après ça, la chanson prend la forme d'un dialogue: Tiny vexé de voir que je savais déjà, et moi lui répondant que ça sautait aux yeux.

– Mais je suis défenseur de l'équipe de foot!

– Ça ne faisait pourtant aucun doute.

– Moi qui croyais faire super hétéro...

– Tiny, tu as plus de Barbie que de GI Joe!

Et ainsi de suite. Je suis plié de rire, mais surtout stupéfait de constater la précision avec laquelle il se souvient de notre conversation et aussi de la complicité – malgré tout ce qui nous oppose – qui nous lie l'un à l'autre. Je chante: «Tu serais pas en train de me draguer, dis?» et il me rétorque: «Plutôt baiser un canari!» tandis que derrière, les choristes continuent à faire le french cancan.

Jane pose sa main sur mon épaule.

– Tu vois? me glisse-t-elle à l'oreille. Il t'aime d'amour, lui aussi!

Je me tourne vers elle pour l'embrasser pendant le court intervalle entre la fin de la chanson et le début de l'ovation.

Le rideau se referme pour permettre un changement de décor. Je ne *vois* pas les gens debout en train d'applaudir, mais je les entends.

Tiny déboule de scène en hurlant: «WOUU-HOOUUU!»

– Tu sais que ton spectacle est bon pour Broadway? lui dis-je.

– Il s'est carrément bonifié depuis que j'ai réintroduit l'amour comme thème principal, m'explique-t-il.

Il me regarde avec un petit sourire, et je sais que c'est

tout ce que j'obtiendrai jamais de lui. De nous deux, c'est lui l'homo, mais c'est moi le gros sentimental. Je hoche la tête et lui chuchote *merci.*

– Au fait, me lance-t-il, désolé si tu passes pour un gros relou dans la prochaine scène.

Il lève les mains pour arranger sa coiffure quand, surgissant de nulle part, Nick bondit par-dessus un ampli pour interrompre son geste en s'écriant : « JE T'INTERDIS DE TOUCHER À TES CHEVEUX. » Le rideau se lève. Cette fois, le décor représente un couloir de lycée. Tiny est en train de scotcher des affiches sur le mur. Le faux moi chouine et l'agace avec sa voix tremblotante, mais ça ne me dérange pas – disons, pas trop : l'amour va de pair avec la vérité, après tout. Lors de la scène suivante, Tiny revient complètement bourré d'une soirée et le personnage de Janey fait sa seule apparition de tout le spectacle pour entonner un duo avec Phil Wrayson, debout de part et d'autre d'un Tiny ivre mort. La chanson atteint son point culminant lorsque la voix de Gary s'affermit peu à peu, enhardie par l'assurance, après quoi Janey et moi nous penchons l'un vers l'autre pour nous embrasser par-dessus la masse marmonnante et semi-inconsciente de Tiny. Je ne vois que la moitié de la scène, trop occupé à regarder Jane qui sourit tout du long.

À partir de là, les chansons sont toutes plus géniales les unes que les autres, jusqu'à ce que le public tout entier reprenne en chœur le refrain d'Oscar Wilde pendant la séquence de rêve de Tiny :

La vérité la plus simple
Est souvent dure à accepter

N'est-on pas dans une drôle d'impasse
Lorsque mentir est aussi mal qu'avouer?

À la fin du morceau, le rideau se referme et les lumières se rallument pour l'entracte. Tiny accourt vers nous, nous prend par les épaules et laisse échapper un hululement de joie.

– C'est trop drôle, lui dis-je. Je te jure. C'est juste... génial!

– Wouhouhou! Le deuxième acte est beaucoup plus sombre, cela dit. C'est la partie romantique. OK OK OK, à tout à l'heure! s'exclame-t-il avant d'aller féliciter – et aussi pourrir, probablement – ses comédiens. Jane m'entraîne à l'écart, dans un coin planqué derrière la scène.

– Tu as vraiment fait ça? me demande-t-elle. Protéger Tiny quand vous faisiez du base-ball, et tout?

– Il me protégeait aussi, tu sais.

– Hmmm... la compassion, je trouve ça sexy, me dit-elle entre deux baisers.

Au bout d'un moment, je vois les lumières diminuer puis se rallumer complètement. Jane et moi allons retrouver notre place privilégiée sur le côté de la scène. Les lumières diminuent à nouveau, signe que l'entracte touche à sa fin. Alors, une voix surgie des hauteurs de la salle déclare: « L'amour est le plus banal des miracles. »

Je me dis d'abord que c'est Dieu qui nous parle, avant de comprendre que c'est Tiny qui s'exprime dans le micro. La seconde partie du spectacle vient de commencer.

Assis sur le rebord de la scène, dans la pénombre, Tiny poursuit:

– L'amour est chaque fois un petit miracle, partout, à tout moment. Mais pour nous, c'est un peu différent. Je ne dis pas que c'est *plus* miraculeux, précise-t-il. (Quelques rires fusent dans la salle.) Mais quelque part, ça l'est.

Les lumières se rallument peu à peu, et c'est seulement là que j'aperçois derrière lui une véritable balançoire, si réaliste qu'elle semble avoir été arrachée à un terrain de jeux et transportée sur scène.

– Notre miracle à nous est différent parce que les gens le disent impossible. Comme il est écrit dans le Lévitique : « Si tu es keum, tu ne coucheras point avec un autre keum. »

Il baisse le nez puis observe le public, et je sais qu'il cherche l'autre Will du regard. Il se lève.

– Mais il n'est écrit nulle part que « tu ne *tomberas point amoureux* d'un autre keum ». Parce que c'est impossible, pas vrai ? Les homosexuels ne sont que des animaux assouvissant leurs pulsions animales, pas vrai ? Or les animaux ne tombent pas amoureux. Et pourtant...

Soudain, ses jambes se dérobent et il s'effondre sur scène. Je sursaute et m'apprête à courir à son chevet, mais Jane me retient par mon tee-shirt à l'instant où Tiny relève la tête en direction du public.

– Pourtant, moi, je tombe... encore et encore et encore et encore et encore et encore et encore...

Au même moment, mon portable se met à vibrer. Je le sors de ma poche pour voir qui m'appelle. Et là, je lis : *Will Grayson.*

. 20

je dois assister au truc le plus hallucinant que j'aie jamais vu. de toute ma vie.

honnêtement, je ne croyais pas une seconde qu'on arriverait à temps avec gideon. en temps normal la circulation à chicago est un cauchemar, mais là, on avançait carrément à la vitesse des pensées d'un fumeur de shit. on a dû lancer un concours de jurons dans la voiture histoire de se calmer.

maintenant qu'on est là, il est évident que notre plan n'a aucune chance de marcher. l'idée est à la fois complètement folle et géniale, mais je dois bien ça à tiny. en plus, ça exige de moi pas mal de choses que je n'ai pas l'habitude de faire, entre autres :

parler à des gens que je ne connais pas
demander un service à des gens que je connais pas
accepter de me ridiculiser
accepter l'aide de quelqu'un d'autre (c'est-à-dire gideon)

le tout repose également sur un certain nombre de facteurs qui ne dépendent pas de moi, entre autres :

la sympathie des gens
leur capacité à se montrer spontanés
leur capacité à conduire vite
le fait que le spectacle de tiny dure au-delà du premier acte

ça va être la cata, je le sens. mais le principal, au fond, c'est que je le fasse quand même.

il était vraiment moins une, parce que lorsqu'on arrive dans la salle, gideon et moi, les assistants sont en train de transporter une balançoire sur scène. et pas n'importe laquelle. je la reconnais. c'est *la* balançoire. et c'est là que je me mets à halluciner complètement.

gideon : la vache.

à ce stade, gideon est déjà au courant de tout. pas seulement pour tiny et moi, mais aussi pour maura et moi, ma mère et moi, en gros le monde entier et moi. et jamais il ne m'a reproché d'avoir été stupide, méchant, odieux ou carrément pathétique. en d'autres termes, il ne m'a dit aucun de ces trucs que je me répète en boucle. au contraire. pendant le trajet en voiture, il m'a même sorti :

gideon : je te comprends, tu sais.
moi : ah ouais ?
gideon : ouais. à ta place, j'aurais fait pareil.
moi : menteur.

gideon : c'est la vérité.

et là, sous mes yeux ébahis, il m'a tendu son petit doigt, comme dans les mangas.

gideon : parole d'honneur de samouraï.

j'ai entrecroisé mon petit doigt avec le sien, et on est restés comme ça un long moment pendant qu'il continuait à tenir le volant de l'autre main.

moi : si ça continue, on va mêler notre sang.
gideon : et faire des feux de camp.
moi : au fond du jardin.
gideon : et on n'invitera pas les filles.
moi : quelles filles ?
gideon : ben, celles qu'on n'invitera pas.
moi : on pourra faire griller des chamallows ?
gideon : bien sûr, quelle question !

j'étais sûr qu'il était du genre à faire griller des chamallows.

gideon : tu sais que t'es dingue ?
moi : merci du scoop.
gideon : dingue de faire ce que tu t'apprêtes à faire, je veux dire.
moi : c'était ton idée.
gideon : mais c'est toi qui vas la réaliser, pas moi. c'est toi qui vas le faire.
moi : ça reste à voir.

et c'était bizarre, parce qu'à mesure qu'on roulait, mes pensées n'allaient plus vers gideon ou tiny, mais vers maura. assis là, dans cette voiture, aux côtés de gideon, juste bien dans ma peau et à l'aise avec lui, j'ai réalisé que c'était ce qu'elle attendait de moi. ce qu'elle avait toujours espéré de moi. sauf que c'était impossible. mais pour la première fois, je crois comprendre pourquoi elle recherchait ça, désespérément. pourquoi tiny recherchait ça, désespérément.

à présent, gideon et moi nous tenons debout au fond de la salle. je jette un regard circulaire, histoire de repérer qui est là, mais dans la pénombre, difficile d'y voir quoi que ce soit.

la balançoire est posée au fond de la scène. devant se tient une rangée de choristes des deux sexes, tous habillés en garçons. à l'évidence, il s'agit d'une sorte de procession des ex de tiny, vu qu'ils arrivent sur scène en chantant :

chœur : nous sommes la procession des ex de tiny !

le dernier de la rangée doit me représenter, j'imagine. (il est tout en noir et fait sérieusement la tronche.)

ex n° 1 : tu me colles trop.
ex n° 2 : tu chantes trop.
ex n° 3 : t'es trop gras.
ex n° 4 : je le sens pas.
ex n° 5 : j'aime que les yeux bleus.
ex n° 6 : je kiffe pas trop les footeux.

ex n° 7 : j'ai rencontré quelqu'un.
ex n° 8 : on s'est monté la tête pour rien.
ex n° 9 : je n'ai pas à me justifier.
ex n° 10 : c'était juste pour délirer.
ex n° 11 : quoi, tu couches pas le premier soir ?
ex n° 12 : désolé, j'ai trop le cafard.
ex n° 13 : j'ai d'autres trucs à faire.
ex n° 14 : d'autres mecs à me faire.
ex n° 15 : je voudrais qu'on reste amis.
ex n° 16 : j'ai peur que tu défonces mon lit.
ex n° 17 : je préfère étudier l'histoire de France.
ex n° 18 : tu es amoureux de ma dépendance.

et voilà – des centaines de sms et de conversations, des milliers et des milliers de mots écrits et prononcés, réduits à une seule réplique cinglante. peut-on résumer une histoire comme ça ? une version abrégée de la souffrance, vidée de son contexte ? il y avait plus que cela. je sais qu'il y avait plus que cela.

tiny doit le savoir, lui aussi. parce que tous les ex sortent de scène à l'exception du numéro un et je comprends que nous allons tous les passer en revue un par un, et que chacun d'entre eux aura sans doute une leçon à apprendre à tiny – et au public.

comme ça risque d'être un peu longuet jusqu'au numéro dix-huit, je me dis que c'est le moment idéal pour contacter l'autre will grayson. j'ai peur qu'il ait éteint son portable, mais quand je sors de l'auditorium pour l'appeler (laissant à gideon le soin de me garder une place), il décroche aussitôt et propose de me retrouver dans une minute.

je le reconnais tout de suite, même s'il a un je-ne-sais-quoi de changé, lui aussi.

moi : salut.
l'autre w.g. : salut.
moi : énorme, ce spectacle.
l'autre w.g. : c'est clair. content que tu sois venu.
moi : pareil. écoute, j'ai une idée… enfin, c'est l'idée de mon pote. mais voilà ce qu'on va faire…

je lui explique.

l'autre w.g. : c'est un truc de malade !
moi : je sais.
l'autre w.g. : tu crois vraiment qu'ils sont tous là ?
moi : ils m'ont assuré qu'ils viendraient. au pire, il reste toujours nous deux.

l'autre will grayson prend un air affolé.

l'autre w.g. : écoute, il faudra que tu commences. j'enchaînerai juste derrière, mais je suis incapable de démarrer le premier.
moi : ça marche.
l'autre w.g. : c'est de la folie.
moi : mais ça vaut la peine. pour tiny.
l'autre w.g. : tu as raison.

je sais qu'on devrait retourner voir la suite du spectacle. mais j'ai un truc à lui demander, maintenant qu'il est là.

moi : je peux te poser une question perso, strictement entre will grayson ?

l'autre w.g. : euh… oui ?

moi : t'as pas senti comme un changement ? je veux dire, depuis le soir où on s'est rencontrés ?

il réfléchit une seconde, avant d'acquiescer.

l'autre w.g. : c'est vrai. je ne suis plus le will grayson que j'étais.

moi : pareil.

j'entrouvre la porte de l'auditorium pour jeter un coup d'œil à l'intérieur. ils en sont déjà à l'ex-petit ami n° 5.

l'autre w.g. : je ferais mieux de retourner en coulisses. jane doit se demander où je suis passé.

moi : jane, hmm ?

l'autre w.g. : ouais. jane.

c'est trop chou : en l'espace d'un quart de seconde, je vois à peu près deux cents émotions différentes se bousculer sur son visage lorsqu'il prononce son prénom, de la pire angoisse à la béatitude totale.

moi : bon, chacun à son poste ?

l'autre w.g. : bonne chance, will grayson.

moi : bonne chance à nous tous.

je rouvre discrètement la porte pour aller rejoindre gideon, qui me briefe sur tout ce que j'ai loupé.

gideon (tout bas) : le numéro six faisait une fixette sur les slips-coquille. limite fétichiste, à mon avis.

presque tous les ex qui défilent sur scène ont un même point commun : ils se résument à un cliché. mais je ne finis par comprendre que c'est fait exprès, et que tiny cherche à nous montrer qu'il ne voyait que des clichés en eux, qu'il était tellement accaparé par la contemplation de ses sentiments qu'il ne prenait jamais la peine de se demander de *quoi* il était amoureux. cette révélation est d'une sincérité douloureuse, en tout cas pour moi qui suis l'un de ses ex. (je vois quelques mecs se tortiller sur leur fauteuil, preuve que je ne suis sans doute pas le seul dans la salle.) une fois terminé le défilé des dix-sept premiers petits amis, les lumières s'éteignent et le portique est déplacé jusqu'au centre de la scène. soudain, un projecteur est braqué sur tiny, assis seul sur la balançoire, et j'ai l'impression qu'on vient de rembobiner ma vie pour me la repasser une deuxième fois, version comédie musicale. tout est comme dans mes souvenirs… jusqu'à l'arrivée de ce dialogue, qui n'est qu'une pure invention de tiny du début à la fin :

le faux moi : je suis vraiment désolé.

tiny : t'inquiète. je suis déjà tombé amoureux. et je sais ce qui arrive lorsqu'on tombe : on finit par atterrir.

le faux moi : je m'en veux tellement. je suis la pire

chose qui pouvait t'arriver au monde. comme une bombe à retardement.

tiny : tu es ma bombe à retardement préférée, alors.

c'est drôle – si j'avais dit ça, s'il avait dit ça, les choses se seraient passées différemment entre nous. parce que j'aurais su qu'il me comprenait, du moins en partie. mais j'imagine qu'il lui fallait récrire cette scène pour le voir. ou le dire.

le faux moi : eh bien, ça ne m'amuse pas d'être une bombe à retardement. ni pour toi ni pour personne.

et le plus bizarre, c'est que pour une fois, j'ai le sentiment que la bombe en moi est désamorcée.

tiny se tourne vers le public. il ne peut pas savoir que je suis là. mais peut-être me cherche-t-il du regard quand même.

tiny : je ne veux que ton bonheur. avec moi ou quelqu'un d'autre, peu m'importe. je voudrais juste te savoir heureux. réconcilié avec la vie, avec toi-même. et moi aussi. je sais, c'est dur d'accepter que la vie consiste à se laisser tomber, encore et encore, avant d'atterrir. personne n'a envie de ça. je suis d'accord.

il s'adresse à moi. à lui-même. cela ne fait peut-être aucune différence.

j'ai compris. message reçu 5 sur 5.

mais c'est là que ça se gâte.

tiny : tu sais, phil wrayson m'a appris un mot, un jour : *weltschmerz*. c'est le sentiment d'abattement qu'on ressent quand le monde extérieur ne correspond pas au monde tel qu'on voudrait qu'il soit. moi, je vis dans un océan permanent de *weltschmerz*, tu vois ? et toi aussi. et tous les gens qui nous entourent. parce que tout le monde pense qu'on devrait pouvoir se laisser tomber, encore et encore, sans jamais s'arrêter, sentir l'ivresse de la chute et le souffle de l'air sur son visage, ce vent si fort qui vous sculpte un sourire dément sur les lèvres. et ça *devrait* être possible. on *devrait* pouvoir s'élancer dans le vide toute sa vie sans jamais, jamais s'arrêter.

et là, je me dis : non.

sérieusement. non.

parce que j'ai passé ma vie entière à tomber dans le vide. et pas le genre d'envol romantique dont parle tiny. lui, il parle d'amour. moi, je parle de la vie. moi, quand je dis que je tombe, je ne parle pas de m'élancer pour voler dans les airs. je parle d'une chute. suivie d'un bon gros choc bien brutal avec le sol. si brutal qu'on voudrait qu'il n'y ait plus de prochaine fois. si brutal que tomber est la chose la plus détestable, la plus abominable au monde. parce que vous ne contrôlez plus rien du tout. parce que vous savez exactement comment ça se termine.

je n'ai aucune envie de tomber. tout ce que je veux, c'est me sentir en équilibre, mes deux pieds bien ancrés sur le sol. et curieusement, c'est ce que j'ai l'impression de ressentir en ce moment. parce que j'essaie de faire quelque chose de bien. de la même manière que tiny essaie de faire quelque chose de bien, lui aussi.

tiny : tu es comme une bombe à retardement sous prétexte que le monde n'est pas parfait.

non. je ne suis pas une bombe à retardement sous prétexte que le monde n'est pas parfait. mais chaque fois que le monde me prouve que j'ai tort, la bombe se désamorce d'un cran supplémentaire.

tiny : et moi… chaque fois que ça m'arrive, chaque fois que j'atterris, je souffre comme si c'était la première fois.

il se balance de plus en plus haut, frappant la scène du pied pour prendre de l'élan et arrachant des grincements au portique. l'armature métallique semble sur le point de céder mais il continue de plus belle, les mains agrippées aux chaînes de sa balançoire.

tiny : parce que personne ne peut arrêter le *weltschmerz.* personne ne peut s'empêcher de rêver le monde tel qu'il pourrait être. et ça, c'est génial ! c'est ce que j'adore, chez nous !

désormais, il se balance si haut qu'il sort chaque fois un peu plus du faisceau de lumière et continue à crier dans le noir avant de réapparaître dans le halo du projecteur. et la première chose qu'on voit, c'est le mouvement ascendant de ses fesses.

tiny : et pour vivre, il faut accepter de tomber. il faut se laisser tomber. ce n'est pas pour rien qu'on ne dit jamais *s'envoler en amour*. et c'est pour ça que je nous aime !

soudain, hors du faisceau de lumière, il s'éjecte de la balançoire. Il est si souple et si rapide que je le vois à peine faire, mais il se hisse à la force des bras, lève les jambes et lâche tout pour se raccrocher à la barre horizontale du portique. la balançoire retombe avant lui, vide, et tout le monde – public et choristes y compris – lâche un hoquet de stupeur.

tiny : parce que nous savons ce qui nous attend lorsqu'on tombe !

la réponse, bien sûr, est que nous nous écrasons au sol. et c'est exactement ce que fait tiny. il lâche la barre horizontale et tombe à terre, roulé en boule, au pied du portique. je sursaute, et gideon me prend par la main.

j'ignore si le petit gars qui joue mon rôle est encore dans son personnage lorsqu'il demande à tiny si tout va bien. quoi qu'il en soit, tiny le repousse d'un geste et adresse un signe au chef d'orchestre. quelques secondes plus tard, la musique démarre – un air très calme, constitué d'une lente succession d'accords au piano. tiny profite de l'introduction pour reprendre son souffle, et il se met à chanter.

tiny :
pour vivre, il faut tomber,
atterrir, se relever et recommencer de plus belle
pour vivre, il faut tomber,
prendre le risque de voler sans ailes

sur scène, c'est le chaos total. le chœur se raccroche désespérément au refrain, répétant en boucle que pour vivre il faut tomber, tandis que tiny s'avance d'un pas vers le public pour déclarer :

tiny : peut-être avez-vous peur de tomber ce soir, peut-être pensez-vous à quelqu'un, ici ou ailleurs, et ça vous rend malade et vous ne savez plus quoi faire, vous hésitez à vous laisser tomber car vous ignorez quand et comment vous allez atterrir, alors, mes amis, écoutez ce que j'ai à vous dire et cessez de penser à l'atterrissage car tout ce qui compte, c'est de se laisser tomber.

c'est incroyable. sa conviction est si forte qu'il semble presque planer sur scène. et je sais alors ce qu'il me reste à faire. je dois l'aider à comprendre que c'est le fait d'y *croire*, et non de le dire, qui est le plus important. l'aider à comprendre que tout ce qui compte, ce n'est pas de se laisser tomber. c'est de se laisser flotter.

tiny demande à ce qu'on rallume les lumières. il parcourt le public du regard, sans me voir.

je déglutis.

gideon : tu es prêt ?

la réponse à cette question sera toujours non. mais il faut que je me lance quand même.

tiny : peut-être avez-vous peur de dire quelque chose. ou peut-être y a-t-il quelqu'un que vous avez peur d'aimer. un sentiment que vous avez peur d'explorer. ça ne sera pas une partie de plaisir. vous allez même en baver. et pourquoi ? parce que ça compte, tout simplement.

non, me dis-je. NON.

personne n'est obligé de souffrir.

je me lève. et manque de me rasseoir presque aussitôt. il me faut mobiliser tout mon courage pour rester debout.

je jette un coup d'œil à gideon.

tiny : mais je suis tombé. j'ai atterri. et je me suis relevé pour me tenir ici, devant vous, et vous dire qu'il faut aimer ça. parce que pour vivre, il faut se jeter dans le vide.

je tends mon petit doigt. gideon y accroche le sien.

tiny : juste une fois, une seule fois. jetez-vous dans le vide !

tous les comédiens l'ont rejoint sur scène. j'aperçois même l'autre will grayson, vêtu d'un pantalon dockers tout froissé et d'une chemise à carreaux. à côté de lui se tient une fille qui doit être jane et qui arbore un tee-shirt *VOTEZ PHIL WRAYSON.*

sur le signal de tiny, tout ce petit monde se met à chanter.

le chœur : dans tes bras, dans tes bras.

et je suis toujours debout. je croise le regard de l'autre will grayson, qui semble nerveux mais me sourit quand même. d'autres personnes m'adressent un petit signe de la tête. mon dieu, j'espère qu'il s'agit bien des personnes auxquelles je pense.

soudain, d'un grand geste du bras, tiny interrompt la musique. il s'avance jusqu'au bord de la scène, à présent entièrement plongée dans le noir à l'exception du projecteur braqué sur lui. il observe le public et reste immobile un long moment, comme pour apprécier la solennité de cet instant. puis il conclut le spectacle en disant :

tiny : je m'appelle tiny cooper. et ceci est mon histoire.

alors le silence se fait. les gens attendent que le rideau retombe, que la représentation soit officiellement terminée, que l'ovation commence. j'ai moins d'une seconde pour réagir. je serre très fort le petit doigt de gideon, puis je le lâche. et je lève la main.

tiny me voit.

certains spectateurs dans la salle me voient.

je hurle :

moi : TINY COOPER !

ça y est, c'est parti.

il n'y a plus qu'à prier pour que ça marche.

moi : je m'appelle will grayson. et sache que je t'apprécie beaucoup, tiny cooper !

tous les regards sont braqués sur moi. et la plupart de ces regards sont perplexes. les gens se demandent si mon intervention fait partie du spectacle.

disons que j'ai légèrement changé la fin, ok ?

maintenant, un type d'une vingtaine d'années avec petit veston stylé se lève. nous échangeons un coup d'œil, il me sourit, puis se tourne vers tiny et lui lance :

mec au veston : moi aussi, je m'appelle will grayson. j'habite à wilmette. et sache que moi aussi, je t'apprécie beaucoup, tiny cooper.

vient ensuite le monsieur de soixante-dix-neuf ans assis dans la rangée du fond.

vieux monsieur : je m'appelle william t. grayson, mais tu peux m'appeler will. et sache que je t'apprécie bougrement, tiny cooper.

merci, google. merci, annuaire téléphonique en ligne. merci, mes homonymes.

femme d'une quarantaine d'années : bonsoir ! je m'appelle wilma grayson. je vis à hyde park. et sache que je t'apprécie beaucoup, tiny cooper.

garçon de dix ans : salut, je m'appelle will grayson, quatrième du nom. mon père n'a pas pu venir ce soir, mais lui et moi on t'apprécie vachement, tiny cooper.

il en manque un dernier. un étudiant de deuxième année à northwestern.

un silence de plomb retombe dans la salle. les gens jettent des regards autour d'eux.

et c'est alors qu'IL se lève. si *frenchy's* pouvait mettre ce mec en bouteille et le vendre au rayon porno, ils doubleraient leur chiffre d'affaires en quinze jours. ce type incarne ce qui se passerait au bout de neuf mois si abercrombie faisait des galipettes avec fitch. c'est une star de cinéma, un nageur olympique et le vainqueur masculin d'*america's next top model* à lui tout seul. il porte une chemise argentée et un pantalon rose. il est le scintillement incarné.

j'avoue, pas du tout mon style. mais…

dieu gay : je m'appelle will grayson. et *je t'aime*, tiny cooper.

totalement sans voix depuis le début, tiny parvient enfin à ouvrir la bouche.

tiny : 847-555-3982.

dieu gay : 847-555-7363.

tiny : QUELQU'UN AURAIT UN STYLO POUR ME NOTER ÇA, S'Il VOUS PLAÎT ?

la moitié du public acquiesce.

puis le silence retombe. à vrai dire, c'est un peu gênant. j'ignore si je dois me rasseoir ou quoi.

soudain, du bruit se fait entendre dans la pénombre au fond de la scène. l'autre will grayson sort de la rangée des choristes. il s'avance vers tiny et le regarde droit dans les yeux.

l'autre w.g. : tu sais comment je m'appelle. et je t'aime, tiny cooper. quoique pas tout à fait comme ce jeune homme au pantalon rose.

la fille qui doit être jane s'avance à son tour.

la fille : je ne m'appelle pas will grayson. et je t'apprécie *méchamment*, tiny cooper.

il se passe alors un truc complètement dingue. un à un, tous les comédiens vont dire à tiny cooper qu'ils l'apprécient. (même le type baptisé phil wrayson – qui l'eût cru ?) après quoi le reste du public s'y met aussi, rangée par rangée. certains le disent. d'autres le chantent. tiny est en larmes. je suis en larmes. tout le monde est en larmes.

je perds un peu la notion du temps, à ce stade. mais à la fin, quand tout le monde a terminé, les applaudissements se déchaînent et c'est un véritable raz-de-marée.

tiny s'avance tout au bord de la scène. des fleurs tombent à ses pieds.

il nous a fait vivre un moment unique, tous ensemble. et tout le monde en est conscient.

gideon : bien joué, toi.

nous entrelaçons à nouveau nos petits doigts.

moi : oui. bien joué. nous deux.

j'adresse un petit salut de la tête à l'autre will grayson, là-bas sur la scène. il me salue aussi. on a vraiment une connexion spéciale, lui et moi.

mais bon. vous savez quoi ?

tout le monde l'a.

pour le meilleur et pour le pire. on reçoit tous des messages d'erreur, mais on a tous le droit de rejouer. et tous le droit de gagner.

les applaudissements crépitent toujours. je lève les yeux vers tiny cooper.

c'est peut-être un poids lourd, mais en cet instant précis, il flotte.

Remerciements

Nous affirmons que Jodi Reamer est une agent qui déchire, et aussi qu'elle pourrait nous battre tous les deux en même temps à un concours de bras de fer.

Nous affirmons que moucher ses amis est un choix personnel, qui ne s'accorde peut-être pas avec tous les types de personnalité.

Nous affirmons que ce livre n'existerait peut-être pas si Sarah Urist Green ne s'était pas écroulée de rire le jour où nous lui avons lu les deux premiers chapitres il y a bien longtemps dans un appartement loin, très loin d'ici.

Nous affirmons avoir été un peu déçus en découvrant que la marque de vêtements Penguin n'avait rien à voir avec la maison d'édition du même nom, car nous espérions avoir une super réduc sur les chemisettes un peu classes. Nous affirmons haut et fort la fabulosité absolue de Bill Ott, Steffie Zvirin et de la fée marraine de John, Ilene Cooper.

Nous affirmons que de même que la lune ne pourrait pas exister sans le soleil, nous ne pourrions pas exister sans la luminosité radieuse et permanente de nos amis auteurs.

Nous affirmons que l'un de nous deux a triché à ses tests d'évaluation pour la fac, mais qu'il ne l'a pas fait exprès.

Nous affirmons que la communauté des *Nerdfighters* représente tout simplement l'incarnation du pur génie.

Nous affirmons qu'être soi-même est la plus belle chose qui soit au monde.

Nous affirmons que nous avons programmé la fin de l'écriture de ce livre à temps pour convaincre notre puissante éditrice, Julie Strauss-Gabel, de nommer son enfant Will Grayson, même si c'est une fille. Ce qui est un peu malhonnête de notre part, car c'est nous qui devrions prénommer nos enfants comme elle. Même si ce sont des garçons.